笑场

李诞 著

北京联合出版公司
Beijing United Publishing Co.,Ltd.

未曾开言我先笑场
笑场完了听我诉一诉衷肠

序

我写得不太好。

也没有梦想，写了就写了，不写就不写了，我不是那种这辈子非要做成什么事儿的人。

基本上什么事儿我都不想做，但做的话会认真，这本书也是认真写的。

写的时候没有迎合谁的口味、哪儿的地气，只是向着我所理解的“好”努力，至于你觉得好不好，我就不知道了。

可能你会觉得好看，想看就看看，也许并不会后悔。

《扯经》是我很早之前就开始写的故事，在网上流传过一阵子，被人叫作“某未被少林吞并的小寺的爆笑师徒对话”之类的名字。我还是愿意叫它《扯经》。

这系列故事对我来说意义重大，人生轨迹因它转变，我心中一直感念这份机缘。

书里还有些别的故事，题材相去甚远，风格还算统一，说黑色也好，幽默也好。

有人喜欢看《扯经》，觉得篇篇好，催我出书。我个人反倒更看重后面这些故事，有些我自己知道很差，但写的时候实在开心，就顾不了你们怎么想了。

我一直以来是个沮丧的人，认为人生没有丝毫意义，梦幻泡影。

近来因机缘获得一点开悟，找到了活下去的理由——人生确实没有意义，但人生有美。

梦幻泡影嘛，本来就是美的。

在写作过程中，我收获了“美”，对我来说已经很好。

现在希望这本没有意义的书也能带给你一点点“美”的感受，那样就更好了。

如果未能成功，希望你也别太介意。

介意我也没有什么办法。

书名取自我以前说的一句话：“未曾开言我先笑场，笑场完了听我诉一诉衷肠。”

听吧。

△：内含新增文字

▲：新增文章

目录

CONTENTS

扯经

奇趣

想法

缓一缓

扯经

《扯经》断断续续写了四五年，

其间风格、观念都有转变，

照录如下，喜欢笑的笑，喜欢哭的哭。

不喜欢的可以不看。

扯 经

“师傅，一切如梦幻泡影，可在梦里我还有哭有笑，甚至还有了一头长发，梦幻泡影虽易逝，也比这循环往复的无聊强太多了。”

“你睡醒了再跟我说话。”

如是我闻：须菩提庆生，佛告曰，此是一世，前有无穷世，后有无穷世，所谓生日只是来日，所谓死日只是去日，来去如烟，何必庆祝？你就别跟我要蛋糕了，乖，Happy birthday to you。须菩提白佛言：Are you kidding me？

“师傅，你知道我在想什么吗？”

“昨天那个女施主。”

“你怎么知道？”

“我也在想。”

“那你怎么睡得着？”

“那是大方丈的外甥女，想也白想。”

“师傅，想必我在庙里待不久了，我怕我控制不住自己。”

“还想她呢？”

“嗯。”

“那就别控制了，为师传你一套迷魂经。”

“你怎么不用？”

“此经一生一念，一念一缘，我已经断了尘缘了。”

“我 ×，那我还是等等看还有没有更合适的吧。”

“×，没用，都会腻的。”

“小和尚，听说你喜欢我？”

“不好说喜欢，只是看见你会乱。”

“听说你还想娶我？”

“不好说想娶，只是想永远和你在一起。”

“油嘴滑舌，你丫天秤座的吧？”

“阿弥陀佛，心直口快，女施主别不是天蝎座的吧？咱俩正合。”

“合你大爷，你们佛门弟子还信这个？”

“师傅，为什么咱早上要敲钟啊？”

“因为我们没养鸡。”

“师傅，你什么时候教我武功？”

“佛门中人，慈悲为怀。大方丈有令，我们这种清净小庙，不可学别人喊打喊杀。为师传你诸般经义，读懂念通，内心强大，见着那些花拳绣腿的，舌灿莲花，灭他们跟玩儿似的。”

“师傅，我懂了，知识就是力量。”

“咦？你怎么肿成了这个样子？又去调戏小北了？”

“不是，隔壁大寺的人打的。”

“为什么？”

“我跟他们舌灿莲花来着。”

“唉，我说什么你都信，真可爱。”

“师傅，今天晚上我能不住庙里吗？”

“别装了，出去冻一夜回来和师兄弟们吹牛×的事儿我也干过，想开点儿吧，色即是空。”

“师傅，和尚有自杀的吗？”

“有，但各寺都封锁消息。佛门已是逃避现世之地，你来了还死，传出去这不显得我们不专业吗？此世不乐，来世就乐吗？这些人真痴。”

“那来世就一定不乐吗？”

“嗬，跟我抬杠？那你死去吧。”

“你看你，辩经嘛，小心眼儿。”

“为师现赐你法号澈丹，取清清澈澈、圆润如丹之意。”

“师傅，我又怎么招你了……”

“你知足吧，你师兄窕丹都没说啥。”

“师傅，你法名为什么叫空舟？”

“大方丈说我度不了人，也难自度，所以赐名空舟，由我自横。”

“那我还跟着你干吗……”

“你执念太重，跟着谁也到不了彼岸，不如索性和我负负得正。”

“为什么啊？”

“你看，你总问为什么。”

“师傅，其实我应该叫你‘师父’才对吧？”

“没事儿，输入法怎么默认的就怎么叫吧，随缘。”

“师父，你师父是谁？”

“大方丈。”

“他的呢？”

“他师父就是咱庙的创始人，据说当年是混的，后来路上捡了本儿经，就拉了一票弟兄，占山为王，广结善缘，干起了这普度众生的勾当。”

“咱庙还有这背景？”

“不然你以为为什么我们还没被大寺吞并？”

“一切如梦幻泡面，有蒜就蒜，没蒜就算，观自在，望远山，一切有为法，当作如是观……”

“师父，我爱吃米饭。”

“……好了，今天的早餐，啊不，早课就上到这里吧。”

“澈丹，听说你偷鸡被人撞见了？大白天就去偷鸡，你可真有创意。”

“师父，没事儿，我说我是隔壁大寺的。”

“嗯，好孩子，鸡呢？赶紧给小北送去，出家人不能杀生。”

“再说咱也不会炖啊。”

“阿弥陀佛，这孩子，真可爱。”

“师父，人家别的寺都叫方丈，为什么咱们得叫大方丈？”

“这不显得咱大气吗？”

“那我以后就管你叫大师父吧？”

“嗬，你在这儿等着我呢！”

都看得很明白，都活得很不明白——空舟禅师与诸君共勉。

“师父，咱庙为什么叫遗寺啊？”

“说来话长。本来叫义寺，就大方丈那黑社会师父取的，后来他死了，大方丈说这名儿太不祥了，就叫了疑寺。结果那年起了瘟疫，正该是香火旺的时候，结果百姓都不来咱庙，就改成遗寺了。还有人提议叫逸寺，让大方丈否了，他说：蒙谁啊，你真那么逸还出什么家？”

“小和尚，你到底喜欢我吗？”

“喜欢。”

“出家人不打诳语。”

“出家人连肉都不吃，他们的话你也敢信？我师父说，出家人的话都是诳语。小北，这话不是出家人说的，这是我说的，我喜欢你。”

“师父，今天怎么哪儿哪儿都这么黑啊？”

“澈丹，我们佛门中人，不要学人家针砭时弊。晨鸡报晓，昏鸦鼓噪，都在红尘里闹，你以为黑白的红尘就不是红尘了？活着的人就不是死人了？唉，去吃饭。”

“师父。”

“嗯？”

“你为什么让我给小北念迷魂经？”

“反正你也追不上人家，死经当活经念呗。万一成功了，证了这经，那得造福多少比丘啊，你这可是大功德。”

“师父，要不是打不过你我就跟你拼了。”

“师父，那什么是科学？”

“这孩子，我要懂我还跟这儿待着？闹什么闹？不过据说大方丈是懂的，他说，科学就是一花一世界，就是无限的轮回无限的远，就是谁也说不清楚的东西。咱们还是别想这个了，省得一不小心再真给顿悟了。”

“师父，好大风雨。”

“澈丹，少做感慨。”

“师父，澈丹公然追求大方丈的外甥女，罔顾清规戒律，破坏寺内安定团结，请师父予以管教。”

“行了吧，看你们这没出息的样儿，还学会给人扣大帽子了？还学会正义凛然了？还有没有一点出家人的样子！”

“澈丹，和师兄弟们打架了？”

“是。”

“所为何事？”

“他们说我不应该追小北，其实他们是嫉妒。”

“嗯，既已看破是嫉妒，又何必跟他们争呢？”

“我没争，他们争。”

“唉，力的作用是相互的，你真的没争吗？你还是执念太重啊。算了，来，为师传你一套女子防身术，省得你老吃亏。”

“师父，我从小就在庙里，我的亲爹亲娘呢？”

“你怎么问这么俗套的问题？难道为师要告诉你我其实就是你爹吗？”

“师父，咱们出家人，可不许玩伦理哏。”

“你还跟我玩八点档狗血剧呢。”

“师父，你说大方丈知道我和小北的事儿吗？”

“大方丈什么不知道？”

“那他怎么不管？难道他看我还行？”

“别臭美了，大方丈那是对自己外甥女有信心。”

“师父，寺里好安静啊。”

“那你还说什么话。”

“师父，我心里乱。”

“去墙根蹭蹭去，没看我这儿入定呢吗？别烦我。”

“师父，你干吗要入定？”

“我心里乱。”

“空舟！你那徒弟，叫什么澈丹的，怎么老不见影儿？是不是出去云游了？怎么也不请假！好放肆！”

“哈哈哈，小北，你动凡心了。”

“师父，你说，我和小北，我是不是自作多情？”

“自作虽苦，但看你这个贱兮兮很享受的样子，多情想必是快乐的，你还抱怨什么？”

“别跟我打哈哈，我知道今天小北来找过我，她说什么了？”

“别问，万一不是好话呢？”

“小北，我觉得隔壁大寺的素菜做得还不错啊，我请你去吃好吗？”

“不吃，就爱吃肉。”

“小北，我觉得十里坡那个戏班子的青衣唱得还可以，我请你去听好吗？”

“不听，没我嗓子好。”

“小北，你生我气了？”

“不生……哎？生！”

“完了，小北，我们有分歧了，肯定是我错了，我决定听你的！”

“真的？”

“真的。”

“那我可唱了。”

“……”

“小北，你唱得真好，能教教我吗？”

“得了吧，你念经都跑调。”

佛法不二，佛不分是非，不分喜悲，佛见有缘的教他度化，见无缘的教他轮回。后来佛见你了，佛二了，佛更不分是非了，你是便喜，你非便悲，从此你就是佛法了，佛不普度众生了，佛颓了，佛被你普度了，但是佛欢喜了。——空舟禅师当年的情书，引来给你。

“澈丹啊，念经只是基本功，做好和尚还得会解签、驱妖、看风水、做慈善和心理辅导，悲天悯人，笑口常开。佛法无涯，你慢慢学吧。”

“师父，做和尚好难，要不咱们出家吧？”

“这诸般经义，确实是安身立命之技，练到能随口占偈，指点迷津也就行了。但我就怕你动机太纯，一心执念，将来小北转身一走，水打漂萍，你别真的陷进经里，那就神佛难救了。”

“没事儿，小北走我就跟着呗。”

“得，这就已经没救了。”

“师父，这次中原辩经大会咱庙派的你去吧？”

“不是，当然是派你空响师叔。”

“他？他念经还不如我呢吧？”

“但他嗓门儿大啊，大会上好几百和尚，辩到最后，还能喊出来不破音儿的就算胜利。”

“师父，我能跟着去吗？”

“想见见世面？”

“嗯。”

“算了吧，年年辩经大会都得打伤几个和尚，庙里今年派你空手道，啊不，空道师叔陪同保护。嗐，上回要不是有人不要脸竟然带了家伙去，咱庙去年就是第一了，他们哪儿是空道的对手？”

“咱庙得过第一吗？”

“建寺第一年，大方丈的师父为了闯名头想了个狠招，辩经当天故意迟到，待群僧辩至酣处，一脚踢碎大门，注意，是踢碎，立在大厅就喊了一句：大音希声。那帮和尚都傻了，没傻的看着那一地木头渣儿也都装傻了，第一就是咱的了。”

“这招儿好，再用啊。”

“别提了，后来确实有人模仿，同样的动作，喊完正等鼓掌呢，那评委老和尚气得哆哆嗦嗦地骂：‘你们这行为艺术还有完没了？踢坏门不赔也就算了，还老拿《道德经》里的词儿冒充佛法，以后我们还能跟道士见面儿吗？！给我滚出去！’”

“哈哈哈，这倒霉蛋是谁啊？”

“咱们大方丈。”

“大方丈还干过这事儿？”

“谁没年轻过啊，回来痛定思痛，觉得脚疼不如嗓子疼，辩经还得拼硬功夫，就苦练声乐了。你空响师叔就是那会儿进的庙，学的就是这本事。”

“那大方丈后来还去辩过经吗？”

“去过几次再也不去了，自从小北来了，就成了现在这副大彻大悟的样子，还给自己改了法名，叫南无，翻译过来好像就是皈依的意思。”

“那大方丈以前叫什么？”

“南子，他那黑社会师父给起的，说是听着霸气。后来大方丈才知道他看过《论语》，起这名儿其实是糟践大方丈长得不够霸气。”

“哈哈哈，就怕流氓有文化。”

“师父，我怎么每次午觉醒来都觉着头沉啊？”

“你执念太重。”

“那怎么办啊？”

“……以后就别午睡了吧。”

“师父，空响师叔回来了？怎么没见空道师叔？”

“空响连辩三天三夜，直至群僧哑口无言，就听他一人喊了，当然第一。但是其他辩手不服气，哑着嗓子指你空道师叔的头发，意思是留发的不是佛门弟子，一大厅的哑巴和尚都盯着空道呜呜喊，空道顾全大局，当场剃度。回来就一直躲屋里哭，不见人。”

“对啊，空道师叔为什么能留头发？”

“说来话长，空道是从日本偷渡来我中原求佛法的，结果这个笨蛋还赶时髦信儒家，身体发肤不损，这不倒霉催的吗？哪个庙都不要他。大方丈看他一身武艺，性情朴质，就留下了，顺便学日语。”

“大方丈还会日语？”

“哈依。”

“不行了，你空道师叔是咽不下这口气了，为师得跟他走一趟。”

“好！讨回公道！”

“小点儿声，喊什么？讨什么公道？哪儿来那么多公道？佛门中人，不可争强好胜，能不声不响地给那个输了不服气的孙子来一闷棍就好。”

“师父，你怎么出关了？悟道了吗？”

“没有。”

“那你怎么六天就出关了，不是要闭关七日吗？”

“六天不悟，七天就能悟吗？”

“师父，小北彻底不理我了，怎么办啊？”

“你问我我问谁。”

“那施主们有了烦恼，怎么都来问你？”

“那不是问我，是问我佛。”

“那我也问我佛。”

“问我佛是要收费的。”

“师父，今儿是佛诞日啊。”

“那你孵去吧。”

“师父，你这大不敬，今天是佛祖诞辰，佛祖生日！”

“嗯。”

“你嗯什么啊，咱们不表示表示？”

“你跟佛祖熟吗？佛祖用得着你表示吗？为师过生日你表示了吗？你们啊，就整这些虚的来劲。”

小北，今天天气晴好，但过一会儿可能会下雨，我现在在想你，但过一会儿可能会更想。我师父说，世上其实并没有比天气更难测的东西。我觉得他说得对，他总是说得对。小北，不管下不下雨，过一会儿我都会更想你。

“师父，刚才那洋人来干吗的？”

“传教的。”

“怎么不让人家进来啊？”

“你 can speak English 吗？为师也就是勉强能听懂，大方丈倒是会说，但是这些传教士都一根筋，你大方丈懒得费工夫开悟他，打他又不合适，就撵走了。”

“不是一根筋吗？怎么能撵走？”

“大方丈说，我中原大乘正宗佛法皆出自隔壁大寺，隔壁大寺如若改信耶稣，我等小庙没有不信之理。那洋人一听有道理，就去隔壁大寺了。”

“大方丈这是借刀杀人吗？”

“哟，你还看上兵法了？心里明白就得了。”

“空舟！你们遗寺太过分了，这传教的打也打不得，劝又劝不走，弄我们寺来让我们如何是好？”

“阿弥陀佛，吵吵什么，你们不是爱接待外宾吗？拿出中原第一大寺的排场来，好生款待他，说不准哪天被感化了，就回西洋替我们传佛法了。”

“师父，今日山上好大的雾啊，望不出去。”

“没雾你就能望出去吗？瞎望什么，留神脚下。”

“师父，昨夜雷声好大啊。”

“嗯，也不光是雷，你空响师叔跟丫对着喊来着。”

“喊什么啊？”

“‘你小点儿声！你小点儿声！’大概就这句吧。后来雨停了，雷歇了，你空响师叔就笑了，说了句‘阿弥陀佛都服，你不服？’，欧耶了一下，就睡了。”

“我说他今儿怎么看谁都笑，得意扬扬的。”

“那是嗓子喊哑了，要不早显摆上了。”

“澈丹啊，你这心里老挂着小北，已成执迷不悟之势，长此以往，怕是影响修行。”

“那怎么办啊？”

“你还是得找小北求解脱。”

“……我要这么求，她非打死我。”

“师父，空言道何以弘道？我得跟空道师叔学学空手道。”

“嗯，这上联儿不错，你自己能对出下联儿来我就让你去学。”

“×！”

“×什么×，你空道师叔倾心儒学，虽是武艺超群，但一身文人毛病，就爱对个对子，你早晚都得学。”

“佛理实相中，本来一切空，无生无死无去无来，哪有个相对？师父，你竟然让我学这等有悖佛理的小技。”

“哪儿那么些废话，让你学你就学，过年写写春联儿也能挣点儿零花钱。”

“师父，空道师叔怎么也不留长发了？”

“天太热。”

“小北，你找我？”

“嗯，我们……我们在一起吧！”

“……你又跟人打赌输了吧？”

“澈丹，怎么又和你窥丹师兄打架了？”

“师父，那不是打架，是切磋。”

“打不过就说切磋，嗯，你这功夫没白学。”

“师父，空道师叔那迂夫子的样儿，肯定不会教我日本脏话。”

“你这样，趁他不注意抽他一下，记住他说的第一个词。”

啪！

“×！你打为师干吗？！”

“我试试效果。”

“师父，你看这云舒云卷，刚刚还是半明半白，忽然就黑得遮天蔽日了。唉，佛法非法，有常无常，佛祖都是如来，不能如去。师父，就算是你，也不能知道未来是何形状吧？”

“你要再不赶紧去帮小北收衣服，为师确实不知道你会被打成什么形状。”

“澈丹，你到底为什么喜欢我？你要敢说喜欢一个人不需要理由，我就抽你。”

“小北，你看你，找什么借口，抽一个人难道就需要理由吗？用我师父的话说，这因果循环，报应不爽，都是事后总结的，当下心意起，想爱就爱了，想抽就……”

啪！

“嗯，你懂了。”

“师父，今天外面来的那和尚跟你嚷嚷什么呢？”

“他问我们遗寺怎么能取消了坐禅。”

“坐即非坐，禅即非禅，禅怎么能坐出来？坐出禅来又怎么样？师父，你是用这套胡搅蛮缠收拾他的吗？”

“没，我就问他痔疮好点儿了没有。”

“澈丹，我想要个钻戒。”

“小北，等等吧，等我再修行两年，你把我烧了，舍利子比钻戒值钱。”

“师父，夜里常闻鬼夜哭，你给念念经超度超度呗。”

“那不是鬼，是你空响师叔失恋了。”

“小北，我给你写信了。”

“你有话不能直接说吗？”

“我怕你听不懂。”

“那我就能看懂？”

“看不懂我再给你讲呗。”

“师父，你说说这世道……”

“不说。”

“师父，最近怎么不给我讲经了？”

“为师最近心情好。”

“那意思平时都是拿我解心宽呗？”

“你装什么不服气，你最近问过为师经吗？这证明你也心情好。”

“师父，秋天快到了。”

“……”

“师父，你说季节值钱吗？”

“……”

“今天咱们寺做了两场法事，师父，你说人命值钱吗？”

“……”

“师父，你怎么不说话？”

“今天为师牙疼。”

“空舟禅师，我上次求你算的姻缘，你说有戏，果然没两天我们就在一起了，可是现在我们开始吵架，开始冷落彼此，话题也越来越少，也不像开始那样一天不见就难受了，而且……”

“这位施主，你要是想换一个，我可以再给你看看姻缘。”

“师父，我晚上还是睡不着，还是想小北，也想些其他有的没的的事，不停喝水不停上厕所，折腾折腾天就亮了。”

“为师昨晚也没睡着，听见你的响动了。不过我夜观星象，总觉得你是吃咸了，和小北关系不大。”

“师父，那些来算姻缘的人，既然想要在一起，还算什么算？要是姻缘不合还真就散了？”

“嗯，所以啊，为师每次为了给他们算出姻缘都要引经据典，一算再算，算出来为止。”

“师父你真是积德行善。”

“也不是，有时候为了回头客也往没了算。”

“小北，师父教我很多法门，大都太难，我只学会了掐指一算，掐你的指一算，一算再算，愣算也要算出一段姻缘。”

“师父，这么晚不睡，在这里叹什么气？”

“为师夜观星象，紫微冲北斗，白虎坐宫，东南角又斜刺出一道红光，想必……”

“想必怎样啊？”

“想必，为师是饿了，你也饿了吧？”

“师父，那些当官的干吗老组团去隔壁大寺啊？”

“说是去学打机锋的，他们比咱们用得着。当然也有求平安的。”

“澈丹，天冷了，看着点儿咱寺那些老和尚。”

“这点温度，还能冻死吗？”

“冻倒是冻不死，但他们经念得太多，有些执。去年一个师叔祖，在院子里念了半夜经，忽然觉得冷，就坐到柴火垛上喊：天冷若此，唯有自焚取暖吧。”

“……他就这么圆寂了？”

“没，大方丈骂了一句傻 ×，罚他烧一年的锅炉。”

“师父，为什么我喝完酒老是腿疼啊？”

“你喝完酒老是踹墙。”

“……你怎么都不拦着我点儿啊！”

“是你自己说非踹死它不可的，等你哪天踹死它了就不腿疼了。”

阿弥陀佛，众妙皆备，诸位善男子善女子来我遗寺施舍，无论求财求缘求平安，我佛慈悲，一定……都可以商量，敬请诸善男子善女子摩肩接踵守秩序，如果实在不想守秩序，请到西厢房办理会员

卡。——遗寺宣

“师父，原来今天隔壁大寺有演出，海报那么老大字：百闻一见七十二绝技，秘不示人十八铜人阵。”

“效果好吗？”

“别提了，表演七十二绝技的老和尚数学不好，边练边数，没一会儿就走火入魔了，非说自己是孙悟空，奔着西边儿就去了。”

“十八铜人阵呢？”

“天降大雨，全掉色儿了，你想去吧，可壮观了。”

“嗯，为师早跟他们说要相信科学，按时收看天气……”

“别骗我了师父，我可听说这雨是我空巫师叔求的……”

“祈雨抗旱造福一方，还顺便揭露了劣质染料的危害，我佛慈悲不图虚名，你切莫声张出去。”

“师父……”

“澈丹，来，给为师念一段《法华经》。”

“师父……”

“再说就让你默写。”

“师父，清早听到一阵爆竹响。”

“山下有人结婚。”

“结婚为什么要放爆竹啊？”

“想必是给自己壮胆儿吧。”

“师父，空响师叔是天生大嗓门儿吗？”

“不是，是机缘。空响刚来咱庙那会儿，一天半夜才回来，大方丈亲自去接他，为了表示友好，化装成女鬼从天而降。空响师叔惊天一吼，一山的鸟都飞了，走兽都散了，就练成了。”

“空响师叔全力一吼是什么样啊？”

“鸟飞绝，走兽散，耗子打洞，狗撞墙。”

“怎么说得我空响师叔跟狮子王似的……”

“澈丹，你感冒好些了吗？还打喷嚏吗？”

“还没好利索呢，小北你可真关……”

“那你就别离我这么近。”

“……”

“师父，我们是不是不够淡泊啊？”

“是。”

“你回答得还真痛快……”

“因为上次你大方丈问我，我们遗寺要不要淡泊一些，我犹豫了一下，就被罚了一个月的工资。”

“师父，可我觉得淡泊名利很酷啊。”

“你这是吃饱了。”

“师父，昨晚做了个梦，梦见我们把隔壁大寺给铲平啦，然后……”

“别说，说了就不灵了。”

小北，我昨晚做了噩梦，梦见我们铲平了隔壁大寺，解散了他们的僧众，然后我却死活也走不出他们的大雄宝殿，死活也找不到你，我师父说，梦说了就不灵了，所以我赶紧就说了。你要待在我力所能及的地方啊，小北。

“澈丹，隔壁大寺今天有建寺不知道几百周年的庆典，大宴群僧，你代表咱们遗寺去看看。”

“师父，你不是最讨厌他们吗？”

“所以才让你去啊。”

“那咱们不去不完了吗？”

“何必闹得太僵呢？俗话说得好，远亲不如近邻，冤家宜解不宜结，没有过不去的坎儿，没有解不开的疙瘩，没有……”

“得了吧，你……”

“……嗯，俗话还说了，让你去你就去，哪儿那么多废话。”

“师父，小北不待见我，是因为我长得难看吗？”

“你不难看，就是长得挺热闹的，还有你这个鼻子，也太抢戏了，还有你这个眼睛……”

“……师父！你以为你长得很好看吗？！”

“小北，你不待见我，是因为我长得难看吗？”

“咦？你应该问过我这个问题吧。”

“没有吧……”

“那就是说，你真的是现在才意识到吗？”

“师父，又下雨了，哗啦啦响成一片，反而好静啊，心里也静。”

“嗯，这种天气，尘世镇定，容易让人忘记世间疾苦，但也容易自寻烦恼。”

“是啊，比如我就会特别想小北……”

“嗯，比如为师关节就会特别疼。”

“小北，天气晴朗，你比天气还晴朗，你走过来，简直一叶障目，简直遮天蔽日，简直是我目力所及的一切风景。”

“……你丫这是拐着弯儿说我胖吗？”

“……不是啊……别……别打啊……”

“师父，落叶了，秋天了。”
“说反了。”

“师父，风吹幡动，究竟是风动，还是幡动？”
“风也没动，幡也没动，你丫喝了这么多，现在看什么不动？”
“师父，我觉得喝完酒以后心思很明净啊，你给我讲段经吧。”
“心思明净还听什么经。”
“那我给你讲一段吧。”
“你赶紧睡觉吧，要不想想小北也行，别在房顶上站着了。”

“师父，我想练内力。”
“找你空道师叔去，跟我说什么。”
“他说我根基浅，身体羸弱，要练内力，营养得跟上……”
“……”

“师父，今夕何夕？”
“澈丹，这是一个感叹句，下次别用疑问语气了。今夕十月初二，立冬了，快睡吧。”

“师父，‘我不入地狱，谁入地狱’是什么意思？”
“和小北认识了这么久，你还没有体会吗？”

“师父，昨夜梦见佛祖了。”
“佛祖开示你什么了？”
“还没说话，就变成小北了……”

“南无，佛祖仗义。”

“澈丹，你这是又跟人打架了吗？”

“不是，师父，我觉得，空道师叔既然教了我功夫，我就要用，对吧？”

“不一定对，你接着说。”

“佛门弟子，慈悲为怀，看见两只狗残忍地互相撕咬，我就应该挺身而出，制止暴力，这个对吧？”

“这个可能对，但显然狗不是这么认为的。”

“我觉得你不可能慈悲到这个程度，也不太可能自信到这个程度，老实说吧，当时是跟着小北吧？”

“是……”

“是想显摆一下习武成果吧？”

“是……她还给我加油来着……”

“你确定是给你吗？”

“澈丹，我遗寺青年组内部辩经大会就要胜利召开了，你去参加吧。”

“好啊，可我没什么把握啊，师父，有什么取胜秘诀吗？”

“为什么一定要取胜？都是自己人，大家聊聊天得了。”

“小北，我要去参加辩经大会了，给点儿精神上的鼓励吧！”

“一个内部比赛瞎激动什么，再说我也不会精神上的鼓励，就会肉体的。”

“……小北……你……怎么突然对我这么好……”

“想什么美事儿呢，我的意思是，你要是输了，我就抽死你。”

“师父，不行啊，小北说我一定要赢……快传授点儿取胜秘诀。”

“这样啊，那好吧，听说空道的日本亲戚给他捎来两瓶清酒，你去给为师弄一瓶。”

“……这跟辩经大会有什么关系。”

“为师是评委。”

“师父，你是评委我还要给你送礼啊……”

“是啊，不然人家说我偏袒你怎么办？”

“澈字辈的比丘注意了，此次辩经大会秉承我寺一贯的友谊第一、比赛第二、以和为贵、六亲不认、死磕到底的精神，请大家认真备战，严肃对待。辩经过程中可以进行适当的人身攻击，也可以进行有选择的身体接触，但毕竟是内部比赛，都是自家兄弟，就不要带家伙了啊，阿弥陀佛。——遗寺宣”

“好啦，辩经大会这就开始了，今天的辩题是：觉悟。澈丹你起个头吧。”

“觉悟在不言语，觉悟在观自在，觉悟不可察，觉悟不可仿，觉悟不可觉悟。嗯，没什么好说的了，咱们动手吧。”

“澈丹，面佛了一日，有所觉悟吗？能悟出我佛在想什么吗？”

“想动动……”

小北，我师父说，自然现象就是那些我们能用科学解释，但不能科学对待的现象，比如我们竟然会就着月光吟诗，竟然会对着大风歌唱；比如我们虽然感觉不到自转公转，可竟然会准时对着月份、季节和又是一年心神晃荡。小北，十二月了，还没有下雪，今年就要过去了。

“师父，我们这样不守清规戒律，是不敬佛吗？”

“不要被佛发现了。”

“师父，我这两日内心浮躁，忍不了蠢言蠢语，听见了总想上去抽他们……怎么办？”

“那就别忍了呗，抽丫的。打得过固然心情舒畅，即便打不过也是有好处的，你被揍上几次，心里肯定就宽容多了。”

“师父，真冷啊。”

“嗯，冷静点儿就不冷了。”

“冷静点儿？！你出来试试……”

“是轮到你扫院子啊，我出去干吗？”

“师父，我有一事不明，为什么天一冷就轮到我扫院子？”

“这说明为师夜观星象的水平进步了……你瞪我干吗？冷静点儿嘛。”

“师父，这么多年，你真是一点儿没变……”

小北，有一日我或成佛，绝不学这化身万千的本事，我与万千相安无事，我集中精力，念你的万千心意。小北，我做佛，你做我的四壁。

“师父，我昨天要是不冲凉水澡就好了，那样今天就不会感冒了，然后明天就能和小北去看戏了……”

“想这些干吗？这正是，过去心不可得，现在心不可得，未来心不可得。”

“那什么心可得？”

“你好好总结一下这次的经验教训，自己说。”

“……小心。”

“空舟禅师，我这两天情绪特别不好，说不上来是为什么，看谁都不顺眼，看哪儿都不舒服，您开导开导我？”

“你这是无明业火，开导是不管用了，我给你开个光吧。”

“师父，今日天气大坏，阴冷，下的雨比雪还冷，心情也大坏，也没有见到小北，忽然生出点儿绝望的感觉，冻得哆哆嗦嗦的，想要大哭一场。”

“好了好了，就好像你以前没绝望过一样。”

天冷加衣，多吃新鲜水果，多睡觉，穿宽松内衣。少自言自语，多与人交谈。逢雨雪天气注意躲避，见愁眉不展者注意躲避，闻空灵诵经声注意躲避。全寺上下吸取历年经验教训，降低冬季忧郁症的发病率。——遗寺宣

“师父，夜深人静，观自在，往里看，能不能见本心？”

“夜深人静，你不静。”

“为什么？”

“你要是静，你就不说梦话了。”

“师父，你肯定又说，一元不能复始，万象从未更新，新年也没什么好庆祝的，只是个人定的日子，但我还是祝你新年快乐啊……”

“且不说你把为师揣测得这么神经病有没有道理吧，这个时候你还不去陪小北跨年，跟我这儿新年快乐，你肯定是够呛了……”

“师父，我觉得小北其实应该是喜欢我的……”

“哈哈哈。”

“你笑什么……”

“你问什么？”

“小北。”

“唉。”

“小北。”

“唉！”

“小北。”

“干吗？！”

“我这样喊你几次，就觉得要哭出来了。”

小北，路上好大风雪，车灯照不出五米，五米里也全是杀气腾腾的雪花乱撞，让人生疑后面是不是有掩杀过来的军马。小北，你若在，会不会同我一道极目远眺，抵近视击，逼退五米。我想你。

“师父，有句话不知道当讲不当讲……”

“不当讲。”

“……”

“师父，我也念了这么久佛了，怎么从来就没顿悟过啊？”

“因为吃的苦太少，得经磨难。”

“啊？那要卧雪眠霜、绝食苦修一类的吗……”

“暂时先不用，咱们从小处着手，一点一点来，先把你碗里那鸡腿给为师吧。”

小北，我觉得我对世界缺少热爱，总是不太高兴，见到风和日丽不高兴、高山流水不高兴，推杯换盏不高兴，读万卷书不高兴，行万里路不高兴，我见到大部分人也不高兴。我问师父我是不是出了什么问题，我师父让我来找你，可是你也不高兴。可是我师父是对的。

小北，我想你，没有特别的花样，可说出来就显得悲壮。

“师父，我佛说普度众生，可有那恶人贼子作奸犯科，放下了屠刀，就真许他立地成佛吗？”

“×，还敢大张旗鼓地成佛啊，嘚瑟不够他了吗？放下屠刀就说明栽了，官府要抓，仇家要杀，还成佛？捡条命就乖乖藏好吧。”

“师父，那大方丈作为前帮派人士，怎么不乖乖藏好，还大张旗鼓地办寺庙啊？”

“大方丈放下屠刀了吗？”

“嗯……大方丈放下没放下我不知道，反正小北肯定是没放下……”

小北，他们有好多关于爱的道理。我有你。

小北，我咳嗽的时候，喝吐的时候，被鱼刺卡着的时候，有点儿难过的时候，你都要拍拍我的背，力度稍有不同，但都没什么用，是吧？但你总要做点儿什么，是吧？

“师父，持续性心烦啊，不行了，你跟我说会儿话吧。”

“你的意思其实是，让我听你说会儿话吧？”

“嗯……怕这么说你又跟我收费……”

“不用找我，去坐钟里自个儿喊去，回音就能把你劝好了。”

“师父，小北说我再这么打不起精神她就不理我了，怎么办？我实在不知道从哪儿做起啊。”

“唉，教你几招儿啊：不分场合地做扩胸运动；喝完水‘哈’一声；手搭凉棚看太阳，多晃眼都看，愣看，边看边笑。”

“这样就能阳光一点儿啊？”

“不是，这样就能看起来阳光一点儿。”

“澈丹，来，读经。”

“现在是淡季，又不接香客，老读什么经啊，我还想去找小北玩儿呢，这经就算都读通了，能成佛吗？能长生不死吗？”

“不能，但能让你死得明白。”

“师父，我见到好多施主往佛像前扔钱，往水池里扔钱，往石龟、石龙身上扔钱，他们却不给道旁乞丐钱。”

“你给了吗？”

“只给了一个残疾老伯。”

“为什么给？”

“看着难过。”

“嗯，你也是买个心安而已，那些施主也是买个心安，怎么分高下？当然他们智商确实成问题，但不好用你的善心要求别人。”

我们大方丈说了，世界是不会有末日的，真的，乖，别闹，来世修成正果，做个原子。

“小北，我……我给你写了首情诗……”

“你还是直接念吧……上次你给我写的我就没看懂，以为是梵文，拿去找我姨父翻译，姨父很警惕地问我，是不是惹上了什么外道的师父，怎么被人下了这么重的符……”

小北，只有你见过我笨嘴拙舌。

“小北，你看太阳这份儿豁出去的架势，应该是夏天到了吧，树叶都绿成那个恬不知耻的样子了。”

“嗯，按说春天还没过呢，怎么就这么热了？”

“肯定是被我对你的浓浓爱意给加热了！”

“是吗？那太好了，我这儿还有俩昨儿吃剩的酱肘子，你赶紧给热热吧，不许偷吃啊。”

“澈丹，发什么呆呢？”

“默经呢。”

“哦？你还默经？默到哪段儿了，念出来为师听听。”

“……都结尾了，别念了。”

“念！”

“定价，25.00 元……”

“师父，你说如果有个人，一生无功无过，没人特别牵挂他，也没人特别恨他，有一天死掉了，就那么死了，怎么盖棺定论？”

“超度就是，要什么定论？”

“可眼见这样的人太多，他们就白白轮回一遭吗？”

“南无，非要写，可写四字：例行公事。”

“……要是我也这样呢？”

“你啊，就写：没有贼胆。”

“住手！你们这群浑蛋，放开那个女孩！”

“哟嗬？小和尚毛都没长齐，就出来学人家打抱不平？我们要是不放开呢？”

“×，大胆狂徒！！我给你们跪下了！！！”

“……”

“澈丹，你还记得你小时候，为师问你最想变成什么，你怎么说的吗？”

“记得啊，变成鸟，现在也想，自由自在的，多好。”

“嗯，鸟还是鸟，可理由不一样了，你那会儿说的是，变成鸟，在每一个坏人头上拉屎！你看，还加了感叹号的。”

“啊，这说明我成熟了吗……”

“南无，只是换了一种幼稚。”

“小北，我师父说，见面聊天气是人类农耕太久的积习，关心风雷云雨，是担心粮食收成，关系身家性命，不是寒暄客套，没话找话。小北，如此说来，你看今天的天气就挺好，风也有，雨也有，闪电也有，反正误不了身家性命，我们去散步吧。”

“还是我自己去吧。”

“……”

“你给我打伞。”

“澈丹，半夜诵经，你要疯吗？”

“驱蚊虫啊，也驱鬼神，也驱心魔……”

“×，诵经有什么用，这是清凉油，这是带符板儿砖，这是安眠药，对症下药，赶紧睡觉。”

“嗯，蚊子来了喂安眠药，鬼神来了拿清凉油泼，心魔起了，给自己一板儿砖，对吧？”

“好孩子，快睡吧。”

"师父，幸福是什么？"

"啊？信佛就是信佛啊。"

"……不是信佛，是幸福，那你干脆说说，信佛能幸福吗？"

"信佛幸福，信佛不幸福，不信佛幸福，不信佛不幸福，这都有可能啊，没什么必然联系。"

"你别给我说绕口令啊，我这么问得了，你幸福吗？"

"我啊，姓王。"

小北，我刚刚忽然想到，其实我从没有过要和这世界死磕的想法，我对改变世界和改变自己都没有什么兴趣。这个不要告诉我师父，他一定会说，这也已经是执念。我知道他是对的。小北，酒劲儿就要退下去了，我还没有想到不吵醒你的抒情的方式。

空舟禅师的俗家姓名变化多端，一时姓王，一时姓李，一时又姓欧阳，唯一能肯定的，只有性别是男。各位施主就不用连这个都纠缠了，我们有法号的人，只知万法无常，知米饭可吃，一贯不知道自己姓什么。——遗寺宣

"师父，我跟空道师叔学功夫都快一年了，别说以一敌百了，连劈个砖头、碎个酒瓶都不会啊，我不想再学功夫了……"

"澈丹，功夫本来就是舞蹈的一种特殊形式，就像你说的，劈砖头、碎酒瓶，表演而已，学它干吗呢？"

"那空道师叔那么厉害，以一敌百，他的功夫也是表演吗？"

"那是他劲儿大。"

"师父，那大方丈呢？都一把年纪了，也是劲儿大？"

"他倒不是劲儿大，可谁敢打他啊……"

小北，酒喝了太多，剩下的也太多，大多数事情都没有结局，因果循环，报应不爽，不爽啊不爽，我想见到你，我想在你面前浮一大白啊又浮一大白，我想在你面前不知今夕何夕。

“师父，你有没有不开心的时候？”

“这话问的，好像为师开心过似的。”

“澈丹，你要是再在坐禅的时候睡过去，为师可就真拿禅杖打你了。”

“你不也睡吗？！你怎么下得去手？！”

“第一，为师睡，是若有所思地睡，不要跟我比。”

“你……”

“第二，为师下不去手，所以才用禅杖打嘛。”

“师父，太阳都要落山了啊，坐禅一天真是不知不觉，时间好像静止了一般。”

“时间每时每刻都在流逝，只是我们不大注意罢了，就像你注意不到你每时每刻都在呼吸一样，除非把你扔到水里去。同样，如果你像为师一样有痔疮的话，你肯定就能体会到时间流逝了……”

小北，每次见你都会惶恐，每次见你，脑袋里都是一句没头没尾的烂台词——你从人群中走来。

“师父，你知道今晚有月全食吗？还是红色的啊，煞气太重了，肯定有什么坏事要发生吧？星象学怎么解？”

“这不用星象学就能解，明天是小北的生日，而且你忘了。唉，阿弥陀佛，为师只能祝你幸福了。”

“师父，你怎么知道小北生日的啊？”

“你去年特意告诉为师的啊，让我今年提醒你。”

“那你怎么现在才说！”

“这样明年你自己就能记住了，都是为了你好，瞪我干什么？还不去准备礼物。”

“小北，生日快乐！给你花！”

“明天才过。”

“怕你明天出不来嘛，我请你去吃东西吧，剁椒鱼头、飞禽火锅。”

“干吗吃这么荤腥？”

“加上月食，沉鱼落雁，闭月羞花就占齐了！”

“闭月羞花先不说，这沉鱼落雁是说我能吃是吧？你这是想给我过生日啊还是给你自己过祭日啊？”

“没有啊……别，别打啊……”

“小北，你别生气了，我跟你说实话，你看着我的眼睛！”

“看不见。”

“……那你看着我的口型！”

“你那口乱牙，重峦叠嶂的，丑死了，看了更生气。”

“你……你一跟我生气，我这眼睛也不对了，牙也不对了……”

“你那牙从来就没对过好吗？”

“小北，你不要哭了。”

“你不是也在哭？”

“我跟你不一样！我是男的！”

“……”

“师父，行走江湖，到底什么最重要？舌灿莲花？你觉得我这口才行吗？身手敏捷？我这功夫还有救吗？要不我改练枪法？还是人际练达？我除了咱寺里的和尚和小北就不认识别人了啊。师父，我也老大不小的了，你说我到底主攻哪个方向啊……”

“别磨叨了，行走江湖，当然是运气最重要，随缘吧。”

“师父，这世界上是好人多还是坏人多？”

“这世界上人多。”

“……还是好人多吧？”

“与其说好人多，不如说人人都有好的一面。”

“师父，你最近太沉重了，咱们聊点儿轻松的吧。”

“为师减肥卓有成效，再说我沉重，压死你。”

“师父……”

“哼唧什么，是不是饿了？”

“师父！你怎么知道？！”

“咳，你那点儿小心思，你一张嘴我就知道你要吃什么饭。”

“嗯！咦？那句俗语不是这么说的吧，应该是……你大爷！”

“师父，被人激怒怎么办啊？特别怒，忍不了的那种。”

“忍不了也要逼自己冷静，心里从一数到十，做二十个深呼吸，默诵大悲咒，回想生命里美好的东西，感觉自己的心跳慢慢平和下来，然后再捅他，比较有准头儿。”

“师父，你说有一天，我也会喜欢别的姑娘吗？”

“没准儿。”

“那小北怎么办啊？”

“我 ×，你还真是慈悲为怀恬不知耻啊，你先想想自己该怎么办吧，学金钟罩了？学铁布衫了吗？这武的不行，文的呢？精神分裂你总得会吧？都不会还学人家三心二意，嫌自己轮回得慢吗？”

本寺为普度慈航，答谢众生，近期开展香火大回馈、求一赠一活动。求一次姻缘，送一次超度；求一次财运，送一次开悟。多种组合可供挑选，阿弥陀佛，万望各位施主不要错过。——遗寺宣

“师父，大方丈武功那么高，他有没有什么秘籍心法啊？我借来看看。”

“秘籍这种东西，全是读书人幻想出来的，手无缚鸡之力，就愣说知识就是力量。以为看两行字就能天下无敌了？你大方丈一身武艺，也全是大字不识一个的时候在江湖上滚出来的。若说有什么心法，那就是打不过人家就没饭吃。要不为了你武学精进，从明天起为师跟你抢饭？”

“……”

“师父，太无聊了，一成不变的生活太无聊了，怎么抵御无聊啊？”

“×，你问一个和尚这种问题，你觉得合适吗？”

“师父，无聊这种事，是不是必然的？我念经、练武、喜欢小北，我做的每件事，或许有些会引人一笑，甚至能逗自己一笑，但掰开了细看，都必然是无聊的吧？可如果我什么都不做，那不更无聊？”

“澈丹，你活得这么不耐烦，将来应该是有舍利子的人，如果你有幸死在为师前面，能把舍利子送我泡酒吗？”

“……滚！”

“师父，耳闻众比丘言及末法时代，何解？”

“世尊灭度后，一切时代，时代中一切佛陀、凡人，皆有言自身所处为末法时代，这其实是执念，也就是自恋。”

“那到底何时算末法时代？”

“纠缠这干吗，若说苦难，此一世界苦难，恒苦难。”

“恒苦……那怎么办？”

“多吃糖吧。”

“小北，你做梦是彩色的还是黑白的？”

“看内容吧，有食物的梦就是彩色的，有你的就是黑白的。”

“你居然会梦到我啊！”

“常常啊，梦到你在相框里，一脸严肃地看着我吃东西。”

“澈丹，你做梦是彩色的还是黑白的？”

“黑白的吧，白日梦嘛，白底黑梦，像素描一样。”

“没出息，编还不编个彩色的？”

“彩色的太逼真了，太逼真就不是梦了，我就想想，不能当真。”

“师父，咱庙估计还是我空道师叔酒量最好，我就没见他喝醉过。”

“他是从来就没醒过。”

“师父，你说，我喝点儿酒，话怎么就那么多？”

“这事儿还是别往酒身上赖吧。”

“师父，你怎么那么爱说脏话啊？”

“因为讲道理太难了，一句两句根本就说不清……所以……×，你懂了吗？”

“澈丹，别总抱怨了，生活其实是很美好的。只要你习惯了的话。”

“师父，人比人得死啊，小北唱歌那么好听，我念经都跑调；宛丹师兄那么嚣张，可我就是打不过他；你这么丑，也能当我师父……”

“澈丹，不要那么沮丧嘛，你功夫这么差，嘴又这么贱，都还没被人打死，你要知足。”

“师父，我忽然发现，在寺里待得，除了一堆师叔师兄，我都没有朋友啊……”

“这有什么的，为师也没有。”

“没有朋友多孤独啊。”

“有了也一样。”

“师父，喝茶是不是对参禅有帮助啊？你看空道师叔没事儿就喝茶，每喝一口都吸气挺胸，眼神辽远，一副大彻大悟的样子，跟他说话他也不理，就闭着嘴笑，高深莫测的。”

“他那是烫的。”

“师父，空道师叔现在毛病太多了，说是继续跟他学功夫就得先跟他学茶道，不然领会不了更高阶、更深刻的功夫。”

“唉，这东洋人在我们中土算是学坏了，净扯这些没用的。”

“那我还学不学啊？”

“学啊，反正这功夫你也没什么前途了，不如学好茶道，将来也可以高深莫测地去骗钱。”

“师父，我想留长发，秃头太难看了。”

“你以为你长发会好看吗？”

“……也不是，可咱们到老都只能留这一种发型吗？”

“你这就是缺乏战略眼光了，长期看这对我们是有好处的，你想，如果僧人不剃度，那许多德高望重的高僧老了就会变成谢顶的高僧，那还怎么德高望重？再说，辩经的时候互相薅头发也不成体统吧？”

“秃头我就忍了，可烫戒疤我实在忍不了啊，多疼啊。”

“你就当文身了。”

小北，今天下雨的时候我在街上走，路上很多人在跑，我已经淋湿了，就没有跑，反正回到寺里还要好久。对面有个人也没有跑，他慢慢走过来，嬉皮笑脸地说：小师父，受累打听点儿事儿呗？我合了个十，以为他要问路，他接着笑：这雨几时停？小北，我觉得他比我像和尚。

“师父，那些大奸大恶之徒，真的不怕遭报应吗？人在做，天在看啊。”

“你也在看啊。”

一武士手握一条鱼找空舟禅师，道：“我们打个赌，你说我手中这条鱼是死是活？”

空舟知如说是死，武士会松开手；如说活，那武士定会暗中使劲把鱼捏死。于是说：“你是个傻 ×。”

“空舟禅师，我被官府追杀至此，恳请贵寺收留！我愿落发为僧，扫地打杂，禅师救命啊。”

“你犯了什么法？”

“我是被冤枉的啊。”

“呵呵。”

“好吧，禅师，我刚刚是骗你的，我确实犯了法，我杀了人。”

“杀了何人？”

“我嫂子，她与奸夫勾结，害死了我哥哥，被我发现，失手将她打死，那奸夫是本地富绅，我……”

“我 ×，二郎，你这故事编得敢不这么通俗吗？你到底犯了什么法？”

“……空舟禅师，我说实话吧，我没犯法，我也没被官府追杀，我只是实在受不了凡尘俗世了，我想出家，求个清静无为，恬淡安稳。”

“求清静啊，那你倒真不如去犯个法，牢里比我们这儿清静多了。”

“师父，刚小北跟我生气了，给我这顿骂……”

“还嘴了吗？”

“我还还嘴，我就差自己掌嘴了……”

小北，我现在不太敢说要和你在一起了。人生下来，总要死；和你在一起，总要分开。这不是宿命论，这是经过科学证明的宿命论。

“澈丹，让你切个西瓜怎么这么半天？手无缚鸡之力也就算了，缚个瓜也这么困难，你可真是，文不能辩经，武不能切瓜，你说你……”

“够了！师父，我手里拿着刀的时候不要这么刺激我，会出事的！”

“干吗？一气之下要自杀吗？”

“……我去切瓜了。”

“师父，这两天我下山行走，发现其实我很受女施主欢迎啊。”

“是幻觉。”

“你看你，别嫉妒啊，真的，人家拉着我问长问短的，还请我吃饭，请我喝酒，还让我下次再来……”

“你这两天根本就没下过山。”

“……”

“那是梦吗？可感觉很真实啊。”

“真实就对了，你前天吸了一口大方丈从印度带回来的香料，生梦幻泡影，就是这作用，辅助修行的。”

“我怎么不记得？”

“是我趁你睡着时让你闻的，测试下效果，看来不错。”

“×，要是有毒怎么办？我跟你拼了！”

“别喊，幻觉是愿望的表现，你的幻觉我已经听过了，再嘚瑟，我就告诉小北。”

“……再给我来一口吧。”

“师父，靠这印度香料修行，见识了梦幻泡影，见识了一切虚妄，不是偷懒吗？”

“是啊，所以卖得贵。”

小北，若因果是注定的，那我们也不必挣扎更不必争取了，可佛法若是错的怎么办？我师父说的若是错的怎么办？我们未守过清规戒律，但信了因果报应，你是我的善果还是我的报应？你说我是愚昧也好，长夜漫漫，每一个长夜都是上一个长夜，漫漫。小北，就算你是报应，也万望你不要半途而废。

小北，我又喝醉了，又喝醉了，又想你了，你其实知道，我每次说喝醉了，不是真的喝醉，我每次说想你了，是真的想你。

小北，我说我喜欢你，你说然后呢，我说和你在一起，你说然后呢，然后然后，哪儿有那么多然后，然后就一起活着啊，不然怎么样？

“师父，以后我不读经了，越读越丧气，估计凭我的智力，这辈子想悟道是没戏了。”

“你看，读经还是很有效果的嘛，能正确地认识到自己的无知已经不错了，为师为你感到骄傲。”

“……怎么听着不像好话呢。”

小北，我最近有些话多，我说了许多别人的话给自己听，结果总是笑场。当然真正听别人说话的时候，我是不会笑的，一是出于礼貌，另外也怕他们说更多的话解释。师父说，我这不是礼貌，是虚伪，也是慈悲。小北，你跟我说句话吧，今天很安静，我吃了很多橘子，下了很多雨。

“师父，我下山化缘怎么总是那么不成功啊？”

“谁让你去化缘的？”

“我想赚点儿零花钱……”

“澈丹，去帮我买只烧鸡回来。”

“这么晚了……”

“废什么话，快去！”

“这么晚还吃烧鸡，会胖的。”

“你还嫌我胖？！”

“我……我给你买烧鸡去……”

“明知道会发胖还要给我买！你安的什么心！”

“……你到底要怎么样啊？”

“你还顶嘴！你不喜欢我了。”

“……小北，你戏文看太多了。”

“我就是配合你演一演，开开胃，快去买吧。”

“澈丹，你见过海吗？”

“没有。”

“湖呢？”

“没有。”

“江河呢？”

“没有。”

“除了寺里这口井，你是不是就没见过别的什么了？”

“我见过大雨。”

“师父，活着是不是也就这样了？年轻时像我这样，大了像你这样，老了以后像大方丈那样？”

“你不要那么自信，你能不能活到老还不一定。法无定法，唯一确定的就是你死了以后肯定是像土一样，可降解，可循环，低碳。”

“澈丹，你怎么又不上早课？已经连续三天了。”

“师父，上早课又没什么用，你又不是不知道，上它干吗？”

“我知道，你一世做的大部分事都是没什么用的，但这不是你不起床的理由，你不起床的真正原因是你以为你不来也没事。你错了，从明天起挑水一个月。”

“为什么啊？！”

“因为我们做那么多没用的事，就是为了避免坏事发生。”

“师父，婚礼敲锣打鼓我懂，热闹嘛，怎么葬礼也是敲敲打打的啊？”

“也是为了热闹一点儿，荒诞一点儿，弄得太严肃了，哭丧的人会笑场的。”

“师父，坐禅入定，是不是应该心底明净，一念不起啊？可是我做不到啊，脑子里总会想东想西。”

“那是因为你姿势不对，或者蒲团不舒服，你看咱们大方丈，坐三分钟就一念不起了，还打呼噜呢。”

“师父，坐禅到底是应该悟空，还是应该苦思啊？”

“你睡得着自然就悟空，睡不着自然就会苦思，由不得你，问什么问。”

澈丹，改变世界的方式很多，喝醉也是其中一种。

昨晚空响师叔为了自己古井不波的境界再次激动到失眠，并且大喊大叫，全寺的和尚都被喊醒了，追着空响师叔打。可他声音太响，没人近得了身，于是大家去找大方丈，可大方丈怎么喊都喊不醒，空响师叔盯着大方丈的房门看了一会儿，说了个“×”，就睡觉去了。

小北，很久没给你写情书了，日子倒也就这么过下来了。

“澈丹，你看你窕丹师兄现在，起早贪黑，寺里的佛经他都快看完了，还到处给人讲法，你看看人家多勤奋，你睡到现在还不起。”

“我 ×，他这么努力，干吗不去隔壁大寺啊？或者直接还俗创业得了，还出什么家啊？！”

“你这话说的，我们遗寺的人就不能勤奋了吗？都想着不劳而获，哪有这么好的事儿？你赖床还有理了？给我起来面壁！等我睡醒了再找你算账！”

“澈丹，你最近经也不念，水也不挑，柴也不砍，就跟墙脚坐着，装什么自闭啊。”

“师父，我忧郁……”

“要点儿脸吧，还忧郁，饭也没见你少吃了一口啊。再说，忧郁对外形是有要求的，你这种朴素的外形顶多也就是心里不得劲儿。”

“师父，我心里不得劲儿……”

“你要再不去挑水，就该身上不得劲儿了。”

“师父，你看见门口的告示了吗？官府说要推进寺庙管理规范化，完善寺庙管理体制，切实把寺庙管好，还要定期给僧人培训……”

“看见了，官府的人还进来跟大方丈洽谈了半天。”

“怎么整啊，我经都不想念，还受他们培训？”

“没事，大方丈在友好的气氛中给他们算了一卦，五年内轻易进入寺庙必有血光之灾。”

“这人家能信吗……”

“不信可以试试嘛。”

“澈丹，你不要再逃避人生了。”

“我没有逃避。”

“你有，你只是没有成功。”

“师父，我要洗心革面！”

“太好了，你等为师去给你烧壶开水。”

小北，我似乎从来没有过为了什么一定要怎么怎么样的时候，从来没有那么热烈过，即使是给你写的情书，也是压着手腕写的。小北，我是说，话不能说得太满，人活得也不能太满了。当然你很好，你这样理直气壮的很好，我喜欢你这样，但是我不行，我就做你的退路好了。

“师父，我觉得，人生在世，归根结底靠的就是三样，随大溜、碰运气、勤奋，占上两样就能过得不错。”

“澈丹，为师让你学佛法，让你修觉悟，让你证无上正等正觉，你怎么净总结这种庸俗哲学处世智慧？你有个僧人的样儿行吗？”

“你不也老说吗？”

“我已经老了，你跟我比什么？”

“师父，我错了，我晚上就修觉悟，你先说我说的有没有道理嘛，人活着是不是就靠随大溜、碰运气和勤奋？”

“嗯，是，这三样儿你占哪个啊？”

“……我占一个心态好。”

小北，佛法太难学了，觉悟太难了，要应付师父太难了，不懂装懂根本就是找打，还不如装疯卖傻。当然最好还是直接承认不懂，不觉悟，不想觉悟。小北，我觉得，和你在一起也是一样。无赖一点儿，显得坦诚。

“师父，我渐渐觉得，我佛说众生皆苦，未必是对的，大部分时候众生都不苦，或者说，他们并不认为自己苦，不然没法儿解释为什么众生会生生不息。大部分时候，众生根本就没想法，整个人生最大的苦也就只是无聊罢了，你说我说得对不对？”

“无聊。”

“澈丹，我发现你最近越来越过分了，默经的时候还在吃零食，你对佛祖还有敬畏之心吗？”

“师父不要着相嘛……”

“你对为师还有敬畏之心吗？”

“你直说你是不是想吃……”

“南无，形式总还是要走的，拿来吧。”

“师父，你看，如果我靠天赋变得特牛，那是老天给的，没什么好得意的；如果我靠后天努力变得特牛，那别人后天也能努力，这也没什么好得意的。归根结底，活着就没什么好得意的。”

“归根结底，你就是既没有天赋，又懒，还为此得意。”

“师父，我盯着墙看了一个下午，我觉得它想表达什么。”

“罚你面壁，瞎感悟什么啊。”

“澈丹，早上为什么没来早课，你又想面壁了吗？”

“昨晚喝醉了啊，你不是和我一起喝的吗？！”

“是啊，但是为什么我能来早课呢？”

“你比我能喝呗！”

“那你还不好好反省反省！”

“师父，新年了，明天能给放天假吗，我要出去玩儿……”

“不给。”

“你……”

“我什么我，明天哪儿哪儿都是人，哪天出去玩儿不行？非凑这个热闹干吗？又过一年了，你这个智商敢有点儿进步吗？”

“不是我要去啊，是小北要去！这不是智商问题……”

“嗯，为师明白，这是生命安全问题，去吧。”

“澈丹，新年快乐！”

“不快乐。”

“咳，我也就是这么一说，别往心里去。”

“师父，新年新气象，我打算换个发型。”

“嗯，从全秃换成斑秃吗？”

“小北，我……”

“又喝多了？”

“……嗯，以后再也不喝了。”

“看来是真喝多了。”

“澈丹，为师问你，你想成为一个什么样的人呢？”

“我想成为一个开心，并且能让别人也开心的人。”

“哦，后一点还是可以做到的。”

小北，我很久不给你写情话了，我想，我是个普通人，怎么能那么爱你。

“小北，我只是喜欢你。”

“你只是喝多了，澈丹。”

“澈丹，你这饭做得要是不够吃，我晚上饿了就抽你。”

“小北，你看，如果你饿了，你是没力气抽我的；如果你抽我，就说明你吃饱了。”

“做顿饭你还给我做出逻辑陷阱来了……”

小北，我很久不说轻薄的话了，无论是对世界还是对你。内心逐渐痴肥，人格逐渐呆板，面目倒是一如既往地可憎，这让我略感欣慰。我师父说，我无端发笑的次数越来越多了。小北，我想念你的次数却没有减少。

存钱罐儿

一

澈丹："师父，咱们晚上做包子吧？"

空舟："咱们好好做人呗。"

澈丹："……"

澈丹今天干了体力活儿，特别饿。依大方丈令，遗寺僧众正在拆除大殿佛像，要放在院里烧了。

遗寺的佛像待不住。立寺之初，是一尊泥佛，那泥胎终日普度众生，生了倦意，一天忽然站起身，抖抖土，对殿前香客鞠了一躬，说："在下不行了，在下先走一步。"

此后又立四尊佛像，各有借口，有说出去抽支烟的，有说去上个厕所的，均去无影踪。一年前，大方丈就说："这尊怕也该到时日了，如来如去，众僧切莫与之冲突，权且挥手作别。"

结果一年过去，这一尊却不动如山，于是大方丈下令，颁终身成就奖，而后付之一炬。

澈丹问："不走就不走呗，烧了合适吗？挺呛的。"

空舟答："其实这尊也早有去意，奈何人间气沾染久了，心软了，大方丈说，咱们度它一回。"

澈丹说："我看是大方丈心软了吧。"

二

佛像放在大院中央，架了柴堆，可是试了几次，火怎么都点不着，空巫来了脾气，说要引俩天雷炸它，被空舟拦住了。

空舟跟大方丈说："师父，这是不喜欢火葬啊？"

大方丈："它还是心软。你去劝劝。"

空舟提口气，走到空场中间，与木佛面对面："南无，有什么心里话你就说。"

木佛没说话。

空舟："你是还有什么放不下的？年深日久，相中前殿里那把木椅子了？我给你俩撮合撮合？"

木佛没说话。

空舟收了嬉皮笑脸，叹口气："众生普度不完的。"

木佛没说话。

空舟："是，度一人是一人，多一人觉悟，就比少一人觉悟强，可你在这里，见过几个觉悟的？"

木佛没说话。

空舟狠狠心，提了音量："不光没几个觉悟，恐怕连你自己都离觉悟远了吧，我佛？"

众僧觉得空气一紧，隐约传来一声佛号，木佛自燃了。火苗蹿天而去，大火一瞬，空场中没留下任何残渣。

空舟一边跑一边说："哥，你等我躲远点儿再着啊，我新买的袈裟！"

三

晚上到底还是做了包子，羊肉芹菜馅儿的。

澈丹拿了一笼，跑到前殿边吃边看焊佛像，让小北抢去了几个。

新佛像早就做好了，空巫亲手做的，是尊铁的。大方丈有令，这次要把佛像牢牢焊死在底座上。

小北边吃包子边说："这次这尊佛像真难看啊，黑了吧唧的。"

澈丹："嗯，没有你好看。"

小北："你拿我跟黑铁比啊！"

澈丹："我是拿你跟佛比。"

小北："喊，油嘴滑舌，我看你是包子吃多了，都给我吧。"

澈丹不舍地目送着小北和包子走远，舔舔嘴唇，回头问空舟。

澈丹："师父，焊死能拦住佛走吗？这不是天真吗？"

空舟："焊死不是为了拦住佛走，是别有用途。"

四

遗寺今年效益不错，大家都收了不少香火钱，按说个个花钱都是大手大脚，居然还都剩了不少。众僧开会，觉得这钱存在钱庄不合适，放在床底下不保险，于是大方丈命空巫做了这个空心的铁佛，让大家集中把钱都放在里面。为了更安全，索性把铁佛跟底座焊死，防止有人连佛带钱一起偷了。

澈丹："这哪儿是佛像啊，这就是个大存钱罐儿啊。"

空舟："存钱罐儿就不能是佛像了吗？存钱罐儿就不能是佛了吗？"

澈丹："那我们日后对佛诵经，香客们来向佛祈福，对着的，居然都是一堆金银财宝，这……不合适吧？"

空舟："我问你，你见过隔壁大寺大殿里的佛像吗？"

澈丹："见过。"

空舟："他们的佛像是什么样的？"

澈丹："……金的。"

空舟："有多少寺庙的佛像都是金的？"

澈丹："……很多。"

空舟："让你读经，记得经上怎么说西方极乐世界的吗？"

澈丹于是诵经："极乐国土，有七宝池，八功德水，充满其中。池底纯以金沙布地，四边阶道，金、银、琉璃、玻璃合成。上有楼阁，亦以金、银……师父，我懂了。"

空舟："懂什么了？"

澈丹："金银财宝没什么不合适的，大把寺庙里的佛像都是金的，佛说佛国，也是金银遍地。是我着相了。可是师父，寺庙里又有那么多苦修的规矩，又说万法皆空，佛像这么隆而重之弄成金的，不是最大的着相吗？又说要戒贪嗔痴，妄图去这金银遍地的极乐世界，不就是最大的贪嗔痴吗？师父，我不明……师父，师父？"

澈丹说着说着，发现空舟盯着铁佛发呆，连叫了两声师父，空舟猛然醒转，冲空巫喊："别焊了别焊了！"

澈丹："师父，你悟到什么了？"

空舟："我忘留私房钱了。"

何首乌

一

大方丈从山里回来，手里拿着个黑乎乎的东西，颇似人形。

澈丹见了，问："大方丈，人参啊？"

空舟："没文化，何首乌。"

澈丹："我就说，人参哪有这么丑。"

澈丹一下想起自己听过这个东西："何首乌我知道啊，美发生发的嘛。大方丈，你买这玩意儿干吗？想还俗啊？"

大方丈："不是买的，是份机缘。"

说完把何首乌丢在了大殿供桌上。空舟抬头看看佛祖，看看何首乌，又看了看佛祖的肉髻，合了个十。

空舟："南无，佛祖，我们这里的和尚，倒是好像就只有你用得着这玩意儿了。"

二

空舟显然忘了，其实还有个人也用得着，就是刚刚在院子里披头散发练功的空道。空道武艺精深，耳力过人，已经听到了何首乌的功效。除了武艺，空道最在意的就是他的头发了，佛法要排第三。他拿了何首乌，径直去找空巫。

空道把何首乌一举："煮。帮忙。"

空巫："何首乌？咋的啊你，还想生发啊？你这还不够啊？"

空道："嗯。"

空巫："大长头发有什么好的？你毕竟是个出家人，再说多不得劲儿啊。"

空道："但是。帅。"

空巫："这玩意儿对肝脏不好，别吃了，这么爱美我给你做个假发戴呗，做个平头的好不好，要不板寸的，老精神了。"

空道中文再差也听出了讥讽，扭头就走。

空巫："你干啥去啊？"

空道："煮。自己。"

空巫看着空道的背影笑："妈呀，话还说不利索呢，挺倔强。"

三

第二天清早，澈丹禅房里传来一声惊叫。空舟还没睡醒，翻了个身，没理会。不一会儿传来砸门声。

澈丹："师父！师父！"

空舟紧守禅心，不做回应。按经验来看，半梦半醒时如果说了话，可能就再也睡不着了。

砸门声继续，澈丹音量加大："师父，你给我出来！这是不是你干的啊！"

空舟觉得，自己可能对这个徒弟有点儿太好了。压了压杀气，空舟开了门，开门以后，杀气全消。

空舟开门看见他的徒弟澈丹站在门口，一脸愁容，眼中是怒火，头上是及腰的长发。

粉红色的。

四

澈丹挤进空舟禅房，把门锁了："帮我剃！这让他们看见不得笑话我一年啊！"

空舟："没看见我也会告诉大家的。"

空舟一边让他讲讲到底怎么回事儿，一边拿了剃刀，粉红色的头发飘飘洒洒，澈丹还是非常困惑："真不是你干的？"

空舟："我有这么大本事吗？"

澈丹："可你有这份儿闲心啊，你还有那些奇奇怪怪的朋友，谁知道你托谁干的！我昨天晚上睡着睡着就迷迷糊糊闻着一股……"

澈丹还没说完，门外又传来敲门声，是空巫。

空巫："师兄！空舟！开门！你给我出来，这是不是你整的！"

澈丹跑去打开门，空巫猛地挤进来，澈丹见了爆出大笑。

空舟："你这个好，绿色是比粉色适合你。"

空巫："师兄，是不是空道那个瘪犊子让你整我啊？妈的，这个'霓虹金'也太小心眼儿了。"

空舟："我给他剃完给你剃，说说怎么回事儿。"

空巫："肯定是空道！不知道从哪儿弄个何首乌，让我给煮，我说你别吃，那玩意儿对肝脏不好，再说有用没用谁知道啊，我这么大个巫师对不对，我给你想想办法好不好，嗐，没说完走啦！然后半夜我就闻着一股……"

空巫说到此处，又传来敲门声，是小北。

小北："开门！空舟！你给我出来！"

空舟嘀咕："不是吧，你个女孩长点儿头发怎么也生气啊。"

空舟打开门，发现小北并没有什么异常，小北看见澈丹和空巫一阵大笑。

小北笑完说：“我姨父是天蓝色的。”

五

空舟提了剃刀奔向大方丈禅房，行了礼，那两个披头散发的也跟着去了，空巫一进门就说这肯定跟空道和何首乌有关系。

大方丈：“空道把那何首乌煮了？”

空巫：“应该是，闻着中药味儿了。”

澈丹：“我也闻见了。”

空舟心里奇怪，自己就住澈丹隔壁，为什么没闻着。

大方丈想想，吩咐先把空道叫来，煮剩的何首乌也带来。

空道进来，大家明显感觉他那头长发比平时更润、更长。空道本来神采飞扬，忽然看见一屋子绿头发、粉头发、蓝头发，愣住了。大方丈往后拨了一下自己天蓝色的长发，正色道：“看来是真煮了，那何首乌不是一般的草药，空道，你闯祸了。”

大方丈昨天去山中吸收天地精华，撒撒野尿，忽看见路旁这个人形何首乌。大方丈一眼看出这植物才是真吸了天地精华，已成精怪，就绕着走了。没想到走了一段，又看见它立在地上，抬头看看，不是它跟着自己，而是自己又走了回来。

大方丈：“何仙长？何故挽留贫僧？”

何首乌一动不动，一个人声传入大方丈耳中，稚稚童音。

何首乌：“想请高僧带我入人间。”

大方丈：“何仙长这般法力，不用我带吧？”

童音忽然哀怨，又生气：“哼，法力高？法力再高有你们和尚高吗？好容易修了几百年，快出人形了吧，遇上个大和尚，非说我机缘未到，给我下了禁制，让我化不出人形。哎呀，我在这片林子里扎了上百年，风吹雨打，你们和尚怎么这么残忍啊？”

大方丈：“应该是自有残忍的道理。”

何首乌：“狗屁道理，他就说想入人间，得再等到一个和尚经过此地，我的机缘就到了。高僧，赶紧吧，给我解脱这禁制。”

大方丈：“那前辈没说怎么解吗？”

何首乌童音尖厉，刺得大方丈耳朵一阵疼：“说了我还用等你？你们这些和尚就说什么机缘机缘，让我等，都等了上百年了！我不管，你给我解！”

大方丈心里好笑，想这草药也有几百年修为，还学小孩儿撒娇耍赖。

大方丈：“我真不知道怎么解，可今天不解，我似乎也走不出这山了。这样吧，我把你带回寺里，那前辈说你遇到和尚会得解脱，我们那儿全是和尚，看看你能碰上什么机缘吧。”

六

空舟：“南无，原来是得道的仙草，这……空道，你真煮了？”

空道听到此处，脸色煞白，说不出话来。

空舟：“也罢，这算破杀戒了。”

若说遗寺里，还有哪个僧人谨守清规戒律，恐怕也就是不肯剃度的空道了。知道自己无意中破了杀戒，空道心情很复杂。

空巫看看自己的头发：“这仙草药劲儿大是大，但毕竟是植物，煮个草，不算杀生吧？再说了，杀生而已嘛，早晚要杀的。”

空道怒视空巫，眼里已有了泪水，大声说：“不。”

空巫：“你看你，安慰你两句吧还不知好歹了……”

空舟：“杀生事小，可杀了妖精，我怕我们遗寺从此不得安宁……空道，你恐怕得做点儿什么超度这位亡魂了。”

空道脸上尽是懊恼，点点头，认打认罚。

空舟转向大方丈，一脸正经："师父，你看怎么办？"

大方丈也是一脸正经："因果报应，夺命偿命。我看，空道，我们只好把你煮了。"

空道"啊"了一声，空巫直接喊出来："干啥？！师父，你是不是脑子转筋了？区区一个生发膏，就杀了怎的？咋能煮空道呢？师兄，你劝劝啊。"

空舟比刚才还正经："唉，事已至此，可能只有这一个办法了。"

澈丹也蒙了："师父，大方丈，当真说啊？"

空舟："出家人，生死本来就不该看得太重，这也是空道的机缘。"

澈丹："不该看得太重你怕什么妖精报复我们？"

空巫也急："师父，你说话啊！"

大方丈不说话，盯着空道看，空道眼皮低垂，一头长发都暗了。

空巫猛地跃起挡在空道身前："你跟那儿深沉个屁啊，快跑，我挡着他们！"

澈丹头发剃了一半，扑到地上抱住空舟的腿："师父，你能不能再用心思考一下？"

空舟："啧啧，你们还演上兄弟情深了，别在我腿上蹭……何仙长，你就打算看着啊？"

只见空道腰侧一动，僧袍鼓风，一个东西冲破衣服立在当地，正是煮剩的何首乌。黑光大盛，空舟和大方丈闭目诵经，一会儿工夫，何首乌变成了一个皱皱巴巴、黑不溜秋的长得像植物的人。实话说，变化也不是很大。

空道一摸衣服："没死！你！"

大方丈："几百年道行，一锅开水就煮死了？何仙长，恭喜你突破禁制。"

何首乌开腔，还是童音："哼，你们这一老一小两个妖僧，想煮我救命恩人？”

空舟：“不说煮他，你还不现身吧？玩心挺大啊你。”

何首乌：“那大和尚知道我没死就算了，你怎么知道的？”

空舟：“这么小个院子，我怎么没闻着他们说的香气？怎么不长头发？何仙长，干吗作弄他们？”

何首乌：“哈，你倒是聪明，什么何首乌生发，都是狗屁。让你们长头发，障眼法罢了。这个叫空巫的，讽刺我恩人，自然要作弄。这大和尚把我捡回来不管我，我也不能饶了他。”

澈丹：“那我招你惹你了？”

何首乌：“你说我丑。”

澈丹：“……我说错了吗？”

何首乌：“对了才生气啊！”

七

何首乌施法，五颜六色的头发收了去，省了空舟剃头的工夫。

何首乌：“行啦，我往人间去啦。”说着就要走。

空舟：“何仙长，你到人间干吗去？”

何首乌：“做人啊，做了几百年草了。”

空舟：“仙长这么大道行，不打算成仙？”

何首乌：“成仙干什么？”

澈丹：“草本植物就是弱智。成仙开心啊，无忧无虑，随心所欲啊。”

何首乌神色黯然，皱纹更深：“想过这种日子，当草不就行了？都不用当仙草。”

空舟：“南无，仙长说的是。去了人间，打算干吗呢？”

何首乌：“好好体验一下，走走看看，吃吃喝喝，想干吗干吗。”

空舟：“在人间走走看看，吃吃喝喝，想干吗干吗，这和做神仙有什么区别？”

何首乌不说话。

空舟：“真要体验人间，得有个做人的样子，不说娶妻生子，至少要有个营生吧。”

何首乌：“禅师有理，我干吗好？”

空舟：“开医馆，治脱发。”

何首乌：“……然后呢？”

空舟：“就说自己没有治不好的，名头挂出去。想受人尊敬，就每隔十人治好一个；只想过普通日子，就每隔百人治好一个；想做坏人，就治坏个有头发的；想得名利，就治好个有权势的；想受苦难，就再把那个有权势的治坏。必有人会千恩万谢，不用太当真；也有人怎么都不满意，不用太在意。会有大的医馆来找你，用钱找的有，用刀找的也有。如果运气好，还会有些人来与你结交，兴许你能得到如我两位师弟这般的友情，兴许你会气得杀个把人。爱情嘛，仙长法力那么高，可以换换样貌，可以常常换，会有意想不到的发现……本性自空，种因得果，人间什么样，仙长如此这般，应该很快就知道了。”

何首乌：“哈，听着有意思啊。”

空舟：“南无，听着，是有意思。仙长，到时发现人间无趣了，可以来我们这儿出家。”

何首乌：“还有什么嘱咐？”

空舟：“嘱咐是没有了，但仙长玩心这么大……我给你推荐个项目好不好？”

何首乌：“好啊好啊。”

八

第二天，隔壁大寺封山，院内五光十色。

遗寺大雨

一 大雨

遗寺下大雨，下了一个月。

雨到七天的时候，小和尚澈丹问他师父空舟：“这是什么现象？”

空舟说：“自然现象。”

雨到十五天，全寺僧众已经没有一条干爽的内裤可穿。

澈丹又问：“师父，这不是自然现象了吧？”

空舟说：“可能是哪个作法的求雨求猛了吧。”

于是大家去请空巫禅师出来看看。

空巫禅师是十年前进的寺，出家前是个萨满巫师，跳大神儿的，东北人。因为一次受乡绅委托求雨，没求来，在俗世结了梁子，毁了声誉，上山投奔。

上山那天，空巫禅师跟遗寺大方丈南无说：“哥，我跟你说，晴空万里啊，逼我求雨，这不他妈瞎整吗？搁谁谁能求来？不是我不好使，是他妈的有人害我。”

大方丈：“别他妈的说脏话。”

又问空巫：“那你有法力？”

空巫：“多少有点儿，主要是依天势。”想了想，又说，“求雨前也看天气预报。”

言罢，天降大雨，大方丈收了他，赐法号空巫。从此遗寺多了好几项一般寺庙不经营的业务。

大方丈说：“我收空巫，不是贪图他带来的经济效益，我是喜欢他的耿直。”

众人找到空巫时，见他脸上画得乱七八糟，禅房里摆满法器，已是作法多时。

空巫：“我查了、算了，也作法了。晴空万里，下雨月半，违反自然规律，这不是下雨下不停，是有人害遗寺。”

空巫进寺十年，轻易不说脏话了。

正说着，大殿方向传来肉体撞击地面的声音，众人互相看看，有人问：“这是谁在大殿干架啊？”

空舟说：“不能啊，能打的都在这屋儿呢。”于是全冲去大殿看热闹。

原来是山下镇子里一个相熟的香客王一，正冲着佛祖磕头呢。空舟禅师问：“王先生，不疼啊？”

王一：“疼啊，疼也得磕啊，佛祖显灵啊，晴空万里啊，独独你们遗寺上面有片云啊，下了十五天雨啊，你们遗寺有神力啊。”说完继续磕头。

空舟禅师知道，这确实是有人害遗寺了。

澈丹问：“师父，是谁啊？”

空舟说：“不要当众问我我回答不了的问题。”

二 陪你买衣服

空舟找到大方丈：“师父，是谁啊？”

大方丈没说话，身为大方丈，是不能说不知道的。

大方丈的外甥女小北在旁搭话："让我知道是谁，非砍了他！有完没完啊？我都快没衣服穿了！"

澈丹溜进来说："小北，我陪你下山买衣服去吧？"

小北白他一眼："你有钱吗？"

澈丹："我有！"

说完转向空舟，伸出一只手："师父，你常教育我，年轻人为了爱情，可以放下尊严。"

空舟："你本来有吗？"

澈丹："师父，我想要钱……"

空舟："你要脸吗？"

澈丹："师父……"

大方丈接了话，说："澈丹，钱从寺里出，派你下山采购一批干净衣物，记得买点儿保鲜膜蒙着回来，我也快没干衣服穿了。用不用叫师兄弟陪你一起去？"

澈丹看看小北，连说不用。小北没理他，径直去账房拿钱了。

两人拿了钱，出了庙门，过了小河，下了山，然后没进镇子就回来了。

澈丹说："雨跟着我们走，一人头上一朵云，不敢进镇里啊，怕被当成妖僧打死。"

小北气鼓鼓地拿毛巾擦头发，澈丹呆看着，心里嫉妒着毛巾，嘴里嘀咕："不过两个人走到哪里都有雨随身，旁人看见，羡慕死了吧？浪漫死了吧？"

话音没落，小北冲过来把毛巾塞进澈丹嘴里："你想死了吧？"

空舟在旁看着摇摇头，吐出两个字："浪。该。"

三 佛门里的俗世

雨下到二十天，人心浮躁。有师兄弟不信的，跑了出去，也是走到哪儿雨就跟到哪儿。空舟最狠，带着徒弟澈丹直奔了隔壁大寺，说自己读了一本经，悟通了一层佛理，特来跟僧友辩辩。

遗寺和隔壁大寺向来不和。隔壁大寺势大，名声也响，方圆百里，只剩遗寺没被吞并，究其原因，是遗寺创寺人有黑社会背景，到了这代大方丈，加上空舟、空道、空响、空巫一干僧众，也都不是什么好相处的人。恶人须得恶人磨，隔壁大寺对遗寺无可奈何，恨之入骨。

尤其恨空舟，他特别爱逛隔壁大寺。他说："这儿好，这儿是佛门里的俗世。"

当时澈丹跟了一句："佛门哪里不是俗世？"

空舟："骂人的时候，没必要那么严谨。"

空舟来了，门口的香客看傻了，全觉得是哪位菩萨显灵，但又死活想不起来哪个菩萨的化身是自带降水系统的，懵懵懂懂，纷纷口称"阿弥陀佛"，让开了。

一个妖冶女施主脸带坏笑，直勾勾盯着空舟，连声说："禅师好法力，禅师宝相庄严，禅师给我看看手相吧？"

空舟目不斜视、宝相庄严地进了大门，澈丹也尽量庄严。

澈丹："师父，你心里爽死了吧？"

空舟："粗俗。我这叫法喜充满。"

隔壁大寺的和尚自然认得这师徒俩，知道不是什么菩萨显身，更不是什么好事儿，急忙进去通报了。等空舟走进大院，释秒疑已经等在那里，命人关了院门，拿了几把伞来。释秒疑不是方丈，但所有抛头露面的事儿好像都是他干，至少每次都是这个倒霉蛋出来接待空舟。

释秒疑："阿弥陀佛，空舟禅师，你这是什么高科技？"

空舟颔首，轻声说："是佛法。"

释秒疑："阿弥陀佛，我也是干这行的，蒙我有劲吗？你们遗寺三教九流，有一个空巫搞这些旁门左道还不够，你又来，你们哪里还有佛门的样子啊？"

空舟颔首，轻声说："就你有。"

释秒疑："阿弥陀佛，你搞这些就搞，来我们这儿干吗啊？我告诉你，我们是正经的佛门圣地，你看我们墙刷得多白，你再胡闹，小心我破了你的妖法。"

空舟颔首，轻声说："你破啊。"

澈丹在旁非常兴奋，心里想："我师父真不是东西啊。"

院门口有偷听的香客，院外已经炸了锅。"听说了吗？遗寺那个小破庙的空舟禅师，居然来挑战咱们啦！""他常来吧……""这次不一样，这次带着法术来的，秒疑大师要破他的邪法！"

没破成。

非常尴尬，当着一堆看热闹的香客，其中还有不少老主顾，还有妖冶女施主。

释秒疑放下手中佛经，额头见汗，表情失落。

空舟师徒的表情好像比他还失落。

空舟说："破不了啊？"

语气尽是遗憾，可在释秒疑听来这就是存心气人。

释秒疑压着火道："阿弥陀佛，空舟禅师法力高超，破不了。"

空舟又叹一口气，语气诚恳："哪儿是我的法力高超啊。"

释秒疑听了要疯，心想：那就是说我法力太次呗？

释秒疑压着火："空舟禅师有这等法力何不做做善事？这些施主里，有不少来自干旱地区的。"

空舟悻悻然："我这点儿够干什么的啊？我带着我徒弟去给他们家当盆景吗？"

空舟合了个十，说："打扰了，我们回去了，秒疑禅师要是想到了破解之法，千万要来找我们啊，千万啊。”

释秒疑压下胸中脏话，使劲点点头，咬牙切齿说了句“阿弥陀佛”，目送空舟师徒离开了。

澈丹：“师父，可惜他没破了，不过你这主意真妙啊，我还以为你来这儿就是为了寻开心呢。”

空舟：“我是啊。”

两朵云跟着两个和尚，浮浮沉沉，走远了。

四 原来是你，你是谁

雨到三十天，大方丈把大家召集到一起开会。都是同辈的和空舟这辈的和尚，这帮人背景复杂，大方丈打算一起掰扯掰扯，看看是不是谁结了什么梁子，惹了哪路高人，让众人想想自己的仇家里有没有会干这种事儿的选手。

让大方丈先说，大方丈想了想：“要是我的仇家，我这会儿肯定非死即伤，不可能是我。”

让空舟说，空舟想了想：“我这么㞞，不会有仇家的。”

一干人眯着眼看他，不说话。空舟让人看得心虚：“看我干吗？是，我出家前是拈花惹草来着，那也不可能有这种会法术的啊，那我能活到现在吗？”

众人勉强信了，让空道说。

空道是个日本人，来中原求佛法的，结果这人好死不死赶时髦还信儒家，身体发肤受之父母，死活不剃度，没有庙门肯收他，只有大方丈看他一身武艺卓群，收在了遗寺，至今汉语说不利索。

他说：“没有。跟我结仇。比武。”

让空响说，小点儿声说。空响是练狮子吼的，吼是练成了，就是控制不好，他体谅大家，只摇了摇头，没出声。

让空巫说，空巫还没说话，人群中间传来一声："别说了，是我干的。"

众人随声看去，是个妖冶的女施主，不知何时进来的。

正是隔壁大寺门口让空舟看手相的那个女施主。

五 意中人

女施主自称佩施，说自己六年前来过遗寺。

六年前，佩施来求姻缘，是空舟禅师接待的。

空舟看了佩施的手相，说："南无，女施主三年内必有姻缘……"

佩施："禅师，我不是求随便的什么姻缘，我是求和一个人的姻缘。"

空舟："何人？"

佩施："我的意中人。"

意中人叫空巫。

空舟说："女施主，你这不是求姻缘，你这是求做媒。"

问怎么看上空巫的，佩施说几年前他们村请了空巫求雨，当时他还不是空巫，是个萨满。雨没求来，是另外好几个萨满联手作法干扰。空巫当时名声太盛，其他人生了嫉妒心。空巫赔了全部家当给村里，上山出家了。

佩施说："他是个好人。"

空舟出主意："我师弟的事我管不了，你的意思我会告诉他。"

言罢，空舟就再没见过佩施，也没听空巫提起过，直到这六年之后。

其实佩施去见过空巫，说了自己的意思。空巫开始说自己一心向佛，无意于男女之事。后来佩施又来过几次，聊巫术，聊佛法，就这么聊了三年。

三年头上，佩施说："咱要还继续聊，有件事我必须告诉你，当年在村子里害你的萨满，我爹是头儿。"

空巫说："那就不聊了。"

从此三年没见过。

空舟拧着湿透的僧袍问："所以你三年后就选了这么个出场方式？你找我，我帮你劝劝他不好吗？"

众僧附和，都说："就是就是，劝劝不好吗？"

空舟又冲空巫说："年轻人，为了爱情可以放下尊严嘛。"

众僧附和，都说："就是就是，放下尊严嘛。"

空巫苦笑摇摇头，佩施也摇摇头。佩施说："当年选在我们村害空巫，不是靠我爹，我爹他们几个加在一起也制不住空巫。选我们村，是因为我们村有我。"

"因为她天生就能通神。"空巫表情看不出喜悲，接着说，"萨满巫师就是人世和神的媒介，所谓法力高低，看的就是能借来多少神力。她天生就能借来很多，想必这两天大家也发现了……"

佩施说："我爹利用我干扰空巫作法，我并不知情。我知情了也没用。"

空巫说："萨满巫师一般都是跟着家族走的，将来她肯定要做他们村的大萨满，她爹不容我，我跟她好，是耽误她。"

佩施一笑："我爹说了，再过一个月我就得正式上班了。"

空巫一笑："那你是跑我们这儿练手来了？"

佩施不笑了："是告别来了。"

言罢，雨停。

众僧没人说话。

六 也是意中人

佩施临走时偷偷跟空舟说："其实我本来就想下十五天雨的，没想搞得这么尴尬。下了一个月，都因为一个小和尚。"

十五天头上，佩施正要作法收雨，没想到被一个小和尚撞破了身形，按说以她的法力，常人是看不见她的。小和尚问她是谁，在干什么，没想到她就一五一十说了。按说以她的定力，是不会轻易说这些的。不光说了，说到激动处还哭了。

佩施说："不知道为什么，什么都愿意跟他说。"

佩施说完，小和尚也哭了，说："相爱的人为什么不能在一起？"

空舟："这货是澈丹吧？"

佩施："是。"

两人哭完，澈丹求佩施再多下几天雨，他说他也有意中人，雨一直下着，跟她就多了不少相伴的借口。

澈丹当时说："她将来要是知道这雨是我求来的，开心死了吧？浪漫死了吧？"

空舟："这个丢人没够的玩意儿啊。"

空舟跟佩施告辞，来到院里找澈丹，见他正闷闷不乐地蹲在树根儿想事儿。

澈丹看见空舟，也没起身行礼，说："师父，雨停了。"

空舟："雨总是要停的。"

澈丹："佩施姐走了，小北也下山玩儿去了。"

空舟："人总是要走的。"

澈丹："师父，佩施姐跟你说雨是我求的吗？"

空舟："说了。"

澈丹低了头，垂了目："我是不是又得面壁思过去了……"

空舟面无表情，进了禅房，关了门，从门里说了一句话。

空舟说："等你空巫师叔心情好点儿，去跟他学求雨吧。"

砸杯断指

一

澈丹去山中求白桃精弄了瓶上好的白桃酒。

小北："给我。"

澈丹："你等我去找个杯嘛。"

小北："娘炮，喝酒用什么杯。"

澈丹见小北心情不错，斗胆拿着酒跑了两步，想逗她开心，想让"嬉闹"这件事也能发生在他们两人之间。结果小北劈手抢酒，澈丹站立不稳撞在柜上，砸了一个酒杯。

澈丹："啊。"

小北拿了酒开喝，见澈丹盯着地上的碎片发愣。

小北："怎么了？"

澈丹："这是我师父最喜欢的酒杯。"

小北："哦。"

澈丹："完了完了，怎么办啊？"

没人回应，澈丹抬头，小北已走远，空留一个酒瓶。

澈丹又念叨一句："这回完了。"

二

这杯子跟了空舟好多年。东西时间长了就不再只是东西了。东西赔得起，时间赔不起。

何况澈丹连东西都赔不起。

空舟："那也得赔吧。"

澈丹："怎么赔啊？我也没钱，师父对不起……"

空舟："剁小指吧。"

澈丹："啊？"

空舟："我听你空道师叔讲，他们日本赔礼道歉都这样，我觉得挺好。"

澈丹："一个破酒杯至于吗？"

空舟看他："破吗？"

澈丹："不破不破……可是……"

空舟："可是你的小指头肯定比我的酒杯珍贵是吗？"

澈丹："嗯啊。"

空舟："可我觉得这世上没什么东西比我的酒杯珍贵，你自己想想吧。"

空舟不知从哪儿甩了把匕首出来："在我醒来以前想好。"

说完回屋睡觉了。

完了完了，真完了。

三

澈丹心烦意乱，拎着匕首乱走。至于吗，就要剁我小指，你剁了它能干吗？收藏啊……正低头走着，在院里碰到空巫。

空巫："哎，小伙儿这是要杀谁去啊？"

澈丹摇头，说了砸杯的事，也说了空舟要他剁小指。

空巫："我 ×。"

澈丹："师叔，你说我师父是不是疯了！"

空巫："是那个青瓷的小杯吗？"

澈丹："就那个，你说我师……"

"你为啥要砸那个杯啊？"空巫痛心疾首，"这杯原是一对儿，当年咱庙里有个冤死鬼常住着，本来相安无事，结果这个弱智有一天嘚瑟，砸了空舟一个杯，然后空舟就把它超度了……"

澈丹："师叔，你讲这个什么意思？"

空巫："你师父说没说你要是不剁会咋样？"

澈丹："没说，他就说他睡醒了以后要我想好。"

空巫："他睡觉去了啊？"

澈丹："嗯啊。"

空巫："你想想你师父都什么时候睡觉。"

澈丹："……生气的时候。"

空巫："澈丹啊，一根小指而已，留着能干吗使呢？该剁就剁吧。"

四

空舟睡醒出来，看见澈丹一脸冷汗，眼神怨恨，捧着小手指在门口等他。

空舟："我 ×，你怎么真剁了？！"

"啊？"澈丹吸着冷气喊。

空舟："我让你剁了吗？"

澈丹感到头疼。

空舟："让你想好，是让你剁手指吗？"

胃也疼。

空舟："一个破杯子，值钱不值钱，陪我久不久，我在乎吗？我缺钱吗？我是那么有感情的人吗？"

主要还是手疼。

空舟："我是让你想清楚到底是杯子珍贵还是手指珍贵的道理。"

手疼完了想杀人。

但现在不能在这儿理论，空巫答应了他，剁完手指赶紧过去，还能接上。

澈丹："师父说的是，我知错了，我还有事……"

"你不能觉得自己的手指就比别人的杯子珍贵，"说到此处，空舟按住澈丹肩膀，伤口不疼了，冷汗停下来，澈丹听到师父在说话，"你的命也一样，不一定就比我的杯子可贵。"

空舟："东西没有高下之分，全在人心一念。你的命重要还是我的命重要，要看来取的人是谁。白桃酒在你看来是好东西，对白桃精来说不值一文，对小北来说……也是不一样的价值。"

空舟拿过澈丹的小指，已经开始发凉："众生平等，不是说众生都有一样的价值，而是说众生都一样没有价值。"

澈丹肃然："谢师父教诲。"

"断你一指，一是我憋着想说这个道理，我不说难受；二是你知道那是我最喜欢的酒杯，如果我只说个没关系就完了，怎么可能完？你心怀愧疚，这事恐怕永远在你心里，以后每回我旧事重提，你都不舒服。剁你小指，你就觉得再无相欠，杯子的事才放得下。"空舟把小指还给澈丹，"快去找你师叔接上吧。"

澈丹："谢师父除我心魔。"

空舟一撒手，痛感又上来，澈丹赶紧往门口跑，跑到门口又想起一件事。

澈丹："师父，既然你真的不看重这个杯子，那当年的那个冤死鬼你又为什么要杀？"

空舟："哦，那个啊，他打的那个杯子是我比较喜欢的一个。"

两个不一样吗？澈丹怕师父再按住他讲一番道理，压下心中疑问，捧着手指跑出去了。

空舟庆生

一

澈丹："师父，生日快乐！"

空舟："不快乐。"

澈丹："因为没有蛋糕吃吗？"

空舟："为师那么庸俗吗？是因为没有肘子。"

于是澈丹下山去买肘子。

今天是空舟禅师生日，空舟本来是不过生日的，但大方丈发现，人间婚丧嫁娶、升官乔迁、孩子满月、八十寿辰，都能收一份礼钱。于是让遗寺人气旺的几位禅师都过生日，还写在了牌子上挂在前殿，让香客随意赠送生日礼物。今天是空舟禅师生日，收捐的箱子已经换了四回，还有多位施主捐完了不肯走，都说，要是能得空舟禅师签名赠字，愿意多捐。

大方丈不让签，大方丈说："得有所保留，一次给这么足，下回就不值钱了。"

二

道贺送礼的多，可没有送肉的，毕竟是佛寺，于是差了澈丹去买肉。

和尚买肉，不成体统，遗寺处理的办法有二，一是自己打猎自己做，二是去相熟的香客王一家买。

王一开个大肉铺，还做各种各样的生意。王一拜佛，笃信遗寺，常常拜托空舟帮他处理感情问题。空舟有一次问他："我们遗寺不守戒律，总买肉吃，你还拜我们的佛？"

王一说："我不就是卖肉的吗？"

空舟说："南无，王老板有佛缘。"

澈丹就是去了王老板家，要了二斤肘子，结账的时候说："今天是我师父生日。"王一给打了半折。澈丹又说："我师父常说您有佛缘，心地善良，知书达理，让我多跟您学习。"

王一又免了一半。澈丹还是拿着肉不走，说："王老板家大业大，还差这点儿钱吗？我师父说吃肉的时候会诵经保佑您的。"

王一叹口气："拿走吧，祝你师父生日快乐。"

空舟一边吃肘子一边听澈丹兴致勃勃讲他白拿了人家肉的故事，澈丹讲完，就发现空舟的肘子已经吃完了。

空舟舔舔手指，问："你意识到了什么没有？"

澈丹："……好像是给少了，我找他去。"

空舟："别去了。王老板有佛缘。"

澈丹："他怎么骗人呢！"

空舟："不要先争成败，败了，又来论是非，你觍着脸白拿人家的肉，就值得称道吗？你刚不是还沾沾自喜呢吗？技不如人就认了，下次长进吧。"

三

当晚有庆生宴，备了酒席，开席前让空响喊了两声权当放炮。

空舟讲话：“来到人世，其实没什么值得高兴的。”

众僧附和：“就是就是。”

空舟接着说：“众生皆苦，生日实在也不值得庆祝。”

众僧附和：“就是就是。”

空舟：“我们求佛法的，就更不应该过什么生日了，今人庆祝佛诞日，是末法的象征。佛哪有诞生之日？佛诞之日与佛有何关系？佛岂是在诞生之日成佛？所谓生日……”

空巫不乐意了：“师兄，这里也没外人，你就别说这些了呗，你不饿啊。”

空舟：“我吃了肘子来的。”

众僧说：“×。”

于是开吃，不理空舟了。

大方丈没吃，笑眯眯跟空舟说：“生日快乐吗？”

空舟说：“南无，快乐，多谢师父。”

今天其实不是空舟的出生之日。

四

空舟：“所谓生日，不必是出生那天，相比起出生，很多日子更配称为生日。”

澈丹：“今天到底是什么日子？”

空舟：“二十年前，我终日无所事事，到处闲逛，经过遗寺，想进来偷点儿钱花，被大方丈抓住……”

澈丹：“大方丈不但没有怪你，反倒劝你向善，你从此剃度出家……”

空舟：“不是，我被大方丈一顿毒打……你别笑。”

澈丹忍着笑，空舟继续讲：“大方丈打完，问我服吗，我说不服，他说好，等你养好伤再打。”

空舟于是在遗寺养伤，其间发现大方丈总拿本书看，后来又打了几次，他是打几次输几次。

空舟：“我想那书肯定是什么武学典籍，于是偷了过来。”

空舟从身后拿出一本书，说：“二十年前的今天，我第一次读了《金刚经》。”

放生大龟

一

空舟："春天来了，又到了吃黑鱼的季节。"

澈丹："春天黑鱼肥啊？"

空舟："不是，是春天来山上放生的人多了。"

遗寺的地理位置在一座山的半山腰，下山走不远，过条河，是一个镇子，沿着河，往山后走不远，是隔壁大寺。隔壁大寺在遗寺的上游。末法时代，不知从几时起，号称信佛的香客们流行起了放生，而隔壁大寺作为第一大寺，又颇爱组织此类活动，每有香客上山放生，隔壁大寺必有僧人在旁诵经，说是如此，福报可翻倍，于是去隔壁大寺放生的就更多了。

空舟："去放生的人多啊，黑鱼比人还多啊。"听语气，是一嘴的憧憬。

澈丹："师父，那咱就别在这儿说了呗，咱捞去啊。"

空舟："等天黑去。"

澈丹："你还怕被人看见不好？不是咱风格啊。"

空舟："不是，是我一早就放好了网，天黑去收，装得满。"

二

晚上遗寺僧众去收网，网中果然装满了黑鱼，还有几只螃蟹和一只巨大的乌龟。

澈丹："师父，这是……"

空舟："赶紧抬上来，×，陆地龟往河里扔。"

澈丹："行了师父，咱们吃人家放生的黑鱼好到哪儿去啊。"

空舟："第一，这条河本身没有黑鱼，突然这么多黑鱼放进来，河里其他鱼虾都得死。第二，黑鱼我们不吃，还有卖鱼的等在下游，他们捞起来，明天一早又卖给来放生的善男信女，如此折腾几遭，这些鱼早晚活不成。第三……"

澈丹："师父，你不用说了，我懂了。"

三

众僧捞鱼回寺，澈丹问："这大龟怎么办啊？"

那大龟趴着到空舟膝盖，没两三个人抬不动，此刻正伸着脖子。空舟看向它，它也看向空舟，眼皮耷拉着，一人一龟对视了半晌，空舟向大龟合了个十。

空舟："南无，带回寺里吧。"

澈丹："怎么带啊，你没发现它基本不动吗？"

空舟："你想想办法，我们先走了。"

澈丹："我怎么……"

空舟："你不是禅定怎么修都修不好吗？跟它学一学。而且这位至少活了百年了，有灵气的，好说好商量，是份机缘。我们回去做好鱼等你们。"

众僧笑嘻嘻跟澈丹道别，拿着鱼走远了。澈丹无奈坐下，与大龟对视。

澈丹："龟施主，懂中文吗？"

大龟缓缓挪了两下，瞥了一眼澈丹，把头缩进了壳里。

澈丹："你还挺自闭。"

澈丹无计可施，索性靠着大龟半躺下来，感觉跟靠在一块大石头上没有差别。月上中天，可见银河，澈丹常想，那么大一条银河摆在天上，人这一辈子做什么都是没有意义的。

澈丹："龟施主，活过百年，是什么感觉呢？思考出活着的意义了吗？"

大龟一动不动，澈丹回头看看，龟背上是陈年的花纹，随即一笑。

澈丹："我见过我空巫师叔用龟壳占卜，好像不少人都向龟壳求命运，想不到我会问一头活龟活着的意义，龟施主，你说人生奇妙不奇妙。"

大龟还是一动不动，澈丹继续自言自语："你看，问死龟好歹有个结果，问活龟反倒石沉大海。人间的事，理所当然的时候少。"

澈丹捡起块石头，丢进河里，又捡起块石头，奋力朝天上的银河砸过去。

澈丹："龟施主，就说这把你扔河里放生的人，也是事与愿违，心似乎是好心，可结果却差点儿要了你的命啊。"

大龟动了动，把头伸出来，跟澈丹对视了一下，然后摇了摇头。

大龟："有个什么好心。"

四

当晚澈丹是大龟驮着回的寺，空舟他们一进门就看见了坐在龟背上笑眯眯的澈丹。他比大家先到了。

澈丹："师父，这龟有冤情。"

空舟："我知道，让你留下就是听冤情的，说吧。"

澈丹："这龟本是一个大官的宠物，算命的告诉大官养巨龟可保官运亨通。结果这两年他仕途坎坷，就全怪在了大龟身上，于是就来隔壁大寺把它放生了。真孙子啊，临了还想拿大龟换一点儿狗屁福报。"

空舟："嗯，龟施主，用我们帮你报仇吗？"

澈丹："我问过了，大龟说它要想走，人是拦不住的，它投河算自杀。大龟说，活着没意思。"

空舟："我就说你俩有缘吧。"

澈丹："……那帮放生的我们就不管了？"

大龟又把脖子伸了出来。

大龟："这事我来办吧。办好了，也许活着就有意义了。"

五

后来发生的事有很多传说，最流行的版本是：本地一位高官做了一个大噩梦，梦到香客们在隔壁大寺放生的虾鸟鱼虫都被自己养过的一头大龟吃了，那龟张着大嘴，满口尖牙，身上还坐了一个浑身是血的年轻和尚。和尚端了一锅酸汤黑鱼，冲自己笑，问道："吃不吃？"

有朋西来

一 做副拐

澈丹在院子里锯一根木头，手上已经破了几个口子，空舟从屋里出来。

空舟："你这是做佛像呢？"

澈丹："……做副拐。"

空舟看了看澈丹手里那块形状模糊的木头，说："你要说是佛像，还可信一点儿。"

澈丹扔了家伙："师父，木工活儿挺难啊。"

"没工夫教你，前殿来了客人。"空舟走了两步，又回头说，"给小北做的？"

澈丹："嗯，她玩攀岩崴了脚，我说背她吧，她又不肯……"

空舟："别做了，大方丈已经帮她买了轮椅了。"

澈丹声音消沉："做都做了，做完吧。"

他抄起家伙跟木头拼起命来，拼了两下，又抬起头嬉皮笑脸："师父，你看你也老大不小了，说不定哪天这拐就用上了。"

空舟："我觉得你先用上的可能性很大。"

二 逻辑

前殿来的是个牧师，洋人，传教的。瘦高，黑袍，随身一个大红箱子。

空舟："南无，会说中文吗？"

牧师："会说。我们要传教，都得先过语言关。"

空舟："来干吗？想换工作？"

牧师："上帝保佑，不是，是想劝你们别信佛祖了，信上帝吧。信上帝可得永生。"

空舟："我不喜欢永生。"

牧师："上帝保佑……"

空舟："我也不需要谁保佑。"

气氛有些尴尬，空舟又打量了一下牧师，这人眼神安定，一头金发，下巴末端的中间有一条很多外国人都有的小沟，颇显男子气概。空舟心想，人模人样儿的，干点儿什么不好啊。

空舟："你这是来踢馆的呗。"

牧师："失礼了失礼了。"

空舟："别瞎客气了，直说吧，干吗来庙里传教？"

牧师："我来之前查了，你们中原的宗教，信念弱。信佛的人，不是信佛，是有求于佛，有求财的，有求子的，有求来世的，就是少有求佛法的。是吧？"

空舟："是。"

牧师："既然只是想求点儿什么，那求上帝比求佛祖有效率，我们不讲轮回，我们直升天堂，做了坏事，也不用捐香火钱，找个牧师忏悔一下就得了。而且信我们比信佛容易，概念简单，规矩少，门槛低，是吧？"

空舟："是。"

牧师："来寺里，最容易找到想信点儿什么的人。是吧？"

空舟："是。"

牧师："所以来贵寺，不是踢馆，是逻辑的必然。"

空舟："逻辑没错，可惜你拜错庙了。我们遗寺，是求佛法的。"

牧师没说话，低头打开了他的大红箱子，里面是一个银质十字架，几本《圣经》，几件黑袍，还有一堆金条。

空舟慢慢看了两眼金子，慢慢站起来，慢慢合上了牧师的箱子："当年隔壁大寺要收购我们，给的比这多。"

牧师："怎么没答应？"

空舟："说过了，我们是求佛法的。"

牧师："禅师啊，你欺负我是外地人呗？我没法相信。"

空舟："不用信，你只要知道你打不过我们就行了。"

空舟言罢，大殿黑影中走出一人，面色阴沉，长发披肩。是空道。

空道说："我。能打。"

空道又说："汉语。你。怎么学。教教。"

空舟冲牧师说："这是个日本人，来中原七年了，汉语还是这个德行，见笑了。"

牧师摇摇头，表示没有动手的意思，表情黯然："传个教太难了。我逻辑是功利了点儿，手段是直接了点儿，但我是真信上帝，真想让大家都得救。"

空舟："人能有所信不容易。"

牧师："禅师什么都不信吗？"

空舟没理他的问题，说："我有套更功利的逻辑，你想听听吗？"

牧师点点头。

空舟："你来中原，是为传教吧？"

牧师："是。"

空舟："按你刚才的逻辑，寺庙好传教，作为立足之地，这庙影响力越大，你的教才越好传。是吧？”

牧师："是。"

空舟："隔壁是第一大寺。"

牧师："禅师逻辑乱了，隔壁是第一大寺，已经尽得功利，怎么会改信上帝？"

空舟："不是求他们改，是求个影响。你去隔壁，隔壁好面子，不会赶你出来的。你在那儿住下，来往那么多高官商贾，说不准，你就合了谁的功利，要是再成为一时流行，进了上流社会，你大事可成。搭上他们，比让信佛的改信上帝合逻辑吧。"

牧师"啊"了一声，明白了自己日后要做的事。

空舟继续说："我再多说一句，你都算准了中原人没几个真信佛的，那又凭什么真信你的上帝呢？来庙里传教，也太天真了，白瞎你长这么成熟个下巴了。以后在中原，不要这么天真。"

牧师起身鞠躬，竟然合了个十："阿弥陀佛，受教了。临走再问一次，禅师什么都不信吗？"

空舟还了礼，没答他的问题："教你不白教，金子留下一条吧。"

三 感情问题

牧师提着箱子出门时，正与王一擦肩而过。

王一是镇上的商人，是遗寺相熟的香客。

王一满头大汗跑进大殿："空舟禅师啊，我家出事了啊。"

空舟："夫人又闹离婚啊？"

王一擦擦汗："比离婚还可怕啊，不过这次不是因为我啊。"

空舟："那是因为爱吗？"

王一头上又见了汗："禅师不要说笑啊，大事啊。"

空舟："再大的事也能说笑。你坐下慢慢说。"

从前天开始，每日王一不在的时候，店里就会来一个人。据伙计说，这人公子哥扮相，风度翩翩，来了也不看货，也不买肉，就是跟老板娘聊几句天儿，奇怪老板娘也愿意跟他聊，三五分钟，这人就起身告辞，然后老板娘就送到门口，挂着两行泪水，嘴里说："谢谢你，我心里的苦只有你懂。"

空舟："这不就是爱吗？"

王一："要是我就认了啊，可回家问我老婆，她说她根本就不记得有这么个人。"

空舟："王老板，这种事，是要撒谎的。"

王一表情严肃："我们夫妻这么多年，她撒不撒谎我能看出来。"

空舟看看王一，说："我跟你看看去吧，这事儿有邪。空道，你跟我一起去。"

"我也去！"说话的是小北，坐着轮椅进了大殿，"闷死了，不就是崴个脚吗，早好了，我姨父这也不让那也不让，都是溺爱！"说着就要往起站。

"我也要去。"说话的是澈丹，身上还有木屑，手上还有划伤，不知道在向谁辩解，又说了一句，"我去是为学驱邪。"

小北："那你推我去。"说完不往起站了。

澈丹："你不是好了吗？"

小北："你不愿意推啊？"

澈丹："愿意啊。"

空舟一边嘀咕一边大步往出走："都是溺爱。"

四　有鬼有爱情

空舟一行人进了王一的店，王一夫人慌慌张张迎上来："空舟禅师啊，我家王一跟你说了吧？大白天闹鬼啊！"

空舟："南无，你们两口子说话怎么都'啊啊'的，冷静点儿，要驱鬼，先让店里的人散散吧。"

于是清了店，让王一躲到后院，老板娘照常坐在门口。

澈丹："师父，大白天的也能闹鬼，真是怪事啊。"

空舟："大白天的，一个和尚用轮椅推个姑娘，也是怪事吧？"

澈丹正琢磨着怎么还嘴，那人就来了，是小北先看见的。

公子哥扮相，风度翩翩，脸上挂笑，走路一步有一步的节奏，明明是个男的，可眼角生媚，相貌比小北这辈子见过的男人都帅。小北后来想到，我这辈子见的都是和尚啊。

这人一双媚眼看向空舟几人，跟澈丹对视了一下，眼角媚气更重。澈丹一阵恍惚，就觉得跟前的小北站起了身，回过头，眼神暧昧地看着自己，说："澈丹，我喜欢你。"

"……你说什么？"

"我喜欢你。"

胸口一个安全气囊爆开，破坏作用大过保护作用，澈丹崩溃了："佛祖开眼啊，报应不爽啊，正义早晚会到啊，师父，你快控制控制我，我要成佛啊。"

小北表情忽然严肃："说话啊啊的，你顶多成个开肉铺的。"

澈丹一愣："啊？"

小北："澈丹，我们今天下山，是干吗来的？"

澈丹神色恍惚："驱邪吧。"

小北："让你背经，'一切有为法'下一句是什么？"

澈丹："'如梦幻泡影'啊。"

澈丹话音一落，心中猛醒，只觉眼前人一阵晃动，小北的脸变成了师父的脸，再看旁边的小北正咬牙切齿，眼里往外飞凶器。

澈丹一脸迷惑："小北，刚才是……"

空舟转身冲那翩翩公子唱了一声佛号："南无，施主手段高明啊。"

那公子一鞠躬："见笑了，没什么高明的，世人中我的幻术，多是因为自己心中有鬼。"

说完看了一眼老板娘，一瞬间，老板娘忽然想起了眼前这个人，也想起了这两日对他说过的那些心里话，一下面色羞红，说："这些话我也想跟王一说啊，怎么说啊，肉麻啊，我们两个开肉铺的啊。"

顿了顿又说："可是开肉铺的也有爱情啊。"

那人又笑眯眯看向澈丹，澈丹却面色坦荡，大声说："看我干吗？会妖术了不起吗？什么叫心里有鬼啊，在座的哪个不知道我喜欢小北？啊？这是心里有鬼吗？你见过什么叫心里有鬼吗？师父，你让他见识见识。"

那人被澈丹说得愣住，随即哈哈大笑："小和尚，你倒是个妙人。"

澈丹提了音量："你才妙呢，我用你夸我？我跟你熟吗？你不就会点儿妖术吗，你敢把容毁了再跟我说话吗？"

澈丹作为一个风度不翩翩、眼角不生媚的普通男子，对眼前这人充满了敌意。

空舟回头小声说："澈丹，冲动也要分场合，白日撞鬼，你跟他叫什么板啊，你知道这位什么来头吗？生命只有一次啊。"

澈丹看看空舟，看看空道，又看看空舟，降了音量："你俩不保护我啊？"

空舟没理他，冲那公子说："施主，说说呗，干吗用妖法逗我们？"

那人举起右手，手里握着一个东西，说道："为了这个人。"

众人看去，只见他拿的是牧师给空舟的金条，空舟记得自己一直揣在怀里，不知何时到了他的手中。

五 小胡

众人进了王一家后院，坐下说话。这人说自己叫小胡，是个狐狸精。

空舟："小胡，你这名字也太偷懒了吧。"

"狐狸精取名都这样，"小胡说着又眼角含笑看着空舟，"禅师看重名字吗？"

空舟："我更看重性别。胡施主啊，你都化成男的了就别老拿一双媚眼看我了，好好说你的。"

据小胡说，他从没害过人。

澈丹没好气地插嘴："少来这套，打我记事儿就没听说过害人的狐狸精，都跟人讲感情、讲道义，都身不由己，行不行了你们。别说妖怪了，就是人间，哪来的这么多好人？"

小胡："小和尚，我不是什么好人，不害人纯是为我自己好。"

狐狸修成精，要费百年工夫，要收天地灵气，要有非常时运。

小胡："能修到我这步很不容易，万中无一。害人会遭天劫，大霹雳一个接一个，沾上了就熟啊，太不合算。"

澈丹："那你刚才用幻术什么意思？看我好欺负吗？"

"我用幻术，没有害人之心，也不是打抱不平，修炼太枯燥了，我这人又好诙谐，我就是跟人闹着玩儿。"小胡又眼角含笑看着澈丹，"能见识人心里的鬼，对我修行也有帮助。"

澈丹被看得又一阵心神晃荡，躲开了眼睛，心虚地喊："你检点点儿行不行。"

与那牧师起冲突，也是因为诙谐。小胡半夜出来遛狗，看见牧师一脸正气赶夜路，下巴上一道小沟，一看就是个正经人。按小胡的经验，一看就是正经人的，多半不是正经人。于是施了幻术，金银财宝、烟酒糖茶、日用百货、街边少女，种种幻象迎面砸过去，哪知那牧师眼神稳定，穿过一切盯着小胡说："上帝保佑，这位先生，你愿意信主吗？信主可得永生。"

小胡被他的样子镇住，慌慌张张跑走了，心中疑惑那双虔诚的蓝眼睛是不是另一种幻术。

小胡说到这儿时，一脸迷茫："我从没见过心里没鬼的人，难道这人是吗？那这人心里是什么呢？我想不通。"

小胡忧郁思考的样子吸引着小北，小北被吸引的样子弄得澈丹很忧郁。

小胡接着说："想不通这一层，我心里就有了结，修炼难以再进一步，我必须再给他施一回幻术。我知道他去了你们遗寺，但贵寺的名头我们也有所耳闻，不敢硬闯，所以选了这家你们相熟的店铺，搞了些动作，引禅师下山商量。劳师动众，诸位见谅了。"

王一看看老板娘，老板娘又红了脸，王一说："没事，我俩得谢谢你。"

空舟："他人不在遗寺，去隔壁大寺了。"

小胡："谢禅师相告，隔壁大寺我还是敢闯的。"

空舟："你不能去。"

小胡："为什么？"

空舟："给他几天时间，让他传传教。你这身份去了，他在隔壁大寺还怎么立脚？我收了人家的金条，不管是送佛还是送上帝，就都得送到西。"

小胡站起来，眼角媚气更重了："我要非去不可呢？"

空舟："你去不了。"

空舟说完，从怀里掏出金条把玩起来。小胡明明记得这根金条自己一直握在手里，不知何时到了空舟怀中。

一旁的空道也站了起来。

空道说："汉语。动物。比我好啊。×。"

空舟拿着金条指指空道，冲小胡说："这人倒不会幻术，他会武功。"

小胡合了个十："明白了，我不跟二位起冲突，我再等几天。"

"你来我们寺里等吧，"小北朗声说，"我们寺经常闹鬼，适合你。"

六 等一个人

小胡进了遗寺。

小胡问："我要等多久？"

空舟说："等一个人。"

空舟和大方丈策划了半天要不要搞个展览："狐仙展出！近距离接触！可以摸可以抱，提供素描合影服务。另外还可选购小块狐皮纪念品。"

小胡以自杀相要挟，空舟才作罢。

大方丈还不甘心："其实吧，做成标本，咱也一样展览啊。"

被小北拦住了。小北说："活着多帅啊。"

澈丹非常嫉妒，锯拐的时候脑子里都是小胡的帅脸。但又忌惮人家的幻术，就去求空舟想想办法。空舟说："自己的事情自己做，你跟了我这么久，佛法不会，害人还不会吗？"

澈丹边锯拐边琢磨了一夜，第二天一早跑去跟空道说："师叔，你看看，狐狸，别说汉语，人话都不应该会啊，小胡汉语说那么好，肯定是有窍门儿，我要是你我就去问问。"

空道就去问了。

小胡笑道："哪有窍门儿啊，我算天赋高的，学了一百多年，禅师的资质……你是神奈川人吧？我们狐狸能看一个人的过去，啧，禅师，你小时候日子挺苦啊，六岁以前都不会说话，父母嫌弃，邻里欺负……"

要不是小北及时赶到，小胡连标本都没的做了。

空道一边打一边说："你。人话。会说吗？"

澈丹很得意，但也没得意多大一会儿，因为小北去照顾小胡了。

如果澈丹有头发，此刻肯定会揪头发。

空舟说："嫉妒啊？"

澈丹："嗯。"

空舟："我问你，要是现在来个风度翩翩、眼角生媚的姑娘，你会不会动心？"

澈丹："我不会！"

空舟："嗯，虽然这是正确答案。"

澈丹："但是？"

空舟还没来得及说"但是"，他俩就看见裹得乱七八糟、满脸花花绿绿的小胡走过来。

空舟："你这是……被空巫下了药？"

小胡一脸苦笑："不是，这是小北姑娘号称要给我包扎一下伤口。"

小胡说完抖了两抖，身上伤口全消。

小胡看了看澈丹，笑眯眯地说："小北姑娘，颇有魔王气质啊。"

澈丹用力点点头，又赶紧收住，自觉是不是又中了这妖精的幻术。

小胡扭头对空舟："禅师，你这徒弟挺有意思。"

空舟："送给你呗？"

小胡大笑摇摇头，说："禅师，你让我在这里等一个人，究竟是什么人？"

正在这时，有和尚跑来禀报，说隔壁大寺释秒疑禅师在前殿求见，很着急的样子。

空舟对小胡说："你等的人来了。"

七 大事可成

释秒疑见了空舟本想破口大骂，忽然看到他身后的小胡，脸色变得十分警惕。

释秒疑："阿弥陀佛，空舟禅师，这人……是谁？"

空舟颔首，轻声说："一个朋友。"

释秒疑："阿弥陀佛，这人身上好重的妖气。"

空舟颔首，轻声说："众生平等。"

释秒疑："阿弥陀佛，空舟禅师，你朋友挺多啊。"

空舟颔首，轻声说："人格魅力。"

释秒疑气得破了音："空舟！不够你嘚瑟了是吗？你还交上外国朋友了你！"

空舟颔首，轻声说："秒疑禅师，你忘说阿弥陀佛了。"

释秒疑："……阿弥陀佛。"

据释秒疑说，牧师刚去的时候根本没提传教的事儿，说的是仰慕中原佛法久矣，知道隔壁大寺是第一大寺，特来交流学习。

释秒疑听了十分欢迎。"阿弥陀佛，何况我还收了人家一根金条做见面礼。"释秒疑不好意思地说。

牧师就此在隔壁大寺里住了下来，旁听讲经辩经，隔壁大寺的人也乐得介绍这位洋牧师给相熟的香客认识，在他们看来，这是颇长脸面的事。牧师在此过程中虚心请教，极少说话，只是常常送各位高僧金条，还说自己实在没什么别的拿得出手的东西，望各位大师不要嫌弃。

几天的工夫，牧师在隔壁大寺就得了人望。

释秒疑："阿弥陀佛，昨天是燃灯佛诞辰，我寺来了一大批显贵香客，其乐融融。聊到酣处，牧师提议，说想给大家讲讲他们西方的宗教，助助兴。"

众人欣然同意，牧师坐上了讲经蒲团，正了色，在胸口画了十字，从摩西分海开始讲起，一直讲到耶稣受难，香客们潸然泪下，隔壁大寺众人觉得事情不对，但已经来不及了。等牧师讲完，大红箱子里那几本《圣经》也全部发完了。

空舟："南无，这洋人悟性不错啊，我学费要少了。"

等香客散了，隔壁大寺众人关了门，黑了脸，把金条都拿出来还给了牧师。释秒疑逼问他来的真实目的，牧师一五一十说了，说到最后，牧师感慨了一声："上帝的光辉能照耀中原，多亏了一个人，我的朋友空舟禅师，上帝保佑你！"

释秒疑讲完，恨恨盯着空舟。

空舟摇摇头："都说了我不需要保佑。"

空舟抬手一指小胡："南无，秒疑禅师，那牧师，就拜托我这位妖气重的朋友帮你送走吧。"

八 送佛到西

隔壁大寺的人本想干脆把牧师赶走，但是顾及牧师在诸多香客里已有了威望，这么做必会得罪要人，处理得不好，隔壁大寺这"第一"的名头也是旦夕之间。

澈丹："所谓第一佛寺，居然受制于几个世俗要人，师父，咱们不取笑他们一番吗？"

空舟："出家人，慈悲为怀。"

澈丹："他们今天这样，不是你害的吗？"

空舟："我那是给自己创造慈悲的机会。"

隔壁大寺不情不愿另辟了一间小禅房给牧师，空舟和小胡到的时候，禅房里里外外都是人，牧师正在给其中几个施洗，抬眼看到这一僧一妖，对众人说："你们等等，我去跟两位朋友叙叙旧。"

小胡盯着牧师的蓝眼睛："你还记得我吗？"

牧师："上帝保佑你，先生，你要信主了吗？"

小胡笑了笑，身影晃动，消失在原地。再看牧师，笼在了一团幽幽绿绿的雾气中。

空舟默默地说："啧啧，还有这功能，不办展览真是可惜了啊。"

有香客和隔壁大寺的僧人注意到异常，往这边看了一眼，就各自想起了各自的欲望和无能，陷入了各自的坑。

牧师的表情却没有任何变化，只是眼神中多了一丝疑惑。几分钟的样子，雾气散去，小胡重新站定在刚才的位置，额头上见了汗。

牧师看到小胡，接着说完了他的台词："信主可得永生。"

又问了一句："先生，你刚才去哪儿了？你自己可知道吗？"

小胡额头上的汗更多了。

空舟："胡施主，你这绿倒挺绿，效果不明显啊。"

小胡点点头："可我还是不明白……"

空舟："南无，你向草木施幻术，草木有反应吗？怎么说呢，简单来讲，就是这位牧师比较痴呆。"

小胡一脸费解："可……"

空舟接着说："佛讲戒贪嗔痴，这牧师的教，却恰恰要痴，要一心向主，他心中的鬼，早已向他的上帝忏悔完了，又拿什么来中你的幻术呢？"

小胡脸上的迷惑淡了些："看来我要回山慢慢理解了。"

空舟："在这儿不能理解，回山就能理解吗？"

小胡愣住。

空舟："你的修为想精进，得明白了这个'痴'才行吧。山里能比人间痴吗？"

小胡："禅师请明示。"

空舟又冲牧师说："传教还顺利吗？"

牧师点头："多谢你的指教。"

空舟："还想更顺利吗？"

牧师猛力点点头。

空舟："传教，说到根本，就是'蛊惑人心'。"

空舟说完，看着两人，发现两人没懂他的意思。

又说："'蛊惑人心'嘛，又有谁能强过这位胡施主呢？"

两人好像明白了空舟的主意。

空舟冲小胡说："胡施主，你跟着这痴人走，对你有好处，随便帮他传传教，算你给的报酬。"

空舟见小胡点头，又冲牧师说："牧师，带着他传教，必然事半功倍，不说幻术，单看人家这外形条件……哎呀，胡施主，你走之前真的不能在我们遗寺办个展览什么的吗？"

牧师插嘴道："胡先生，上帝的光辉要照耀中原，日后拜托你了。"

小胡："我不关心上帝，我只是为了解个心结。牧师，你带着我这么个妖类传你的正教……用你的话说，不怕上不了天堂吗？"

牧师一双蓝眼更加稳定："为了传教，我可以下地狱。"

空舟在旁打岔："别扯这些没用的了，教你们不白教，金子留下两条吧。"

九 多谢

临走时，空舟让牧师尽快离开隔壁大寺："一来，这祸是我闯的，不赶走你，我就算是与天下佛寺为敌了，虽然我不在乎，但是天天打架对身体不好；二来，你将来在中原传教，也不能有隔壁大寺这么大的敌人。"

空舟看看窗外等着施洗的人，继续说："三来，你事已成，也该有个自己的堂口了。"

三人一起离开了隔壁大寺，释秒疑破天荒送了空舟一回，说了"多谢"。

听说小胡要走，澈丹找到他。

澈丹："胡施主，听说你们修炼到一个阶段，只剩下一股气？"

小胡："是，你师父都看见了，特别绿。"

澈丹："所以，你现在这个样子，纯是幻化出来的？"

小胡：“是啊。”

澈丹：“胡哥，我能当狐狸精吗？”

小胡笑了：“你想幻化啊？”

澈丹：“嗯。”

小胡：“幻化个什么啊？”

澈丹：“帅哥啊。”

小胡又笑：“小和尚，你看到我这个狐狸精，就没有一丝疑惑吗？”

澈丹：“什么疑惑？”

小胡：“你听的故事里，狐狸精不都是女的吗？”

小胡话音一落，身形一转，变作了一个风度翩翩、眼角生媚的女人。澈丹往后连退两步。

澈丹：“妈呀，妖精啊。”

小胡：“是啊。”

狐狸精修成精，就没了实体，自然也就不分男女公母，形象只是自己按照心意幻化的。之所以绝大多数狐狸精都是女相，是因为这样蛊惑起人心来容易。小胡说：“我这人好诙谐，所以变了个公子哥。”

澈丹根本不敢正眼看这个自己这辈子见过的最妖媚的女人，低着头说：“哥，你能不能变回来再说话。”

小胡：“当天你师父帮你破我的幻术，不是说了吗？一切有为法，如梦幻泡影。我变成这样是想告诉你，都是假的，外形那么重要吗？”

澈丹：“废话，不重要你为什么不变成我这样儿啊！”

小胡：“……你就算真变了帅哥，小北姑娘就算真喜欢上了，那喜欢的也只是个泡影而已啊。”

澈丹：“只要她喜欢，我做个泡影又怎么样呢？”

小胡又大笑：“空舟禅师，你这徒弟真有意思啊。”

“送你你又不要。”空舟走出来接话，又冲澈丹说，“我就不要求你有出息了，你能不能有点儿智商？泡影只有一种吗？你不是一直在锯拐吗？锯得怎么样了？”

澈丹更丧气了：“不像样。”

空舟：“不像样就改一改吧。”

十 佛像

小北进了院儿，澈丹还在那里锯木头。

小北：“狐狸精不靠谱啊，帅归帅，居然没有性别，变态啊。”

澈丹听了抬头说：“胡施主和牧师都走了？”

“走了，临走又被我姨父扣了几条金子，说是伙食费。”小北看了眼地下的木屑，“还做拐呢？我脚都好了。”

澈丹：“拐做不成了，改成佛像了。”

澈丹从木屑堆里拿出个七扭八歪的木佛，脖子上挂了一根金链子。

澈丹：“送给你好不好？”

小北：“你哪来的金子？”

澈丹：“师父给的，我师父说，这是泡影一种。我师父还说，有了这个再不像样也像样了。”

小北拿起佛像，澈丹接着说：“小北，我想明白了。但是我心里也真是那么想的。”

小北：“你说什么？”

澈丹：“没什么，只是接上我师父当时说的‘虽然’。”

十一 佛法

小北回了房，琢磨着怎么把金链子熔了换钱，佛像随手丢在了一边。

大方丈一眼看到佛像，呆了呆，拿到手里，盯着那尊佛像的眼睛看了半天，问小北 :“这佛像哪儿来的？”

小北 :“澈丹拿捞改的，丑吧？”

大方丈 :“丑吧。”

说完把佛像摆在了桌上。

灵修歌手

一

遗寺早课，有击鼓声，有打钟声，众僧闭目诵经，法音空灵，闻者肃穆行礼，心中许多未了的事，不再想了。

诵经中途，有僧空舟悄声对其徒澈丹说："澈丹，你以后在心里默经就好。"

澈丹："师父，这样不好吧，大家都念，我不念，是不是……"

空舟："你念得太难听了。"

二

早课毕，澈丹跑到大门口去找小北。

澈丹："小北，你唱歌好听，你教教我怎么诵经呗。"

小北："没用的，都靠天赋。"

澈丹："你教教呗。"

小北："你烦不烦，我又不是没教过，你学得会吗？"

澈丹："我不是为学，我就是想听你唱。"

"小师父好滑的嘴。"一个女人声音边笑边说，澈丹看去，是个年纪比小北稍大的姑娘，笑得漂亮，眼里有光，“小师父，这里可是你管事？”

澈丹合十行礼：“南无，施主说笑了，不知施主所求何事？”

那姑娘还了个礼：“我想在贵庙拜个老师，修行几日，不知可否？”

澈丹再行礼：“南无，我这就去找我师父，他不可能否。”

三

姑娘名叫上官华月，是个歌手。

上官：“这名字浮夸，是个艺名，禅师见笑了。”

空舟：“南无，我这也是艺名。”

上官说，现在歌手这行，流行灵修，好像不灵修一下已经不能做歌手了。拜个上师，吃吃素，到庙里捐些香火，闭关几日，抄抄经文，写一些心得体会，编成歌词，可得大好名声。

空舟：“南无，这倒也算我佛一桩功德。可是上官施主，据我所知，到我们禅宗寺庙里找上师，是不是来错地方了？你们不都是拜密宗活佛吗？”

“活佛早就不够用了，现在市面上已经没有真的了。”上官坏笑一下，看着空舟。

空舟直直盯着上官，上前一步：“上官施主来我们这里，不是只为修行吧？”

上官也盯着空舟：“禅师慧眼，我来这里是为躲些俗事，我……”

空舟：“不必细说。”

上官：“总之心中有许多未了事，我自己没办法解，要仰赖禅师了。”

空舟：“要仰赖我佛。”

四

俗家弟子修行，不同人有不同修法，穷人穷修，富人富修。穷人要诵经打坐，礼佛拜佛，几本经书拿回家先看个几年再说。富人也要诵经打坐，但会有禅师在旁提点，会有看似素雅其实精心布置过的禅室，会有比肉还贵的斋菜。

空舟："但你们歌手还不同于普通香客，修一回禅，总要对创作表演有所帮助。也就是说，总得学点词儿回去，对吧。"

上官："禅师说的是。"

空舟："你今晚看一遍这本经，明日早课，跟我们一起诵经。"

次日早课，上官华月开始诵经时，遗寺众僧都不诵了，上官诵完，众僧待了一阵，各有各的心事，根基浅的，眼里已泛了泪光。大方丈见状赶紧带头鼓掌，众僧也鼓起了掌。

上官合十行礼："谢谢大家。"

澈丹情绪激动，大喊："安可！安可！"

被空舟打了头。

被小北打了脸。

五

澈丹："师父啊，这上官施主诵经怎么这么好听。"

空舟："她和小北比哪个好听一点？"

澈丹："都好听，但不太一样，听上官施主诵经，感觉她有话要说。听完了，感觉自己也有话要说。"

空舟："一来呢，人家专业歌手，有技巧的。二来呢，她不是说了心中有未了事，有未了的事就有未尽的话。"

澈丹："那我听完了为什么也感觉有话要说？"

空舟："你那是因为浪。"

六

诵经后，空舟又教上官坐禅。

空舟："坐禅其实没什么好教的，坐直一点儿就行了。"

上官："坐禅时要想什么？"

空舟："你控制得了自己想什么吗？"

上官："好像不能。"

空舟："那就想到什么是什么。"

上官："然后呢？"

空舟："旁观这些想法，看着这些想法。"

上官就去坐禅了。

澈丹："师父，你教我坐禅不是这么教的啊。"

空舟："我怎么教的？"

澈丹："你叫我不要胡思乱想，要一念不起，觉知万法皆空。"

空舟："你成功过吗？"

澈丹："没有啊，经常想着想着就疯了，有时候千头万绪，有时候万念俱灰。有时候想到小北，有时候想到宇宙洪荒，想着想着就找不到自己了。每次都是被你一顿乱棍打醒。"

空舟："我那叫当头棒喝。你呀，我怎么教都没用，能帮得上的，就一顿乱棍了。"

坐了两个小时，上官哭了起来，越哭越凶，没有停下的意思。

澈丹："我去拿棍子。"

空舟："你给我回来。"

上官勉强一笑："禅师，说来你又要笑话了，我想起了我丈夫。他死了。"

空舟："南无，这就是上官施主说的俗事吧。"

上官点点头："生了重病，医不好。他一生向善，在家修佛，说句冒犯的，他比诸位禅师都虔诚。他没做过任何坏事，最后却得了重病。我想不通，我来修行，也是想弄清这因果报应为何会这样。"

空舟："南无，谁都想。"

七

上官在遗寺住了月余，读经辩经，听空舟讲法。因为香火给得足，长得漂亮，又有人格魅力，诵经又好听，没人急着赶她走。

小北："这人打算住到什么时候啊？"

澈丹："说是想弄清因果报应的道理，人家来修行，总要修出个结果吧。"

小北："你手上拿的什么？"

澈丹："花。"

小北："切，我才不要你的花。"

澈丹："不是给你的，是给上官施主的……啊，别打啊！是我师父让我给的啊！"

八

空舟："上官施主，你看这花美不美？"

上官："美。"

空舟："你看这孩子惨不惨？"

上官："哈哈，惨。"

澈丹捂着脸："师父，你是不是过分了，我都让打成这样了……"

空舟没理他，接着跟上官说："明明是我要送你花，可他却挨了打，我种了因，这果却报在他身上，你说这报应是怎么回事？这因果是怎么循环的？”

上官没说话。

空舟：“再说这花，也没做错什么，我说拔起来，就拔起来了。”一只蚊子飞过，空舟挥手把它拍死，“这只蚊子又有什么错？你丈夫病死，他又有什么错？”

上官没说话。

空舟：“因果循环，报应不爽，说的不是你种了善因你就要得善果，种了恶因你就得恶果，这么解的话，佛法也太庸俗了。”

空舟站起来，把花插在桌上的花瓶里。

空舟：“种了善因，一定会有善果，只是善果不一定会报在自己身上，恶因也是一样。为了善果才种的善因，还叫善因吗？你丈夫一生为善，你们在一起的时候，快乐吧？”

上官点点头。

空舟：“这就是他结的善果了。众生皆苦，诸法无常，好人也是众生，也是无常。上官施主，一个人死了，就是死了，没有因果好说的。”

上官：“南无，谢禅师，我懂了。”

上官擦擦眼泪，又露出坏笑：“叨扰数日，我也该下山了，禅师会舍不得我们的佛缘吗？”

空舟：“上官施主生就这么个皮囊，这么副嗓子，你与花花世界更有佛缘。”

九

澈丹：“师父啊，那我还要不要做好人？”

空舟：“你认真要跟我讨论这么幼稚的问题吗？”

养个宠物

一

隔三岔五，附近在家修佛的居士就会到遗寺来一起诵个经，听禅师们讲讲法。

这天诵经时一个女居士忽然情绪失控，浑身抽动，涕泪横流，有僧澈丹想上前施救，被其师空舟拦住，其他居士和禅师也都若无其事，继续诵经。

诵经后，那女居士早已恢复正常，问及刚才事，全然不知，只说自己一心诵经，想起一些事，忘了身外物。

澈丹："师父，这什么情况？"

空舟："被催眠了，常有的事。"

澈丹："被谁催的？"

空舟："大家，还有她自己。"

澈丹："怎么催的啊？"

空舟："没空跟你细说。"

澈丹："你不就是要去睡午觉吗，有什么没空的，你跟我说说呗。"

空舟："你是不是又没事儿干了，跟我这儿装爱学习。我听说小北想养个宠物？"

澈丹："嗯啊。"

空舟："那你还不凑热闹去？"

澈丹一下忘掉催眠的事，径直去找小北了。大殿上的居士也慢慢散去，空巫禅师看着刚刚那个女施主的背影，低声叨咕："哎呀，没想到啊，离开东北这么多年，还能看见跳大神儿的啊。"

二

小北闷闷不乐往寺外走，澈丹追上去。

澈丹："小北，你怎么想养宠物了呢？你有我还不够吗？"

小北白他一眼："滚。"

澈丹："养猫还是养狗啊？"

小北："我姨父都不让。"

澈丹："大方丈怎么会管你这个。"

小北："他说养宠物不好，动物应该自由自在的。"

澈丹："说得也有道理。"

小北："切，有什么道理，宠物嘛，就是要人养的。不过我也不想养猫狗，太普通了。"

澈丹有了不好的预感："你想养什么？"

小北："老虎。"

澈丹觉得自己的预感是准的。

小北："我姨父还是不同意，说我能找到老虎就让我养。"

小北停住不走了，看着澈丹，脸上挂了笑。

小北："澈丹，你去帮我找只老虎吧。"

澈丹觉得，准也没有用。

三

澈丹把小北让他找老虎的事跟空舟说了。

澈丹："我去哪儿找老虎啊！"

空舟："大方丈也跟我说了，我都查好了，我告诉你哪儿有。"

澈丹："……我不是怕找不着，我是怕找着啊。"

空舟："我跟大方丈都商量好了，你和小北一起去，你别抖，空道、空响会跟着你俩的，一个身手好，一个狮子吼，你还怕什么啊。"

澈丹："怕到时候我跑得最慢啊。"

四

遗寺附近，多有深山老林，老林中多有老虎。

老虎在林中有自己的地盘，旁人接近就会发现。寻常人畜不小心踏入老虎地盘，都会莫名其妙浑身一紧，背后生汗，手脚不听使唤。老虎让你经过，你身上才会松下来，算捡一条命。要是老虎不让你过，走出来吃你，别说逃跑，你连反抗的心都不会有，喊都喊不出来。是为百兽之王。

空响："什么百兽之王，明明狮子比较厉害。"

澈丹："师叔，你小点儿声好不好，我们溜达一圈平安无事回去好不好。"

小北："㞞吧你就，今天必须带只老虎回去！师叔，喊它。"

空响一声暴喊，呼啦啦鸟兽四散；空响再喊，附近草木枝断叶散；空响喊第三声，有了回音。闷声嘶吼，朝这边过来了。

澈丹快哭了："你们为什么不珍惜生命。"

小北脸上非常兴奋，空道摆好架势，死盯着那个声音的方向。澈丹干脆盘坐在了地上，闭上眼睛，手上还结了法印："佛祖，我要是就这么死了，算我得道圆寂吧。”

“圆个屁。”嘶吼声换成说话声，澈丹睁眼看去，来者不是老虎，是他上次救的大龟。

澈丹：“哥，光会说人话还不够你嘚瑟的吗？你学什么老虎叫啊。”

大龟：“你师父让的。”

澈丹：“为什么啊？”

大龟：“吓唬你。”

澈丹：“……师叔，扶我起来。”

小北：“妖怪，老虎呢？”

大龟：“从我来了就没了，现在这片林子我是百兽之王。”

小北：“那我养什么啊？”

大龟摇摇晃晃走回林中去：“大方丈说这要你们自己想。”

五

澈丹：“师父，小北不开心，大方丈干吗不让养宠物啊？”

空舟：“没说不让养，是要你们想办法。”

澈丹：“怎么想啊？”

空舟：“没空跟你细说。”

澈丹：“你又没空，上午问你那个催眠的事你就没跟我说。”

空舟：“那个倒是可以说说。”

空舟坐下来：“寺庙的根本作用就是催眠。修佛在哪儿不能修，佛祖都是在树下修的，你为什么要来寺庙修？为什么觉得在庙里修得好？人形容庙宇，都说庄严肃穆，这是设计的。寻常人一进庙门，见到大殿，见到香炉，见到佛像，世俗凡心就要收一收。再往里走见到僧众，齐刷刷统一服饰、统一发型，然后诵经，音律也是一致，还有各种纹饰法器，手印威仪，见了这些，一般人心智都会被影响。不过这一套庄严肃穆，都是佛法里的末技。”

澈丹：“为什么要这样呢？”

空舟：“可以驱除杂念，人进庙里都觉得心中镇定空灵，这时向你讲万法皆空的道理，比较容易接受。”

澈丹：“师父，我们……”

空舟：“……我们倒是常用末技的。养宠物的事，也不是没有解，你想想，有没有可以放在庙里、夺人心魄的动物呢？”

六

小北终于高兴了，宠物养成了。

那天跟空舟谈完佛，澈丹就跑去找了大方丈，没提养宠物的事儿，而是先说了一堆末技末法的，最后总结道：“大方丈，我觉得咱们遗寺可以养一群鸽子，气质好，来去自由，庄严肃穆，象征和平，还招人喜欢。”

鸽子果然招来了不少逗留的香客，小北给每只都起了名，只是经常叫错。澈丹摇着尾巴向小北邀功时，小北表示：“哦，这都是你应该做的。”

鸽子在诵经声中飞到小北肩膀上，飞到大殿金顶上，飞到佛祖头上，飞到空中，又落回地上。

澈丹对空舟说：“师父，如果真有轮回，做这样一只鸽子，不知要几世修来的功德。”

法事婚事

一

澈丹等一干年轻僧众抬了几口大箱子从后门进来，累得一头汗，几个师兄弟都说天热难挨，等会儿去河里游泳，问澈丹。

澈丹说："不会游，不去了。"

师兄窕丹说："小北也去。"

澈丹说："那还是去吧。"

窕丹："不是不会游吗？"

澈丹："没吃过猪肉还不能看看猪跑吗？"

小北也从后门进来："你说要看谁跑？"

澈丹："……我自己跑。"

小北："你给我站住！"

两人一前一后跑进大院，正撞上往外走的空舟和香客王一。

澈丹行个礼："师父，王老板。王老板怎么了？"

王一眼角泛红没答话，空舟："家里出了事，来请我超度一个亡魂。"

澈丹："南无，是……"

王一："老李。"

澈丹想了半天不记得有老李这么个人，看向空舟。

空舟："就是他那条狗。"

澈丹："哦，狗啊……"

"不得无礼，"空舟接着说，"王老板，你先回去安葬老李，法事我安排一下，择个黄道吉日，你放心。"

王一施礼，向门外走去。空舟瞪了一眼澈丹说："众生平等，人做得法事，狗做不得吗？再说法事是给往生者做的吗？法事葬礼，都是给活人做的，活人觉得要怎么做，那就怎么做。王老板有情有义，我们超度一条亡犬有何不可？这样的有情众生，不多了。"

澈丹："南无，我知错了。"

二

空舟让澈丹他们搬的箱子里，装的全是锅碗瓢盆。遗寺打算开个斋菜馆，把"健康、绿色、养生"写在了墙上，以此为卖点，赚些香火钱。

结果生意一般，素菜健康是健康，可确实不好吃。健康的东西怎么会好吃？还有个关键原因是厨师不行。

大家一起想办法，说要不要另请厨师，或者也学其他地方，把素菜做得像肉菜一样，素鸡素鸭素红烧肉。还有人提议不如直接开个肉菜馆得了。正争论着，来了官府的人。

这官员身份不详，大事小情都管，没人知道他具体职务是什么。他也不许大家喊他职务，也不要叫老爷，只说："叫老张，啊，就叫老张，哈哈哈哈哈。"

老张带了两个跟班，进了斋菜馆，问空舟："禅师，你们这是开了个饭馆啊，有没有报批啊？"

空舟："老张施主，只是自己人吃的食堂而已。"

老张："哈哈哈哈，禅师说是什么，就是什么。"

空舟不接话，低头吃饭。老张又发出一阵尴尬大笑，自己接着说："我今天来也没什么大事，就是上面换了官，发了一些新文件，传达了一些新精神……"

空舟："老张施主快点说，我们还要吃饭。"

老张："啊，好好好，就是这个本朝尊佛嘛，新来的上司当然信佛啊，为啥？因为他上司也信啊，他上司为啥信呢？那还不是……好，我快点儿说。总之，这位自称俗家弟子，奉规苦行。他说现在的寺庙，乌烟瘴气，什么人都有，什么生意都做，不像话，要严查，该罚款罚款，该查封查封。"

空舟放下碗看着老张："我们遗寺是个什么样的寺庙，想必老张施主如实禀报了吧？"

老张："当然当然，贵寺庄严肃穆，清幽素雅，尤其是贵寺的禅师们，不光深谙佛理，人情世故也都了然于胸，大气讲究，为人豪爽……"

空舟："多谢老张施主美言，前几天我们进了一些佛珠佛像，都开过光了，送你一些作为纪念。澈丹，去为师禅房，拿床下红色的箱子来，拿两个。"

老张把箱子拿到手里掂一掂就起身了，口称多谢多谢，还不忘叮嘱："新官上任嘛，总要刮些风，搞些气象，禅师多理解啊，贵寺最近做事千万不要太出格啊，哈哈哈哈，告辞告辞，禅师豪气干云啊，哈哈哈。"

三

澈丹："师父，你送他的不是佛珠吧？"

空舟："那你说是什么？"

澈丹："金银。"

空舟：“你怎么知道的？”

澈丹：“我打开看了。”

空舟：“偷拿了？”

澈丹：“没敢，下次吧。”

四

澈丹溜溜达达到了王一家，店铺生意还是照常，王一神色也见缓，澈丹说明了来意，王一连声道谢，本来一切顺利，结果澈丹一下瞥见老张的一个跟班在门口一闪，澈丹感觉要出事，赶紧往寺里赶，结果老张已经到了。

老张：“我听说山下大户王一要给一条狗做法事，请了贵寺，禅师答应了？”

空舟：“是。”

老张：“给一条狗做法事，这合佛门规矩吗？”

空舟：“不合。”

老张：“我不是说了别顶风作案吗？”

空舟：“说了。”

老张：“……规矩说不管就不管了？”

空舟：“嗯。”

老张：“禅师，你们心里还有佛法，还有佛祖吗？”

空舟：“有的是。”

老张：“你……遗寺就不怕官府……”

空舟：“要罚我们，早罚了吧？”

老张：“哈哈哈哈哈。”

空舟：“别笑了，老张施主，说这么多，是嫌上次的佛珠光开得不够吗？”

老张收了笑："不敢不敢，我是想请贵寺也帮在下做件不合规矩的事。"

五

老张说他每日俗务缠身，出来办事，满嘴黎民百姓，可内心真正关心的，只有自己的爱人。最近这种情况有所改观，他关心的东西又多了一个。他又多了一个爱人。

老张："不是说发妻我就不喜欢了，她们对我都是一样……"

空舟："不用解释。"

老张："我是一样，可规矩不一样。中原纳妾没有婚礼，我又是个当官的，正经的儒生，别说大摆筵席，就是简单的我也不敢，不合礼法啊。但既然都是一样喜欢，为什么就不能有个婚礼呢？没有婚礼，我怎么跟人交代呢？你说这婚礼能去哪儿办？唉，都是爱，哪能分出高下呢……"

空舟："老张，我们认识这么久，你不是以为我还没听懂吧？"

老张："惭愧啊禅师，这种要求……"

空舟："两位肯来寺里办婚礼，想必都不是拘泥小节的人吧。"

老张："是是是。"

空舟："条件有限，证婚可在大殿，喜宴恐怕只能在斋菜馆。"

老张："啊，喜宴嘛，总要有酒肉……"

空舟："放心，你不吃我们也得吃。"

老张："那就好那就好。"

空舟："还有，婚礼也要黄道吉日吧。"

老张："是，是。"

空舟："明天就是黄道吉日。"

老张："那好啊。"

空舟："可是明天正是老李的法事，既然都是不拘小节的人，一起办了，不介意吧？"

老张："哈哈哈哈哈，好！"

空舟："听你笑了这么多回，就这回是真的。"

六

法事在院中，婚事在大殿。大家先一道送别了老李，老张和新娘还跟着诵了经，王一落了泪。空舟问王一还有没有什么想说的，王一想了想，说："老李，愿你来世做……还是做狗吧，我觉得做狗挺好。"

空舟："南无，老李，愿来世随心所愿。"

又跑到大殿里证婚。

空舟："我也是第一次主持婚礼，不知该说什么。"

老张还是大笑，新娘双手合十，落了泪："禅师，我们希望能得到佛祖祝福。"

空舟："南无，二位，愿今世随心所愿。"

七

礼毕大家聚到斋菜馆里，当然做了肉菜，但发现居然有数道素菜非常可口，众人连说斋菜馆有救，夸厨师进步大。

厨师："这菜不是我做的啊。"

众人不解，问谁做的。

空舟："大方丈做的。"

澈丹："大方丈做菜怎么这么好吃。"

说着话大方丈溜达出来，大家收了声，低头吃饭。大方丈看看墙上的"健康、绿色、养生"，说："都擦了吧。"

男女菩萨

一

空舟在殿上喝茶，澈丹溜达过来请安。

澈丹："师父，我想出去一趟。"

空舟："干吗？"

澈丹："快过母亲节了，给小北买个礼物。"

空舟："人家过这节吗？"

澈丹："只要有礼物，她什么节不过啊。"

空舟："不许去。"

澈丹："你别小心眼儿，我也给你买行了吧？"

空舟："不让你去有不让的道理，你看。"

说话间抬头，乌乌泱泱一群人涌进来，打头的是王一。

王一："空舟禅师啊！快，显个神通啊，这些人要疯啊。"

众人中一个妇女骂："你说谁要疯，我们是亲眼见了菩萨的本事。王老板，都是这么多年街里街坊，给你面子才来，这已经是对两位菩萨大不敬了。"

又有男人附和："对，这和尚今天要是不行，你以后可别再多嘴，我也劝你早日信了两位菩萨，再多诋毁，恐怕于你不利。"

空舟不理众人，放了茶，问王一：“什么事？”

“镇上来了一男一女两个骗……”王一见众人眼神不善，改口说，“两个人，自称菩萨，显了些法门，搞得大家神魂颠倒，都追随供奉了他们。我就说这些玩意儿有什么的，都不是正经东西啊，你肯定也会啊。”

那妇女又说话：“王一，你再胡说！怎么就不是正经东西了！”

澈丹也说话：“王老板，什么叫不正经的东西我师父也会！”

“禅师见谅啊，现在咱就别讲究这些了。”王一上前一步压低声，“禅师，这都是我多年的主顾、朋友，我不能眼瞅着他们入了邪道啊。”

一个男人说话：“嘀咕什么呢，菩萨的法门是什么人都能会的？空舟禅师，你看那只蝴蝶，你能隔空打死它吗？”

众人闻声抬头，恰有一只蝴蝶翩翩飞进大殿，一纵一纵，落在了佛祖手印指尖。澈丹望着这一幕，不觉脸上微笑，再转头看众人，却个个凶神恶煞。澈丹想，这些人可能真是中了魔道。要解这些人的魔道，可能就真得杀了这只蝴蝶。澈丹想到此处，觉得人世可能真的没有道理好讲。

澈丹抬起头看空舟，空舟说：“不能。”

众人脸上凶气更盛，笑王一：“这点都不会！那天菩萨可是让我们看过了，那么高的老鹰一指就掉下来了。”

众人纷纷附和，互相回忆着两位菩萨的神功，乱哄哄退出去了。

王一颓然看向空舟：“禅师啊，为啥不肯帮忙啊？”

空舟：“是真不会。”

王一还想说什么，憋了回去，合了个十，告辞了。

澈丹抬头看佛祖手上的蝴蝶，已经飞走，问空舟：“师父，你不能是真不会吧？”

“杀蝴蝶我不会，”空舟一掌扇到澈丹脸上，“杀蚊子可以。”

澈丹：“……我用你！这我也会啊！”

澈丹赶紧摸摸脸，发现并没有蚊子尸体，心想师父就为打我啊，刚要发作，看到空舟脸上一小团血漫开，空舟抹抹脸，蹭在澈丹身上。

空舟："别嫌脏，这血也是你的。"

二

镇上那对男女的声势越来越大，惊动了隔壁大寺。据说隔壁大寺派人与他们谈了谈，最后结局是把两人请回了寺里，官方说法是学术交流，民间说法是，隔壁大寺服了。

男女菩萨进了隔壁大寺，公然讲法，说的也是佛家道理，靠的却是各种邪门手法，又得了隔壁大寺认证，一时方圆百里都认定这两人是真菩萨。

澈丹："师父，隔壁大寺堕落如此啊。"

空舟不说话。

澈丹："听说信他们的人越来越多，人家还有派别，叫清欲宗。"

空舟不说话。

澈丹挠挠脸上的蚊子包："他们不会是真有什么本事吧？"

空舟不说话。

澈丹："要不我去看看？"

空舟没说行，也没说不行，澈丹觉得那就是行。傍晚时澈丹从隔壁大寺回来，直奔禅房。不一时，拿着个香囊去找小北，说是母亲节的礼物。

澈丹："母亲节快乐！"

小北接过香囊，表情颇为嫌弃，说了个"哦"。

澈丹："你闻闻，可香了。"

小北闻了闻，又说了个"哦"，就要走。

澈丹有点着急："小北，你没什么别的想说吗？"

小北想了半天：“……你也快乐？”

说完见澈丹表情困惑，没理他走远了。澈丹嘀咕：“不对啊……不是应该立马说喜欢我吗……”

空舟：“回来了？”

澈丹一惊：“师父……”

空舟：“刚跟小北干吗了？”

澈丹赶忙解释：“没干吗……”

空舟：“我知道，你还能干吗呀。那香囊是菩萨给你的？”

澈丹：“什么菩萨啊，就是骗子！”

空舟：“现在知道是骗子了？”

澈丹：“我本来也不信他们，就是试试……”

空舟：“最开始都是要试试，试了就是信了。我问你，我刚不来，你这香囊的事怎么解决？”

澈丹：“回去找他们理论啊。”

空舟：“要理论就是不甘心，只要你不甘心，就总要找他们，贪嗔痴，两位菩萨倒是理解得很。”

澈丹无言，空舟问：“你去看了，隔壁大寺什么情况？”

澈丹：“人山人海，众人比那天来我们这里时更癫狂痴信，还见到王老板在门口举着横幅警告众人，我见旁人脸色不善，劝他回去了。”

空舟：“王老板也是生意人，怎么这次这么意气用事。”

澈丹的师兄窕丹跑进来：“师父，隔壁大寺秒疑禅师求见。”

三

释秒疑见到空舟差点扑上来，慌慌张张方寸已乱。

释秒疑：“阿弥陀佛，空舟禅师，请救救我们。”

空舟："南无，凭啥啊？"

释秒疑："阿弥陀佛，慈悲为怀啊。"

空舟："南无，我怀中空空如也。"

释秒疑："阿弥陀佛，那就凭我们两人的交情。"

空舟："南无，别逗。"

释秒疑急了："空舟啊，两个外道坐镇我寺，方圆百里信众都被洗了脑，你不觉得丢人啊？你不觉得。但是你想想，收拾一下这么两个人，多解恨啊对不对？"

空舟："南无，秒疑禅师，以后劝我，都要这么劝。"

释秒疑落座，说起这对菩萨："不是我要请来的，当时他们声势那么大，又打着佛家旗号，寺里就派我去交涉。"

空舟："嗯，当年想吞并我们，也是这么来交涉的。"

释秒疑："……结果这两人确实有些本事，见面就说'你说了不算，我们去见见贵寺方丈'。"

澈丹嘀咕："这算什么本事，我师父哪次不是这么羞辱你。"

释秒疑也不生气："阿弥陀佛，本事不在这里，本事在他们话一说完，人影一晃就不见了。等我回到寺里，他们已与我寺方丈谈完，其乐融融，留下了。"

释秒疑说到这里生了气："阿弥陀佛！这两个人，样子倒是庄严喜乐，但是绝对有问题，我们寺的方丈长老们不知道怎么了，都信了他们的鬼话，这两人每日接待香客，香火钱倒是都分给我们，可是也不能图这点香火钱啊，这样下去我们还不如你们遗寺！"

澈丹："唉，你是挺不会说话的……"

释秒疑："你们遗寺好歹只是赚赚钱，可不搞这洗人家脑、用邪功、传邪法的一套啊。"

"秒疑禅师说的邪功可是这样？"

一个不男不女的声音传来，几人回头一看，一男一女不知何时出现在了大殿之上，正是那对男女菩萨。

释秒疑明显忌惮，退了一步，小声说："阿弥陀佛，忘了说，这俩人说话都是一起说的。"

澈丹还在想是什么意思，男女开了口："早听闻遗寺空舟禅师深藏不露，佛理造诣独到，更有很多玄妙神通，我们清欲菩萨早就想来找你切磋一下……佛法。"

"啊！"澈丹叫一声。

号称是清欲菩萨的两人歪头看他，澈丹自顾自感叹："我就说为什么听起来不男不女，原来是一男一女和声啊。哎呀，真神奇，你说这不男不女就既不是男也不是女，可一男一女，就既有男又有女，世间事，不是什么，却多是什么，这……"

"空舟禅师，"男女打断澈丹的话，"你这徒弟我们也有所耳闻，胡言乱语太不知礼了吧？"

空舟："南无，我倒觉得他这番话有些佛理。"

男女："佛不佛理，也辩不明白，我们还是比比神通吧。"

释秒疑："阿弥陀佛，二位是我寺的客人，半夜在人家遗寺打架，不合适吧？"

澈丹："有啥不合适的，师父，打他们。"

空舟："二位菩萨，这神通事，今天在这儿比了，谁赢谁输，出去说不清楚，说不清楚二位菩萨又怎么服你们信众的心呢？"

男女菩萨不言，空舟接着说："这样吧，明天我去隔壁大寺找你们，我们在门外空场比试，也好有旁人见证。"

"好啊，"男女菩萨高兴地答应，"那明天中午见吧。"

空舟："中午不行。"

男女菩萨疑惑地看空舟。

空舟："我要睡午觉。"

四

第二天下午，空舟睡醒，溜溜达达往隔壁大寺去，空道、小北都要跟着，空舟说："可能会很凶险，人多出事我照顾不过来，澈丹跟着就行。"

澈丹："师父，我对你有信心，我就不去了。"

空舟："不行。"

二人还没到隔壁大寺，就见了人山人海，都是清欲宗信众。走进去两个菩萨早已等着，空舟说声："来吧。"

男女："咱们比什么？"

空舟："简单直接，看谁先把对方杀掉吧。"

人群哄然，有说空舟大不敬的，也有说他找死的，释秒疑也感觉事情要失去控制。

男女一笑："空舟禅师，你我都是……"

空舟："别你我，咱仨。"

男女："……咱仨都是佛门中人，何必以死相搏呢？"

空舟："死不死，打起来看吧。"

说话间空舟忽然出手，释秒疑心里担忧，空舟怎么这么冲动，那二人也不是简单的骗子，真要被人打个三长两短，这就是我的杀业啊。

释秒疑没有担忧多长时间，因为空舟很快就被打回来了。不光被打回来了，还受了伤，整个左臂衣服破烂，皮肉红肿，居然还冒着热气。

澈丹："师父！你们两个不男不……"

澈丹说着就要上前，被释秒疑拦下，众人包括男女菩萨好像都没料到眼前一幕，正迟疑间，人群后又有响动，一个声音高叫："请清欲菩萨救命啊！我丈夫这是怎么了啊！"

澈丹一看，来人正是王一的老婆，肉铺的老板娘，她坐着马车，车一停下，两个伙计抬下一人。想必是王一，可已经面目全非，身上皮肉红肿，冒着热气。

人群再次哄然，那天去过遗寺的妇女又领头高喊："王一！二位菩萨，这王一是十分愚钝，没有佛缘，可二位菩萨也不该把他打成这样啊！！"

男女："这、这不是我二人所为。"

又有一个浑厚男声大喊："别扒瞎了，这还不是你二人所为？我们可是亲眼瞅着你把空舟打得浑身冒烟哪！"

人群看看空舟，看看王一，又看向男女菩萨，一时无人说话。澈丹赶紧悄声对释秒疑说："说点儿啥撇清关系啊。"

释秒疑朗声："阿弥陀佛，二位菩萨霹雳手段，不合我们寺一心向佛的道统，请二位离开吧！"

男女："秒疑禅师，这伤真不是我二人打的。再说了，我们与贵寺方丈有过约定，哪能说走就走。"

人群中刚刚大喊的男人又喊一声："啥约定啊，是不是把我们给佛祖的钱你们对半儿分了啊？"

人群闻声，嘈嘈切切，男女菩萨向人群中望去："是哪位在污蔑我们，出来说话。"

领头的妇女已走到王一身旁，还有好多街坊也都来查看王一伤势。妇女眼中含泪，大骂二人："出来？出来也让你们打成这样吗！王一说你们是骗子我还不信，我今天跟你们拼了！"

说着就朝男女二人走去，众街坊也跟在后面。空舟不知何时已经起来，还站在了一男一女的身旁，冲他们说："二位菩萨，人心已失，多留无益吧。"

男女二人还想说什么，但感觉根本张不开口，惊恐地望向空舟，见他手中结印，两人对视一眼，身形一晃，不见了。

妇女又喊："别跑！空舟禅师，这王一可怎么办啊？"

"秒疑禅师，借间禅房用用，帮我把王一抬进来。"空舟又冲众人喊，“各位施主，这人间哪会有菩萨，就是西天也没有菩萨。《金刚经》究竟无我分有言……算了你们也听不懂，反正道理很简单，要认清自己，你是谁啊，菩萨不远万里来度你？还跟你要钱，要的还不多？都散了吧。”

五

空舟几人抬着王一进了禅房，有一个群众没走，也跟着混了进来，就是刚刚人群中大喊大叫的男人，释秒疑此时才看清，原来是遗寺的空巫和尚。

澈丹："师叔，我一听你嗷嗷喊，就明白是咋回事儿了。"

释秒疑："阿弥陀佛，这是……"

空巫从袖中掏出两张符咒，一张贴在空舟左臂，一张贴在王一前胸，念了两句咒，两人皮肉霎时复原。

释秒疑："阿弥陀佛，空巫禅师好神通。"

澈丹："好啥神通啊，这就是我空巫师叔自己弄的伤，他还解不了吗？师叔，这效果挺帅啊，哪天给我弄一个我吓唬小北去……"

空舟见释秒疑懵懵懂懂，向他说道："南无，秒疑禅师，你请我与他们比试神通，我赢过他们的神通又有何用，他们现在靠的早已不是法力，而是人心。要赶他们走，也只能靠人心。"

王一已经醒来，冲空舟合十："空舟禅师，多谢你搭救我们啊。"

"王老板，要不是看你一腔意气，我也想不出这个办法。"空舟又冲释秒疑说，"他们两个再大的神通，也才来没几天，这面毕竟是十几年的交情，总不会为了信仰要了老朋友的命。不过，让这两人再洗上十天半个月，恐怕王老板死了，也只是一个该死的异端。"

释秒疑："阿弥陀佛，也多谢空舟禅师搭救我们。"

空舟："这二人走了，你怎么跟方丈交代？"

释秒疑："这好交代啊，今天的事有目共睹，失了人心，方丈又怎么会留他们，谢你还来不及。"

空舟："南无，那这两人这段时日骗来的香火钱呢？"

释秒疑："阿弥陀佛，自然由我还给香客们。"

空舟："这事，就由我代劳吧。"

释秒疑表情迟疑，旁边空巫和澈丹在玩那个符咒，只见澈丹的手一会儿肿一会儿消，热气一腾，吱啦吱啦地响，禅房里再没别人，释秒疑看向王一，王一赶紧扭头去看澈丹。释秒疑叹口气，点点头。

释秒疑："阿弥陀佛，空舟禅师，你说我们都是当和尚的，你总要那么多钱干吗啊？"

空舟："南无，喜欢。"

易筋经

一

天气开始转凉，院中的菩提树还绿着，澈丹和小北坐在下面发呆。

遗寺官方说法是这树是佛祖悟道那棵的后代，辗转千年，一脉相承。澈丹问空舟这是真的吗，被空舟瞪了一眼。

有回夏天，澈丹满头大汗经过这棵菩提树，瞬时明白了佛祖为什么在树下悟道：天竺炎热干燥，荒原之上，烈日当空，不坐树下坐哪儿呢？只是恰巧那是株菩提罢了。

还有可能，这传说只是一个菩提树精为了光耀门面编的也说不定。写进经里，也就流传下来了。可笑人们把菩提树当一回事，恨不得天下寺里都有一株菩提，恨不得都是传说中那株的血脉。澈丹想，当年佛祖要是在厕所里悟道，看你们怎么办。

这想法有点恶毒了，澈丹收回心绪，看着眼前景色，天高云阔，院里铺着细碎石子，小北养的鸽子起起落落，诵经声蔓延开来，传到各人耳中，不求谁懂。澈丹看看小北，觉得这是个不错的下午、舒服的下午，堪比佛祖悟道的那个下午。

小北看看澈丹，说：“好无聊啊。”

二

澈丹："怎么了你又……"

小北："就这么坐着你不枯燥啊？咱们出去玩儿吧！"

澈丹："好啊，去镇上，河边？还是……"

小北："没劲没劲，都去腻了，咱们玩点儿刺激的。"

澈丹："你不是又想去山里拿我逮狼吧？我能申请这回不捆我吗？"

小北："不去逮狼，没意思，咱们去隔壁大寺吧。"

澈丹："隔壁大寺有什么好玩儿的，我跟我师父常去。"

小北："你们那正大光明的有什么意思，我们这回翻墙去，对，我们偷东西去！"

澈丹："被抓住怎么办……"

小北："我功夫这么好，抓不住的。"

澈丹："我呢……"

小北："让你师父救你呗，狼都卖你师父面子，你怕什么？"

澈丹："你知道我上回多惨吗？被狼舔了半宿，跑又不敢跑，让我师父救回来一顿讽刺挖苦，说那狼跟我有感情了，还劝我回去找它，你说我……"

小北："你到底去不去？"

澈丹："我去。"

三

入夜后两人来到隔壁大寺院墙边，小北两下翻上去，一边骂一边用绳子把澈丹也拽了上去。隔壁大寺安保措施很差，想来也是自信无人敢闯。二人在黑影里走，并不用怎么提心吊胆。

大殿看了，院子看了，也不知道该偷什么。小北说："咱们去释秒疑屋里吧！"澈丹凭着跟空舟来闹事的记忆找到了释秒疑禅房，屋里没人，一推门就开了。

释秒疑禅房摆设简单清雅，一张床一张桌，桌上放着笔墨纸砚、佛经、佛像、佛珠，还有一把梳子。

澈丹："我 ×。"

小北上前拿起梳子端详："还挺漂亮啊。"

澈丹："就是不知道他是用来梳什么的……"

小北一吓，把梳子朝澈丹扔了过来。

澈丹隔着袖子捏起梳子看："还是玉的，隔壁大寺的人就是有钱啊。这质地、款式肯定是女孩儿用的，释秒疑满口清规戒律，哼。"

小北："你别嫉妒人家了，就拿这个吧，应该能卖不少钱。"

澈丹："嗯，咱赶紧回去吧。"

小北："别啊，这大晚上的，释秒疑不在禅房，干什么去了？咱们找找他去！说不定这梳子的主人也能碰上。"

澈丹："……你是真不怕我被抓住啊。"

两人前后绕了绕，就找到了释秒疑，还有一群高僧，他们正聚在一个屋里开会。澈丹听不清他们说什么，小北耳力好，听了一会儿，问澈丹："《易筋经》是什么东西？"

澈丹："传说中的武学典籍，很厉害的样子，怎么了？他们大半夜不睡觉研究《易筋经》呢？"

小北："不是，是他们今天从仓库里找到了一本，说是'终于有真的了'，有好几个和尚都激动哭了，还说'以后应该常做大扫除啊'。"

四

第二天澈丹先跟空舟说了梳子的事儿，空舟也把玩了一会儿，随手收起来了。

澈丹又提起《易筋经》，空舟："我不是跟你说过……"

澈丹："我记得，你说那是改脉易髓的法门，我说我想学，你还讽刺我，说你用不上，所以不会。"

空舟："隔壁大寺的高僧们激动哭了，也情有可原吧。"

空道不知从哪儿冒出来，说："不对！"

空舟："什么不对？"

空道："《易筋经》，不。《易筋经》，武。"

空舟："行了行了，还六呢，练你的功去。"

空道："要。"

空舟："干吗？"

空道："要武。"

空舟："想要《易筋经》啊？"

空道："嗯。"

空舟："自己上隔壁大寺要去呗。"

空道："不。说。清。"

空舟："你是说不清。"

空巫不知道从哪儿冒出来："行啦师兄，逗傻子不道德。咱们去帮他要来呗，我也听说了那玩意儿牛，想学习学习。"

澈丹也在旁搭话："我也想学习学习。"

空舟："空道是学武，你俩想学什么啊？"

空巫："哎呀，这还用说吗，你刚不自己都说了，刺激经脉啥的，多好啊，学会了省酒省药省心省力省钱。"

澈丹在旁点头。

空舟：“出息。”

五

空舟领着空道、空巫、澈丹去了隔壁大寺，寺门前已挤满了人。走进去，大殿正中高高一个台，台上一个透明水晶盒，里面放着《易筋经》，品相古朴，自有定力。旁边站着美滋滋、笑嘻嘻的释秒疑。

空舟、空巫、澈丹看看释秒疑，说：“出息。”

空道说：“啊，经！”

释秒疑看见空舟，笑容收了收，又移开了目光，假装没看见。

空舟：“南无，秒疑禅师你看看我呗。”

释秒疑：“阿弥陀佛，空舟禅师，所来何事？”

空舟：“我没事，是我师弟找你。”

空道一脸痴呆盯着台上的《易筋经》，释秒疑看了看他和他的一头长发，皱皱眉，说：“阿弥陀佛，空道禅师找我何事？”

空道指着《易筋经》：“想看。”

释秒疑：“阿弥陀佛，空道禅师说笑了，这是我寺镇寺之宝，岂是你想看就看的？”

澈丹在旁嘀咕：“镇寺之宝忘在仓库里那么多年……”

空巫插嘴：“秒疑禅师，咋那么小气呢，给我师弟看看呗，又看不坏。都是佛法，还分你家我家。”

几人吵吵嚷嚷，周围已围上了人，有隔壁大寺的僧众，也有香客。释秒疑看看周围，朗声说：“阿弥陀佛，既然几位为求武学而来，那也好，我们就比试比试，顺便也让大家看看《易筋经》的功夫。”

释秒疑说完看向空舟，空舟摆摆手：“又不是我要看。”空道听完立马摆了打架的姿势。

释秒疑摆摆手：“阿弥陀佛，都是出家人，打打杀杀成何体统。

空道禅师，我们握个手，握完了，你还拿得了这经，你就拿走。”

空道听完一步迈上，空舟小声跟空巫说：“完，一会儿扶好空道。”

两人一搭手，空道一声闷哼，松了手，胳膊就抬不起来了。围观众人根本没看明白怎么回事，只好啧啧称奇。

空道眼中腾起杀气，空巫赶紧上去扶了空道回来。释秒疑说：“阿弥陀佛，贫僧刚刚所用只是《易筋经》中一些调理经脉的小技，诸位见笑了。”

空舟：“南无，我们这就告辞了啊。”

释秒疑：“空舟禅师这就走啊，《易筋经》不要了？”

空舟：“要是比武辩经，我可以跟秒疑禅师比比，要还是比握手，就算了。”

释秒疑：“阿弥陀佛，空舟禅师，认识你这么多年，第一次见你怕啊。”

空舟：“秒疑禅师误会了，我是怕当着这么多人，你输了，损了《易筋经》的颜面。毕竟是你们镇寺之宝，我讲文明懂礼貌，告辞了啊。”

释秒疑：“你给我站住！”

释秒疑一声喊，隔壁大寺僧众围上来，断了空舟几人退路。释秒疑受空舟挤对挖苦奚落刺激折磨多年，今日见他们送上门来，自己又刚学了几手正统《易筋经》，心想，这是佛祖赐的机缘。

空巫：“干啥啊干啥啊，打人啊？我躺地下讹死你信不信？”

空舟瞪一眼空巫，冲释秒疑合了个十：“秒疑禅师，这手，非握不可？”

释秒疑：“阿弥陀佛，世上哪有什么事是非干不可的，只是机缘到了，万一你真拿了《易筋经》去，也算光耀我寺佛法。”

空舟沉声：“佛法，原来也要分谁家的了啊。”

空舟踏上一步，慢慢伸出右手，释秒疑不敢大意，也慢慢伸手过去，握住空舟手的一刻，释秒疑脑袋上就出了汗。空舟手心有个冷硬的东西，别人肯定不会一下就知道是什么，但释秒疑知道，因为那是他的梳子。

六

释秒疑与隔壁大寺几位高僧连夜研究《易筋经》，早上回禅房，看到梳子不见了也没多想，以为自己是放在哪儿忘了，本想今晚再找，没想到这梳子到了空舟手里。

空舟："秒疑禅师，怎么出了这么多汗啊？是不是家里出什么事儿了？哎呀，你是不是丢什么东西了啊？"

释秒疑："我没有！"

释秒疑作为隔壁大寺的脸面，被人知道自己在禅房里放把女人用的梳子，没人会给他解释的机会。

释秒疑趴在空舟耳边求饶："《易筋经》借贵寺一个月，手里的东西还我好不好，我就说你赢了。"

空舟："半年。"

释秒疑咬咬牙："好。"

空舟："赢，还是你赢了，但是你慈悲为怀，为普传佛法，特意借我们《易筋经》半年。"

释秒疑皱眉看着空舟："阿弥陀佛，你什么意思？"

空舟："南无，我赢了，这《易筋经》就不值钱了。"

七

几人带了《易筋经》回寺。

澈舟："师父，干啥就要半年啊，就干脆扣下了多好。"

空舟："毕竟是人家的镇寺之宝，真把隔壁逼急了，打过来，我们能打能跑，你呢？就算不打，他们到处说这本是假的，我们不就白拿了？现在只要半年，天下都知道我们有真本，过后抄个几份，跟永久扣下没区别。"

澈丹："啊，不过让天下知道我们有真的干吗呀，我们跟空道师叔偷偷练练得了。"

空舟："我让释秒疑摸半天手就为给他练武功啊？我要《易筋经》有别的用。"

澈丹："干吗啊？"

空舟："开个按摩院。易筋经按摩院。听听，想不想试试？本来这就是改经易髓的典籍，刚刚释秒疑、空道和我又直播了广告，传说马上就要散满天下了。"

澈丹："这……寺庙里开按摩院……"

空舟："怎么了？不光开，还要说按摩也是修行。"

澈丹："按摩怎么是修行了？"

空舟："打坐是不是修行？结印是不是修行？坐卧行止都是修行。既然那些苦修的折磨自己的身体是修行，就说明这些信佛的把身体当一回事，既然他们把身体当一回事，那按摩身体就也是修行。"

澈丹："南无，那我们要不要学学《易筋经》的手法啊？"

空舟："外面招几个熟练工得了。到时候把《易筋经》挂在墙上，不用真学，只要人们把它当一回事就行。"

澈丹："可是我想学……"

空舟："这是末技，不是佛法，不许学。"

八

释秒疑禅房。窗户半掩，月光照在桌上，黑影一闪，一个东西钻进来，两三下，跳进释秒疑怀里。

释秒疑拿着梳子给它梳毛，那东西不愿意的样子，轻叫了几声。

释秒疑："嘘嘘嘘，让人听见了就完了。阿弥陀佛，这里规矩是多，是讨厌，但毕竟是第一大寺，我还能去哪儿呢？你也别委屈了，我每天这么给你梳梳毛，不挺好的吗？"

月光照到释秒疑怀中，是只又胖又白的大猫，听完话，用头蹭蹭释秒疑的手，像是不计较了的意思。释秒疑宽慰一笑，眼神中些许温情，些许无奈，换了只手，继续梳毛。

镜头拉远，横移，推近，看到隔壁大寺戒律院，推近，看到《僧人起居行止暂行办法》，给特写，看到上面第九条第二十三款，写着："本寺禁养宠物，再喜欢也不行，谁喜欢都不行。"

光影变暗，画面淡出，远处传来释秒疑的叹息声。

遗寺夜话

空巫："师兄，空道去多久了？"

空舟："很久了。"

空巫："买个下酒菜这么慢，早知道我去了。"

月光生涩，几人坐在屋里，桌上放着几个酒瓶，澈丹正拿起来倒酒，空舟推了下自己的空杯，澈丹只好先给他倒。

空舟："刚不是你逼他去的？"

空巫："那叫逼吗？那是公平竞赛。"

空舟："你俩竞赛的项目是说绕口令。"

"谁叫他答应比啊，这弱智，"空巫喝口酒，眼望远方，也就只望到门口，叹国家兴亡般那么叹了一声，"越来越弱智了。"

澈丹拿起杯喝下一口："师父，山下闹山魈的事怎么解决啊？"

空舟："关我什么事。"

澈丹："王一今天不都求咱们了，说过路行人总被吓到，还有失踪的？"

空舟："这事归官府管。"

澈丹："你别逗行吗？官府管吗？"

空巫翻了一下盘子，发现真没什么可吃的了："世风日下啊，咱们怎么连下酒菜都不储备了？"

"还不是空道师叔突然说要喝酒，日本清酒真挺好喝。"澈丹喝一口，"师父，山魈的事你倒是管不管啊，不管我去求大方丈。"

空舟："谁看见山魈了？"

澈丹："都看见了啊，说身形巨大，还不止一只，一跳就能上树，脸是红的，獠牙，看人笑它也笑，然后就把人吃了，残忍至极，不留活口。"

空舟："不留活口，那是谁看见的？"

澈丹："你追问我有意思吗？没看见就不存在吗？"

空舟："你此刻不看月亮，你觉得外面天上真有月亮吗？"

澈丹："师父，救命要紧，回头咱们再聊哲学好不好？小北要去打抱不平，刀都准备好了。"

空巫："去呗，师叔给她贴个护身符，刀枪不入。"

澈丹："你上次还给我贴过退酒符呢，不还是吐了一鞋？"

空巫："那是你吃得太多。山魈你师父早派空响去看过了，踏实儿的吧你。"

澈丹："空响师叔行吗？怎么不直接求求大龟啊，它不林中霸主吗？"

"咋的？还不放心啊，人狮子吼知道不？山魈，鬼魅，动物，怕啥？一怕火，二怕响，咱不能放火对不对，放火我就去了，所以空响去吼一吼，肯定没问题了。"空巫又翻了一下空盘子，看空舟，"这空道还行不行啊。"

澈丹："空响师叔回来咋说啊？"

"不知道啊，没跟我们说……"空巫看向空舟，"就跟空道嘀咕了几句。"

空舟不说话，喝酒。

空巫放下了酒杯，盯着空舟。

空舟喝完酒，把杯推给澈丹，还是不出声。

澈丹："到底出什么事儿了，你俩再不说我真去找大方丈了。"

"找我姨父干什么，"小北推门进来，"你们不去帮空道啊？"

空舟继续喝酒，空巫和澈丹看向小北。

小北："今天我看空响回来跟空道嘀嘀咕咕，就去问他山魈到底长什么样，他也不说，刚刚空道出门，我就一路跟着，他直奔林中去了。"

澈丹："小北，你没事吧？"

空巫："师兄，空道没事吧？"

空舟："林中来的不是山魈，是一伙日本浪人，是空道旧相识，他们几天前就找到了空道。"

澈丹嘀咕："啊，天上果然没有月亮。"

空舟："你们以为这清酒哪儿来的？存货早喝完了。"

空巫："给酒喝，那是朋友啊，来寺里大家都认识认识呗。"

空舟："不是朋友，他们是来我们这儿抢劫的，当年空道逃离日本，没法走官道，只能搭他们的船，如今这些人找到空道，想让空道跟他们一起走。"

澈丹："去哪儿？"

空舟："空道武艺高强，他们很希望空道能跟他们继续做同事。空道当年欠了人家的情，一路上就用武艺还了不少情，虽然空道一心向佛没破过杀戒，可帮凶之名逃不掉。那帮人劝空道的说法是：当年的事，你不走，我们嚷嚷出去，就算遗寺收你，遗寺也要为天下佛寺所不容。”

空巫：“×，空道不是就这么跟着走了吧？”

澈丹：“对啊，多大点儿事儿啊，我们早就为天下佛寺所不容了。”

空舟继续给自己倒酒：“天下是小，空道心里装着这么个事，修不好佛的。”

澈丹：“那你就让他走了？”

空舟：“走不走，我们做不了主。”

空巫起身：“我去林子里看看。”

空舟：“看什么？”

空巫：“看他走没走。”

空舟：“走了呢？”

空巫：“走了我就回来继续喝酒。”

空舟：“没走呢？”

空巫：“去了这么久，还没走，肯定是遇到了麻烦，我就去会会他这些旧同事。”

门开，空道进来，浑身是血。

空道：“没走。酒。给我。”

澈丹赶忙倒酒，空舟拽过酒瓶，递到空道手里，屋里只有空道咕嘟喝酒的声音，和一股血腥气，众人不说话。

空道放下酒，从怀里掏出一个纸袋：“买的。够不。”

摊在桌上，里面装着鸡爪、黄瓜、花生等物。

空舟：“够，澈丹，再开瓶酒，把这些拿去洗洗。”

“你也洗洗，”空巫猛拍一掌空道的后背，叹一声，“弱智。”

澈丹恍惚看见空巫师叔从空道师叔的背上摘下一道符来，不知是护身符还是退酒符。

林中事，无人再提。

舍利古塔

一

遗寺挖出了一个舍利塔，据称内有前辈高僧指骨舍利。塔看起来普普通通，年深日久，石料上还有裂纹。遗寺对香客许诺，拜此塔可保家门平安，保日进斗金。

“家门平安是说他们，日进斗金是说我们。”空舟说。

澈丹：“咱真能保人家家门平安吗？”

空舟：“尽力呗。”

澈丹：“……师父，你看，我们建寺才几年，建寺的人是大方丈那个黑社会师父，再往前这里也没有和尚，突然挖出个舍利塔……”

空舟：“不突然。”

澈丹：“啊？”

空舟：“这舍利塔我跟你大方丈策划好久了。”

遗寺作为一个建寺不过几十年的小庙，又紧挨着隔壁大寺，想要不被吞并，靠武力便可，但想要在隔壁大寺的阴影下香火旺盛，光靠舌灿莲花可不行。大方丈愁白了头皮，终于想出了这一招。

澈丹：“就是弄个假舍利塔啊？”

空舟：“这只是第一步。”

澈丹："然后呢？"

空舟："然后，我们要把遗寺变成名胜古迹。"

澈丹："师父，我有一个问题。"

空舟："想问我们怎么做吗？"

澈丹："想问你们还要脸吗？"

二

舍利塔推出当天，香客如云，都是来求家门平安、日进斗金的。空巫禅师在塔旁肃立，合着十跟送香火钱的香客们唠嗑儿，还是一嘴东北话："平安是福，钱财是粪土，大家求求平安就行了，要那么些钱干啥啊。"

有香客问："空巫禅师，平常出来见客的不都是空舟禅师吗，今天怎么改您了？"

空巫表情得意："这塔是我发现的嘛，这是我自己个儿结的善缘。"

澈丹听到这儿跑去问空舟："师父，这塔就是他做的呗。"

"嗯，"空舟正往院子里走，边走边说，"你空巫师叔最早做的那个版本比这浮夸多了，大理石镶金边儿的一个玲珑小塔，雾气缭绕，里面还冒着七彩佛光，让我给砸了。"

澈丹："嗯，看起来也太假了。"

空舟："不是，我就是没拿住。"

澈丹："……"

空舟："我当时愣了一秒，就想出了你刚刚这个解释。赶紧说这看起来太假了，哪有高僧舍利塔弄得跟玩具模型似的，朴素点儿。说完他点着头改成现在这样了，没想到效果挺好的，这就是善缘吧。"

澈丹："师父，你往哪儿走？"

空舟走到院中，往墙上一指，澈丹看到大院空墙上多了一行大字：

“本来无一物，何处惹尘埃。”

空舟：“我准备跟香客们说，这是六祖惠能来遗寺传法，留下的墨宝。”

澈丹：“……六祖不是不认字儿吗？再说你以为香客都瞎吗？这大院他们又不是没来过，凭白墙上多出这么行字，墨都没干透，人能信吗？”

空舟：“凭白多出来怎么了，我本来也没打算说这字是古时候传下来的，这是惠能老人家显灵了昨天半夜写的。以理服人不行的时候，就以鬼神服人，这经上都写了。”

澈丹：“哪写了啊！”

空舟：“别喊，走，跟我去后面看看空道师叔他们许愿池修好了没有。”

三

许愿池倒不是名胜古迹的一部分，只是所有名胜古迹都有个许愿池。有可能本身也不是许愿池，但游客们不管，在游客们眼里，只要是个水坑，就要许愿，就要往里扔钱。

空舟禅师云游时，曾去过一个大寺，亲眼见傍晚时分逆着夕阳出来几个僧人，手拿麻袋、长杆，长杆上面挂个网，见着水坑就往里扎，一会儿麻袋就装满了，又湿又沉。

澈丹：“我也听说过，不光许愿池，香炉里、假山上、佛像上，都是钱。唉，拿钱砸我佛，把我佛当什么人了。”

空舟：“对，应该直接砸我们嘛。”

空道作为一个日本人，颇懂园林设计，池子弄得雅致，简洁干净，想到将来要往这里面扔钱，澈丹觉得很糟践东西。池子里还有假山，空舟非说这假山是空道从日本背来的，也是大师作品。

澈丹扭头问空道："师叔，真的吗？"

空道摇了摇头："真。的。"

澈丹叹口气："师叔，你没事儿练练中文呗。"

四

遗寺搞了这些花样后，香火果然有所提升，尤其是舍利塔和六祖惠能那幅字，很多人跑来瞻仰，参悟佛法。

一日傍晚，澈丹独坐在舍利塔前发呆，手边儿放着麻袋和长杆。大方丈不知从哪儿溜达出来，问澈丹："还觉得我们这样做不对啊？"

澈丹赶忙起身行礼："有点儿。"

大方丈："在这儿想什么呢？"

澈丹："我是想，这塔是假的，那里面这指骨舍利是谁的呢？我偷偷看了，确实是指骨啊。"

大方丈："嗯，只是不是舍利罢了，那是当年我师父，也就是咱们遗寺创始人的指头。他自己砍下来的。"

澈丹："……早听我师父说是位黑社会，为什么砍啊？"

大方丈的师父法号叫惠能，自己给自己起的，当年他捡了本经书，领着一伙兄弟上山建寺，干起这普度众生的勾当，就随便起了这么个名字，后来才知道跟六祖撞了。没人知道他是不是本来就知道六祖名号，反正他说不知道。

一天惠能读书，读到了割肤施鹰的故事，说有一位高僧为了救一只快饿死的老鹰，割了自己的肉给它。惠能读完，心下大悟，喊声"牛"，就抄刀把左手食指剁下来了，然后环顾一周，身边只有他徒弟大方丈一人，于是问："你吃不吃？"大方丈说："不吃。"惠能说："不吃我不白砍了？"大方丈说："真的白砍了吗？"

惠能被大方丈问住，呆呆坐下，盯着自己的左手发呆，足足坐了三天没动地方。三天后惠能对大方丈说："确实是白砍了。"

又说："本来无一物，何处惹尘埃。"

大方丈对澈丹说："所以，拿这么根指骨冒充舍利，不过分吧？"

澈丹："南无，不过分，这就是舍利。大方丈，我想通了，你们这么做也不过分，本来无一物，我去后院捞钱了。"

空舟溜达过来，跟大方丈并肩而立，看着澈丹拖着麻袋的背影。

空舟："师父，还是你能编啊，以理服人，这孩子这回终于不计较了。"

大方丈："嗯，都没追问字儿的事儿，看来是全信了。"

空舟："师父，你那字确实写得不错。"

大方丈："不是我写的啊，不是你写的吗？"

空舟看看大方丈，大方丈看看空舟，两人唱一声佛号，这事不再提了。

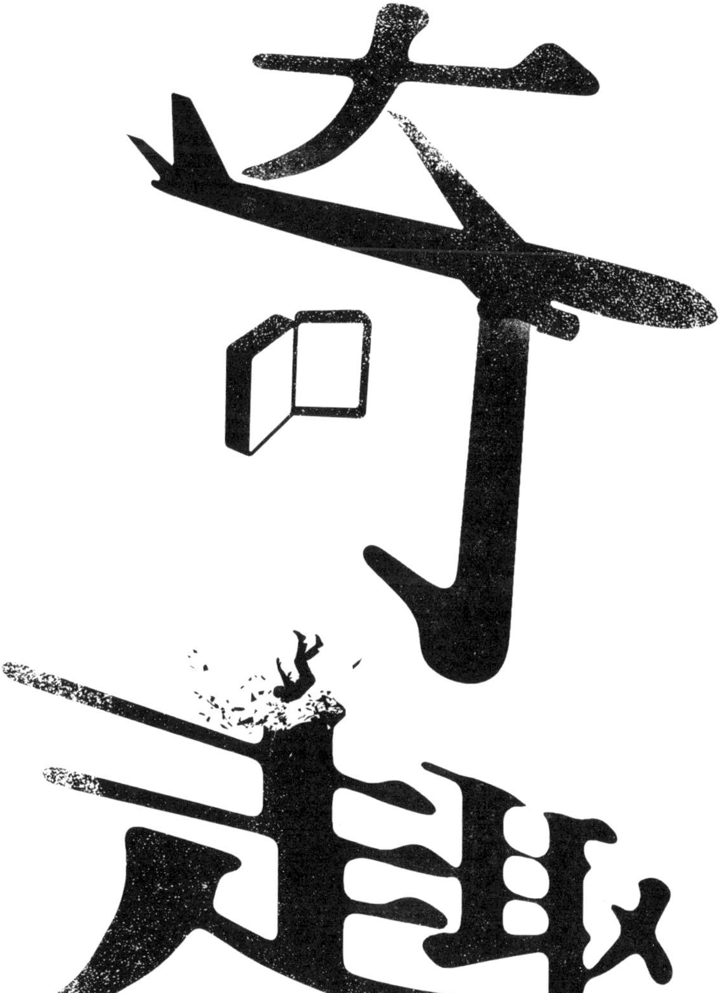
奇趣

都是很短小的故事，

我气力不够，写不长。

爸，世界末日了

“医生怎么说？”

我爸躺在病床上，闭着眼睛。我在一边给他削着苹果，这是我爸要求的，他说他小时候家里有人住院了，旁边总会有人削着苹果。我爸不爱吃苹果，我爸念旧。或者只是想折腾我，就像他这一辈子无来由地折腾我妈，折腾我哥、我妹一样。现在他老了，能折腾的只剩我一个，他的其他儿女在我妈过世后就与他断绝了来往。

“病危通知早上又下了一张，”我看了一眼新闻，那主持人这两天常常见到，他也累得够呛，“等下医生来换种新药，估计还能撑过今天。”

我爸睁开眼，看着新闻：“都这个尿样儿了我还撑啥？撑过今天还剩几天啊？”

新闻里放着世界各地面对末日的样子。教廷不分日夜地由主教们轮流祈祷，战争都停下了，世代的种族仇恨、宗教分歧并没有弥合，只是大家顾不上了。我爸说，这就像他小时候看过的动画片《猫和老鼠》，平时往死掐，有更强的外敌时，它俩就不打了。这动画片我小时候他逼我看过，我不爱看，被他羞辱过。

我把苹果递给我爸：“昨天我不在，听说你又信了个基督？”

我爸咬了一口就把苹果放在了床头柜上，下面没有垫纸巾，他应该是不会再吃了。

“我是让那傻 × 烦得没办法，”我爸从病服口袋里掏出十字架，握在手中，“得永生，得永生，我都要死了让我得永生，这不抬杠吗？要搁以前我早把他打出去了。”

不会的，搁以前他也不会真把他打出去，我爸对外人一向客气有礼，关上门才会像这样恶言恶语。怪的是，这样他也没有交到什么朋友。好像是这样的，所谓人前一套人后一套的人，总会被大家识别出来，说：“那是个人前一套人后一套的人。”

骂归骂，他把十字架握得很紧。刚知道他得癌症的时候，我没打算告诉他，是他自己猜到的，也没法儿猜不到，身体完全不行了。他不肯相信，让医生再查，医生告诉他确诊了，他就打医生；转了三回院，老实了，不打医生了，让我查偏方。我爸年轻时用过电脑，但也止于电脑，他连智能手机都没用过，现在后者也早就被淘汰了，他虽然不信任但也只得依靠我。

我爸年轻时笃信科学，我妈给我吃牛黄解毒片他都要讽刺一番。得癌后，为了保命让我到处寻医问药，就像现在偏方失败后开始信基督一样。他的床头还摆着佛像，是前两天一个和尚送给他的。这些要度人到彼岸的神，是我爸实在留不在此岸后的唯一选择。我爸太想活了。

从那个老骗子家回来后，我爸扔掉了所有草药，住进这家医院，每天晚上痛哭，整整一个星期——哭得让人想原谅他。直到新闻开始播放世界末日的消息。第一反应是震惊，第二反应是连说了三个“好”，第三反应是大笑，后来就再也没哭过了。我爸。

“美国人真完蛋了啊，我小时候看的电影里就没有美国人过不去的坎儿。”我爸碰我的腿示意我换台，他不会操纵这个播放设备，新闻里换了另一个主持人，这两天她也一样累坏了。“你说他们怎么就没跟人谈妥呢？”

外星人一个月以前下了最后通牒，地球毁灭的日子就在五天后，没有理由，也没法儿抵抗，全球主要国家的军事设施都遭到了毁灭性的攻击。

“你看这些人，一点儿求生意志都没有，好歹骚个乱啊。电视台也有毛病，都什么时候了还播新闻？”我爸拿起那个苹果看了看，又放下了，语气中怨气很重，但这是我从小就习惯的那种怨气，不是癌症也不是世界末日导致的。“这女的也是，电视台有毛病你也有啊？为啥不出去玩儿啊，嘚啊，还播新闻。”

我看着那个已经开始氧化的苹果，随口应答着：“也实在无事可做吧，世界末日，谁能知道该干什么。”

“对，干什么都不对，只有死了对。”我爸说完笑了几声，这种笑声在我妈跟他离婚时，在他被降职时，在他这辈子不如意的每天每夜我都听到过。最近这段日子，只有他在确定末日要来、和美国人谈判失败后发出过两次。

笑声停了，我爸开始咳血，他体内的感应器叫来了医生，我赶紧让开，医生简单操作了几下，给我爸注射了新药，看了两眼数据，冲我摇摇头。

我：“还有多久？”

医生小声说：“最多还有五分钟。”

“行行，别在那儿嘀咕了，我还不知道我要死了啊，还有多久？”我爸闭着眼问。

我冲医生点点头，医生说：“不到五分钟。”

“真牛啊，科技进化成这样了，知道还有几分钟死，就是救不活。”我爸又开始笑，“张医生，我不是冲你，你别介意，你也没啥好介意的，反正大家都要死了。”

张医生赶忙说：“是是是。”

我示意张医生先出去，对他说了谢谢。

我："爸……"

我爸："别说了，再坐一会儿吧，我这个岁数得癌症，又赶上世界末日，爸不冤了，你这么年轻，挺冤。"

我："还好。"

我爸："你这段日子净陪我了，还有几天，赶紧出去疯吧，别跟电视里这女的似的。我越看这女的越不错，你俩挺合适，你去找她去吧，说说，不行就硬来，法律还管啊？管又咋的，就剩五天了……"

我爸攥着十字架忽然想到什么，睁了睁眼。我反应过来，把佛像塞进他怀里，他点点头："你还行，还陪我到这会儿，我不冤了，都得死，我不冤了……"

床头柜上的苹果已经彻底氧化，氧化对于苹果来说比被吃掉更像是死亡。我爸也氧化了。

我起身出门，张医生在门口等我，我先开口："谢谢张医生帮忙。"

张医生："小事儿小事儿，你这两天辛苦了。"

我没说话，确实非常累，电视里那个女主持看我出来，站了起来，楼道里还有男主持、传教士、和尚……他们有的是我的朋友，有的是我雇来的演员，大家纷纷说着节哀一类的话。

传教士走上来："李先生，这个视频的制作费用我们可以不要，只要你允许我们把你这个事儿报道一下，咱们也可以谈谈电影改编权……"

男主持打断他："人家刚那什么你等等再谈不行吗？再说报道中很多创意都是我们团队出的……"

"不用了，"我脑子里一直是那个苹果的画面，"费用我照付，这件事情你们谁也不许说，素材全部销毁，我们签过保密协议。"

就这么结束吧，就像我爸一样。

走时安详，没有痛苦。他应该上不了天堂。

这首悲伤的智利民歌一直没有停

一

早上起床刷牙时我第一次听到它。

开始以为是我女朋友放的，可她还在睡觉。

我叫醒她：“你听到了吗？”

她：“啊？”

我：“这是什么歌？”

她：“啥？”

我：“挺悲伤的一个调子。”

她：“我什么都没听到。”

我再三确定她不是开玩笑，四处也找不到音源。

我戴上耳机，随便选了一首街歌，在苍茫的天涯之下，这首悲伤的智利民歌一直没有停。

我就是觉得它是一首智利民歌。

二

上网搜不到类似症状。也有人幻听，可内容是变换的，不像我这样单曲循环。病人自述里，药只是辅助，真正的处方只有一个，就是等一等。

那就等一等，先去上班，今天有个重要的会。出了新车型，我准备了 PPT，要统一教授销售部门新策略。

焦虑，脑子里一直响着这么个东西，怕出错。

翻页，一行字 :“低油耗 SUV，带上你的梦想和家人去远方。”

大家皱眉，点头，演好各自的角色，尽人事，没人真的关心结果。

悲伤的智利民歌一直没有停。

翻到尾页，我说“谢谢”，大家就鼓掌。我说“有什么问题吗”，没有。

总是没有问题。

怎么可能总是没有问题？

秘书推门 :“开完会了吧？”

默然。

秘书端个蛋糕进来，冲我喊 :“生日快乐！”

三

我 :“哦哦。”

秘书 :“你生日要过两天，这星期有四个人都过生日，都是天秤座，巧不巧？正好今天开会，就一起过了。”

另外三个人走上来，大家叫我切蛋糕，我说不会。

有人接过刀去。

这首悲伤的智利民歌在生日快乐歌下显得更低沉。

有人叫我许愿。

今天我有两个愿望，一是这首歌能停下，二是辞掉这份工作。

四

我打电话跟女朋友说会晚点儿回家。

她："你幻听好点儿了吗？"

我："好多了。可能是适应了。"

她："真是一首歌？"

我："嗯，智利民歌。"

她："嗯，早点儿回来。"

我："喝一杯就回去。"

我有个常去的居酒屋，需要喝一杯的时候就去那里。

这首悲伤的智利民歌一直没有停。

越喝越多，裹着头巾的老板笑起来，问我："啥歌啊？"

我惊讶："你能听到歌？"

老板："没，你喘气是带节奏的，是哼歌呢？"

我："哦，是，一首智利民歌。不好意思吵到你了。"

他说了我才发现。

我："跟你说个事儿你看看你信不信。"

于是告诉了他从今早开始的折磨，我脑子里有首歌，只有我能听到。

老板评价："挺牛。"

我："挺痛苦。"

老板："明天就好了。"

我："万一好不了呢？脑子里永远有首歌。"

老板："那也没什么吧，痛苦的事多了，你这还好。"

好像是还好。

老板："智利民歌？"

我："嗯。"

旁边坐着的人看我。

老板："你去过智利？"

我："我就是觉得。"

老板："哼哼听听？"

我："等一等，等它唱到开头。"

酒馆静下来，都看着我，我们一起等了十几秒，它再次从头开始，我从头唱起来。

结束后有人鼓掌，老板请了我一杯酒。

老板："又唱一遍？"

我："嗯。"

老板："是挺痛苦。"

五

居酒屋打烊，老板要送我，我说想走一走，他说好，这样的对话已经有过几次。

出来坐在街边。

已经过了十二点，没有停。乐观想，这算是个超能力，一首只有我能听到的歌；再乐观一点儿，我可能从此变成一个音乐人，包装方向就是"神赐之曲"。

有巡警经过："喝多了？"

我："嗯。"

警察："身份证看一下。"

给他看。

警察："喝多了早点儿回去，别在街上放音乐，大半夜的。"

我："你能听到音乐？"

"不是你放的吗？"警察打量我，"我听着是你这儿出来的，是智利民歌吧？"

我："啊。"

警察发动了摩托："赶紧关了回去吧。"

我站起来跟了两步，还是没能提起力气告诉他，他是除我之外唯一听到这首歌的人。

这首悲伤的智利民歌，一直没有停。

电影《搭车》剧本

荒原上，一条公路，旁边再没有别的东西，也没有其他公路，远远驶来一辆白色“现代”，车体在风沙中挂了彩，他是不应该开这种车走在这样的公路上的。

镜头推到车窗前，我们首先看到的是一个紧皱的眉头，眉头上面全是汗，下面是一副黑框眼镜，再拉开一点儿，就是我们一脸焦急、不停翻看 GPS 的主人公了。主人公叫马卓，扮演者将在徐峥、郭德纲、鹿晗、沈玉琳、余文乐、贾斯汀·比伯中挑选，视档期决定。

从马卓的反应来看，这个开着“现代”来到戈壁的人似乎是迷了路，而眼前只有这一条路，可他心里并不知道这条路是不是对的路，也不知道尽头在哪里。这是很强的导演意图，象征着我们每个人的人生也差不多就是这样。导演怕观众看不懂，所以先在这里说出来。

“现代”还在这不知正确与否也并没有其他选择的路上继续开着，马卓盯着前方的表情一变，先是探头眯眼（表示看到了一个东西），再转为惊喜（这个东西对他的人生路有所帮助），最后又变回皱眉（这个东西注定有负面作用，人生中的事物大抵都是如此）。

镜头从前挡玻璃向后拉开，近景切远景，我们看到，在马卓前面的路上站着一个人，一个脏兮兮、满头乱发的男人。

男人拖起行李（此处给一个行李摩擦干燥路面的特写，再次强调荒漠感）走到了路中央，背对镜头，正对马卓。

镜头切马卓皱眉表情，车减速。

镜头切男人脏兮兮的后脑勺，到此刻我们还是没有看到男人的正脸，用这一俗套办法调动观众好奇。

“现代”停下了，这个从影片开始到现在一直行驶的“现代”停下了，象征着两位主人公的命运都将在此改变。

马卓没敢打开车窗，等着男人说话。

男人再次拖起行李，一步一沉走到副驾驶的位置，拉车门，车门没开，男人慢慢俯下身来。此处切一个马卓皱眉的表情，男人俯到了车窗处，我们终于看清了男人的脸，粗犷、严肃、凶，扮演者将在刘青云、泰森、崔岷植、河正宇、塞缪尔·杰克逊中挑选，视档期决定。

男人说：“搭个车。”

因为男人有了脸，说了话，男人也就有了名字，男人叫老姜。

马卓犹豫了一下，开了车门。老姜提起全是土的行李，眼神询问马卓，马卓讨好：“扔车里就行。”

老姜面无表情，坐下，关车门，“现代”重新启动。

马卓：“您去哪儿？”

老姜：“回家。”

天色开始转晚，夕阳的黄光打上来（麻烦灯光部门辛苦一下，请尽量与夕阳好好协商，让它全力配合）。

马卓：“我想去瓦城，可是GPS坏了，不知道怎么……”

老姜：“就这条路一直开。”

果然就是这条路一直开。

马卓：“那你家在……”

老姜：“把我放瓦城就行。”

老姜显然无意多说，开始研究怎么调节座椅，低头摸索，身体猛往后撞了几撞，马卓插话。

马卓："右边有个转盘……"

老姜转转盘，靠背向后倒。

老姜："腿伸不开……"

马卓看看路，还是什么都没有，歪过身子，伸手到副驾座椅下方，拉了拉杆，老姜向后滑去。

老姜把脚搭在了台子上，顶着风挡玻璃，准备睡觉。

马卓又皱起眉头，眉头上面是汗，下面是眼镜，眼睛往老姜两只脏脚的方向看了一眼，表情一变，镜头给到老姜的脚，发现老姜的鞋帮上沾着血。

马卓从后视镜看向老姜，发现老姜也看着他，眼睛很大。

老姜："牛血。"

马卓："哦哦，您是养牛的？"

老姜："吃牛的。"

马卓："……我也爱吃牛，我家狗也是，您养狗吗？"

老姜："不养，吃。"

马卓："我家那是条小柯基，没法儿吃，哈哈哈。养了两年了，这出来一会儿就挺想它的……"

老姜不搭话。

马卓："您是做什么的？"

老姜："啥都做。"

马卓："哦哦，我是汽车销售，来这边开展业务也两年多了，一上这戈壁，就还是找不到路啊，你说这怎么办？"

老姜："回家去。"

马卓："家我是回不去了……"

一阵沉默，夕阳的黄色更浓（请灯光部门一定努力），镜头切到了外景，"现代"在这路况不好的唯一一条路上持续颠簸，卷起的沙土向西走。起风了，荒原上总是要起风的。摄影师在此情此景可以点根烟，排解自己的苦闷。

镜头切回车内，慢慢地，车里响起了抽泣声，镜头先是老姜看向马卓的眼神，再拍到马卓抖动的背影，然后是马卓流泪的脸。

马卓："离婚了，爸妈也都没了。三十五岁，成了个孤儿，跑到这个地方卖车，你说，他妈的这个地方卖'现代'车有人买吗？"

老姜没说话。

马卓："还好有个狗陪我。姜哥，咱们在这路上遇上也是有缘，兄弟劝你一句，以后别吃狗了。"

老姜："得吃。"

马卓："为什么？好吃？"

老姜："好吃。"

马卓："那我哪天也试试？"

老姜没说话，伸手拉开自己的包，从里面掏出一块塑料袋装着的肉。

老姜："给。"

马卓接肉的时候，从后视镜看到，老姜的包里有刀，表情又一变。

老姜不说话，拿刀在手："防身用的。"

说完掉转刀身，把刀递给马卓，动作灵活利索。

老姜："送你。"

马卓："这怎么……"

老姜："不白坐你车。"

马卓把刀和肉都放下，从老姜腿底下的副驾驶储物柜里翻出半瓶白酒，递给老姜。

马卓："送你。"

老姜喝了一口，觉得位置不舒服，调好椅背坐起来，又喝了一口，身心舒畅，看向前路，此时夕阳马上就要落山，皱眉头这个表情第一次出现在了老姜脸上。

老姜："方向不对。"

说完话，老姜就失去了知觉，再醒来，发现自己手脚被绑，车停在荒原中一个木屋前，旁边再没有别的东西，也没有其他木屋。车门打开，马卓把老姜拖下车，像老姜拖行李那样拖着他走进木屋。

灯光幽暗，木屋中还有一些其他人，有些被绑着，有些已经死去，有些吊在上面只剩一半身体，老姜听到了一声狗叫。

一条短腿柯基从阴影中跑出来，马卓蹲下摸摸它，反身向门外走去。

老姜："你是什么人？"

马卓："我是马卓。"

本片拍摄要点：

除剧本中提到的皱眉头等表情变换，最难的是拍摄时的叙述诡计，要让观众以为危险来自老姜，最后转折时才能有"莫名其妙""什么玩意儿啊"的感觉。

为了保证这一效果，建议摄制组全体除马卓的扮演者外，全部不知道最后的安排。绑老姜要真绑，迷药要真下，尸体要真挂。

拍摄完成后注意给那位多愁善感的摄影师做心理复健。

马卓所驾驶的车辆可与商家洽谈，"现代"只为暂定用车。

如果预算够，现有故事不必非得停在这里，可继续拍下去。

夕阳非常重要。风也是。

两个乘客

阿沛从没有反思过这样做对不对，阿沛思考的问题只有怎么样才不会被抓住，跟小时候砸人家玻璃一样。

今天不错，候机的时候就看见了旅行团，都拉着登机箱，箱子里自然是要随身携带的贵重物品，这被人们归为“不会出错”的人生经验之一。阿沛即将是一个优化他们人生经验的人。

阿沛刚开始干这个的时候是临时起意，邻座的把手机掉在了座椅旁边，阿沛捡了起来，没有还回去。在飞机落地时那人找不到手机，跟空乘说了，空乘说：“哦，以前出过这种情况，掉在椅子（头等舱，蛋形椅。蛋形椅象征一种未来感，它跟这里追求尊贵奢华的预期其实是不般配的）里面了，要请技师来拆开找，先生你别着急。”这是空姐的人生经验，也说服了那个人。

那人应该想过要求搜查吧？可人们都站起身了，着急要走了，十几个小时的飞行不重要，这两三分钟才是不允许任何人耽搁的。对啊对啊，你们的时间多宝贵啊，阿沛想。再说，他肯定觉得体面比手机重要，为了部手机就搜人家？他干不出来（干不出来心里还惦记）。经验告诉他，谁会在飞机上偷别人的手机呢？那不是一抓一个准儿吗？阿沛就那么下了飞机，临走前还说了些安慰的话。

阿沛的正职工作要求他常常飞这种国际航班，报销头等舱机票。

他也不是每次都偷，他不能承担被抓的风险，他过的是一种不能那么轻易放弃的生活。完全不偷也不行，不能轻易放弃的生活，乐趣已经不多了。阿沛说：我真特不容易。

开始登机了，头等舱可以先上，阿沛还想再观察一下，看看哪个人比较松懈，哪个人会觉得报警、跟航空公司抗议是比丢东西更麻烦的事情。阿沛看见了阿旺。

今天对阿旺来说是个重要的日子，阿旺穿了新西装，面料像他的心情一样平静。阿沛注意这个人也是被这身平静的西装吸引的：十几个小时的飞机啊大哥，下飞机你是要从箱子里掏出个熨斗来吗？

阿旺拎个黑箱子，跟西装好像是同一种面料，从头等舱入口登机了。他抬手看了一眼表。表不错啊，阿沛想。

阿旺比以往更在意时间，今天是重要的日子，现在是重要的时刻。

手机在开始的时候是阿沛最喜欢的品类，行程中不会有人注意，关了机或飞行模式，落地以后发现不见了，直接就傻 × 了。有招儿吗？没有。再加上长途飞行的疲惫和空乘的催促，拆椅子已经是为了手机所能做的最后一件事了，算仁至义尽。人在那种状态下跟喝多了一样，吐就吐吧，给前女友发短信就发吧，当众戳穿朋友爱看 AV 就戳穿吧，手机丢了就丢了吧，平时多么严重的事都不重要了。本来有多重要啊，真是。

现在阿沛有了新的爱好，翻皮箱。人们下飞机的时候不会检查自己的皮箱（你说奇怪不奇怪），即使真检查了，他也不禁要想，那东西我是不是托运了啊——这是喝醉了的第二种症状。阿沛还喜欢拿着皮箱去卫生间慢慢翻，他不担心被发现，只要你做得足够自然，那就是自然。不是有人说了吗，装了一辈子好人，那你就是好人？这跟魔术是一个道理。

阿沛坐在了自己的位置上，放好他的箱子——基本是空的，然后左右找阿旺，心想，这人的黑箱子里肯定有贵重物品，不翻对不起自己的良心。

阿沛并不需要偷盗来贴补家用，几张照片、一份合同，哪怕是谁准备的画了好些圈儿、记了好些时间的旅游攻略，阿沛拿了就觉得高兴，美。东西不用贵重，它对别人来说贵重就行了。缺德？对啊，不缺德哪能快乐呢？跟突破了自我的人不要聊这些。

阿旺心中也很犹豫，自己真的准备好了吗？代价阿旺不在乎，阿旺担心的是自己有没有这个资格。认识老师到现在也才一年，自己还处在初灵的阶段。福报够吗？不知道。会太莽撞了吗？不知道。这么急是不是太功利了？不知道。阿旺不知道的事情太多了，所以遇上老师，心里真的唯有感激。老师什么都知道。

阿沛要等待时机。长途飞机那么多人，每分每秒都会有人醒着，但据阿沛多次观察，某些时刻，全飞机的人，包括空乘都会进入即使没睡着也非常晕的状态。是喝醉前的微醺。阿沛准备闭目养神一会儿，等到那些时刻自己先睡着了就太傻 × 了。

阿旺还有退路，他有自己的机关。有退路其实就是懦弱。老师不是说了吗，人就是总给自己太多退路，世界才变成这样？人生下来就是没有退路的过程，死不叫退路。阿旺又看了一眼表，看，时针不会往后转。阿旺拿出了老师的书，阅读灯射下来，有站在舞台上的感觉，阿旺希望在此刻得到神启。

阿沛睡不着，跟空乘要了橙汁，喝完又加了一杯。他对阿旺越来越好奇了，这人，穿个西装坐得笔直，拿的什么？《解脱书》？现在是不是稍微有点儿钱的人就这样啊？你穿西装坐飞机其实是种修行对不对？奇了怪了，过上了自己前半辈子追求的生活，现在又来求解脱，那你之前干吗呢？阿沛对“亡羊补牢”这个成语一直有偏见，这是褒义词吗？亡羊补牢，对羊有用，对人没有用。

看这本书真能解脱吗？阿旺冒出了这种大不敬的想法。能的，肯定能，老师写的书，不应该怀疑，老师不就解脱了吗？不是我帮的忙吗？真理已经写在书里了，指路的手早已抬起，正道就在眼前，我现在需要的不是思考，是执念。

空乘走过来：“王老师，你坐这班啊？”

阿旺：“啊。”

空乘：“你不记得我啦？我以前跟你飞过两趟。”

阿旺：“哦哦，陈余莉对吧？”

空乘：“是是，王老师，你去美国玩儿啊，还是公司的事儿？”

阿旺：“公司的事儿。”

空乘压低了声音：“想抽烟来驾驶室啊，今天黄一帆飞，你也认识吧？”

阿旺：“认识。”

空乘：“真是，他们也不来跟你打招呼，没大没小，我去告诉他们啊。”

阿旺：“算了算了，我等下去驾驶室找他们吧。”

空乘：“嗯嗯，有事儿叫我啊。”

阿沛听到了一些对话，这人是航空公司的啊，那还偷不偷？航空公司的人可不怕麻烦。事儿就是这样，你自行车丢了永远找不回来吧？你爸要是当警察的你试试？

阿旺出了不少汗，他不愿意被认出来，他不想跟这些人产生瓜葛，这些人都是随便碰到的，自己这个身份也是随便碰到的身份。亲人、朋友都是随便碰到的，“宇宙是震动的幻象，所谓命运是没有规律的碰撞”，这是老师说的话，多么深奥。老师当然不是碰撞来的，老师是注定要为我解脱的。

阿沛看到阿旺拿着书慢慢睡着了，飞机上的人也开始慢慢睡着了。不偷就不偷吧，我看看总可以吧？他向阿旺的位置走了过去。

阿旺梦到老师对他说的话，《解脱书》里的字在宇宙背景中陈列开，一颗星星为一个字打光，尘埃带是美术效果，一个“来”字向他砸过来。这是阿旺等待已久的神启。

阿沛走进卫生间，没人发现。他打开了阿旺的黑箱子，里面是一个小的黑箱子。

阿旺醒过来，梦境还没有消退，客舱里灯光调暗，他眼前反复闪着一个字：来，来，来。

阿沛来回摸着小箱子，一时不知道该怎么打开。

阿旺做好了决定，站起身，打开了行李架，看到里面是空的，箱子不见了。

阿沛在底部找到了一个旋转的机关。

阿旺关好行李架，坐回座位。恩赐感充满了他的心：神，真的存在啊。

“咔嗒”一声，阿沛拧开机关，小黑箱子的盖儿绷开，眼前几个红色数字一跳，倒计时开始了。

神拿走了箱子，这是神的旨意。神是嫌我段位不够，还是觉得，只带这些人走，对剩下的人太不公平了？

阿沛看着数字倒计时，心里想，这最好是个奇怪的玩具，哪怕是个什么高科技后现代修行用的法器，不然的话，我就终于要放弃我的生活了。

无所谓了，无须揣度神的意志，阿旺心中宽慰，腰松动，黑西装起皱。

阿沛摸着黑盒子，不知道自己现在去找机长还来不来得及。还有三十秒。

阿旺站起来，开始计划去美国玩儿点儿什么。

算了，最后这三十秒，活得体面一些吧。

阿旺向驾驶室走去，去抽根烟好了。

作为余生的开始。

42A

没想到会在机场碰见她。

其实概率挺大的，人少城小，一个机场，一天两趟飞去北京，这是周五，我们都在今晚起飞，这很难被称作谁的安排。

打登机牌时就碰到了。

她："你也坐这班啊。"

我："哎？你跟踪我啊……"

本来想说句烂笑话，然后看见她身边有人。

她："我朋友送我，你自己啊。"

我："啊。"

他："你好。"

我："你好。"

我把登机牌从左手换到右手，她走近柜台一步，他把行李放上托运带，前面就是我的行李。我走了一步停下，她看我我看她。日常生活中没什么可说但非得说点儿什么的时刻。

我："我先进去了啊。"

就过了安检。

安检口只有一个，候机厅两层，面积很小，登机口都在楼上，楼下也有椅子，但没有人，人们都在楼上等着。怕被飞机丢下，行李架空间有限，这些感觉大过了对人群的厌烦吧，于是就都上去组成人群了。我喜欢在楼下等着。

拿着 iPad 看书，两行字抬一次头，那独裁者陷入了恋爱，我可以瞥见安检口，他来到了平民之女的家里，她和他在说话吧还没有进来，卫兵远远近近包围了房子，她在过安检了，我低下头。独裁者和平民之女一起看了月食，作为一个不祥的象征。她向我走过来。

她："嘿，不上去啊。"

我："在这儿等一样的，飞机来了能听见。上面人多，烦。"

她："你坐哪儿啊？"

我："42C，你呢？"

她："啊，我 48A，怎么不挨着？"

我很镇定的样子："哦，他们机场是这样的，你要不说明的话打登机牌就是随机的……"

她看着我笑。

我："干吗？"

她："我是 42A。"

我也笑："刚想说等下跟你旁边的人换个位子。"

她："我都不知道你今天走。"

我："那天喝酒没说啊？"

她："你吐得一塌糊涂。"

我："我次次都是一塌糊涂。"

我们前两天跟另外几个朋友一起喝了酒，她没喝，她戒很久了。

我："你去北京干吗？"

她："姥姥生病了，我跟舅舅去看她。"

我："你舅舅呢？"

她："我俩分开来的，他在楼上吧，等下登机你跟他换个座位呀。"

我："我不呗。"

她：“那我去换。”

我：“你换我也换，我跟你舅舅坐一起。”

笑了一下。她电话响。

她：“美总。”

我：“我接我接。”

我拿过电话：“美总好。”

美：“哎？你俩咋在一起呢？”

我：“我俩吃饭呢啊。”

美：“就你俩？”

我：“是啊，你过来吗？”

美：“我×，什么情况？”

我：“没啊，我俩约个会不行吗？”

美：“我×我×，你把电话给她。”

她拿去电话，又逗了一会儿美总，挂了。

我：“咱俩好像真没怎么单独吃过饭啊。”

她：“好像吃过一次吧？喝早茶？”

我：“对对对，那次也是我要走，你非要送我。”

她：“滚，不可能。”

我：“真的，你都忘了，你死乞白赖的，还要跟我吻别被我拒绝了……”

传来了飞机落地的声音，她说：“来了，走。”

我：“上面全是人。”

她：“赶紧走吧，你上去还得换座位呢。”

于是跟她上去。其实还想说完刚才那些胡扯。轻浮让人放松。

当然是没换，她坐下来解了头发要了毛毯。

我：“别睡，就一个小时，跟我聊会儿天儿呗。”

她：“我不睡，我想起来了，跟你喝早茶那次，你说要给我讲个故事结果忘了，后来你到了机场还打电话给我讲，什么吴宗宪还是什么乃哥什么……”

我：“啊，哈哈哈哈，是沈玉琳和乃哥。”

她：“对对对，你再给我讲一遍吧。”

我：“你都不记得了啊。”

她：“快讲。”

我：“就是沈玉琳上《康熙来了》，讲有一次录节目，徐乃麟主持，要请一些怪人，第一个怪人是舞蛇女，结果那人没到，负责的制作人就被徐乃麟大骂一通，然后继续录影。结果录影的时候徐乃麟就听到棚里远处老有响声，一看是那个被骂的制作人在搬东西，摔摔打打的，徐乃麟就喊：‘搞什么东西啊！’然后那个制作人大喊一声：‘乃哥，我难过！’哈哈哈哈哈哈。”

她没笑：“对，就这个，你上次讲完我就奇怪，这有什么好笑的？”

我继续笑，又说了很多无聊的笑话，一直笑一直笑。我们的城市离北京很近，飞机一起一落，没有什么平飞的过程就到了。

我：“你直接去医院？”

她：“嗯，过去得一个小时。”

我：“我也得一小时。”

她：“你住那么远？”

我：“是北京大。”

空了一下。日常生活中想说点儿什么但说不出来的时刻。

我：“咱们打赌吧，等下了到了地方发个微信，后到的请先到的吃饭。”

她：“好啊。”

于是就这么分开了。后来也没有吃过饭。

也忘了是谁先到的。

买牛奶

家里没有牛奶了。又要我去买。

我是被她叫醒的，就为了这么个事儿。

“你看家里又没牛奶了，昨天就告诉你了让你买，你不买，赶紧起来吧，别躺着了，一天到晚赖在床上。”

我并没有一天到晚都在床上，我这不是刚起床吗？昨天要上班，晚上又赶去见了火星的老同事，喝了两杯酒，今天就睡得晚了一点儿。

关于牛奶我没什么好狡辩的，昨天她确实告诉我买牛奶，其实前天她就告诉我了。前天加班，昨天喝酒，就没买。我觉得她应该是在为我昨天回来得太晚生气，或者根本也没什么理由。

那同事她也认识，我当初离开火星前，她突然来找我的那次，我是介绍过她给大家认识的。当时太激动了，多骄傲啊，一个姑娘从月球专程来找我的，找我！你们看看！激动得都忘了其实跟这些同事以后不会有什么交集了，无论是人生中，还是宇宙里。

那次也喝得大醉，在我那个公寓里她照顾我到半夜，我还抱着她哭了，也没那么感动，就是心里觉得此处应该有哭声。人生要改变了吧。

最开始的那一年里，我们都太戏剧化了。

我在火星挖大坑，她在月球做一份办公室工作，因为上网看到我拍的照片，加了关注，聊起来，后来就相爱了。

开始没想过吧？开始只是想有机会睡一觉吧？我们有意避开讨论这个，关于原始的动机，她的说法是："是想跟你学学摄影。"我的说法是："我只是为了满足虚荣心。"

后来聊得很好。初遇时的聊天跟搞创作一样，斟酌，灵感也多，兴奋，感动，自我感动。

她："我们离得那么远，将来很难见面啊。"

我："那你还加我？"

她："不见面就不能加了？你们这些火星挖坑的太现实了。"

我："火星挖坑的也比你拍得好。"

她："比我好有什么了不起的？有本事来拍我。"

我："又说不见面？"

她："我胡说不行啊，人不能胡说吗？"

我："能，人还能离开火星。"

我第一次来见她是先搭了矿上的船回地球再去月球，这样便宜一点儿。第一次约会吃了日料，月球上日本移民多，正宗。他们还发明了在月球上弄出海鲜的办法。即使在这个时代，还是觉得挺不可思议的。

吃完东西我们在街上走，抬头可以看到蓝色的地球。

她："你知道这是模拟的吧，屏幕来的。"

我："知道，火星上也是这种屏幕穹顶，蓝天白云、星云黑洞什么的。这个模拟就是这个距离上看到的地球，一模一样的。"

她："那也不是真的。"

我："我拍的照片也不是真的。"

她："那不一样，摄影是再创作，这个是自我欺骗。"

她顿了顿，又说："我们要是能一起看地球，多浪漫呀。"

我站住，牵了她的手，说："你低头。"

她：“干什么？”

我：“我们一起看月亮呀。”

说过了，我们那个时候都太戏剧化了。

为了这么几句话，我就辞了火星的工作，告别了合法的大麻（其实也不抽）、赌场（其实也不去），回到地球准备考试。没办法，我学的东西在月球用不上，又想结婚，她家人又很保守（就为她到月球工作都差点儿断绝关系，她妈连哭三天，还给她写过长信），我只能想办法考进政府部门。最后又托了些家里的关系，总算安排在了月球空港做安检员。

这么算算，我都工作三年了，也结婚三年了。

她：“你还磨蹭什么啊？不就让你买个牛奶吗？还有你这袜子，我不捡你就不捡是吧？扔在地上等什么呢？等忽然失重了它自己飘到床上吗？”

我捡起袜子，看了她一眼：“我先洗把脸。”

她：“别又弄一地水。”

酒力还没有全退，昨天喝酒王三还是抱怨工作很累。

他：“但是涨了点儿工资，挺好的，我还是喜欢火星，地球太安逸了，你们月球更是。不过你喜欢就得了，这都看每个人的选择。”

我：“是是是。”

王三说以前我们常去的酒馆还开着，老板娘的女儿也来帮忙了。他反复强调对自己的生活很满意，不知道是在劝我还是劝他自己。

她：“洗完没？”

我：“马上。”

我坐在马桶上翻手机，新闻说抓获了日本往月球走私海水的团伙。海水有什么好走私的？专家说正常运输要检疫，那个走私头目说：“检疫了的话，可能会干净一些，可是为了这种事，海水原本的味道就要被破坏一点儿，而鱼生的道，就在这些‘一点儿’上，这实在无法原谅。”

说土星开放自由行了，土星带冲浪是特色项目。

说有环保组织抗议对火星的过度开采，要还火星本来面貌。

她拉开门进来：“你到底去不去？”

我：“你怎么这么没礼貌啊？”

她：“你半夜回来有礼貌？东西乱丢就有礼貌？睡到十点有礼貌？我八点就起来收拾家了，让你买个牛奶这么不情不愿，你不去我自己去！”

我：“我去我去。”

我站起来，语气也不耐烦了。

她：“你跟我喊什么？”

我：“我没喊。”

她：“有什么话你就说。”

我：“没有，我去买牛奶了。”

她：“你别走，你说清楚，别给我装委屈，你到底想说什么？”

我：“晚上去吃日料吧，过段时间味道可能就要差‘一点儿’了。”

我说着出了门，去开我的飞船。她要喝的牛奶在近月轨道上卖，据说是牛在失重环境中产的，对身体很有好处。

我上了飞船，向宇宙开过去。

去买牛奶。

宇宙好大。

画家阿修

阿修不是个开朗的人。

在这个时间段的世界上，甚至还没有“开朗”这个概念。这是语言发明之前的社会，人类作为一个物种，还没有证明出自己的与众不同。处于食物链中位置尴尬的一环，人类也没什么理由开朗。

但阿修格外不开朗。其他的人还会常常咧着嘴，用那张没有进化好的脸来表达快乐的情绪，而阿修从来没有过。

阿修不知道自己的父亲是谁，他也不关心，他也没有过要关心这个的想法。阿修住的山洞还算不错，里面住着另外一些人，阿修不喜欢另外这些人，但他们构成了一个小小的部落。构成原因，可能是周围只有这么一个山洞。

这个山洞十分利于居住，周围的森林里产一种果子，地上长一些野草、野菜，果子又引来虫子，虫子引来鸟雀，这些就是部落的食物来源。

他们还没有学会使用火和工具，除了阿修。阿修最喜欢做的事是跑到远处，找一个大石头，然后拿一块小石头在上面划。

直线、折线、意义不明的圆，后世有不少人靠研究这些东西为生，而阿修自己的生活十分艰难。尤其是最近又下了大雨，天气冷下来，食物越来越难找了。

打猎对于当时的人类来说太难了一些，他们主要是靠去林子里捡果子和虫子为生，吃腐烂的动物尸体，有时也掏鸟蛋。森林中危机四伏，山洞中也好不到哪儿去，亲情爱情需要时间来进化，可生存的压力始终迫在眉睫。

部落中的人不得不走到更远的地方去寻找食物。山洞中阴冷潮湿，阿修还是每天跑到远处去划一会儿石头，捡一些吃的，自给自足。

他没有什么目的，没有什么情绪，也没有什么办法。

像所有对人类历史来说至关重要的时间点一样，这一天也没有任何征兆，阿修划完了石头，跑回洞穴，发现自己的母亲被杀了。

应该是因为食物不够了吧，阿修这么想。

也没有人过来跟他解释，也没有人出来承认杀了他的母亲——不是不敢，只是觉得没有必要。阿修看到母亲的尸体残缺不全，有人脸上还挂着笑意。

那笑意只是因为吃饱了，活下来了，是很单纯的快乐，并没有任何其他复杂的情绪。但阿修心里升起了复杂的情绪，扭头跑了出来。

他也没有多爱自己的母亲，只是想到，他们今天杀了她，明天就可以杀我——明天也会饿啊。如果我被他们吃了，那我的画就永远画不完了。

阿修来到了大石头的旁边，拿起自己每天用的小石头。那石头历经长久的创作，边缘出现了锋刃。等到入夜，阿修拿着他的画笔回到洞穴，循着鼾声的音量，将部落中所有的成年男性砸死了。

当晚，阿修成为部落第一个明确的领袖。随后他教会其他人磨制石块，他们的部落开始外出打猎、扩张、壮大，研制出更复杂的工具。

人类进入了石器时代。

阿修依然每天跑到他的大石头旁边画画。

阿修不需要再为食物操心，他是一个领袖，一个革命家、发明家，但始终不是一个出色的画家。

但他喜欢的事情只有画画。

今早九点半
那班公交车上被非礼的女白领

我当然早就感觉到那个人摸我了，用你们讲？我第一次坐公交车啊？

他摸第一下我就躲开了，我连头都没回。这也不是第一回遇上这种事了，看他干什么呢？恶心。我也没能躲开太远，这里太挤了，手上还拿着电脑，挎着包，还有等下开会要用的 KT 板——我昨晚赶去印刷公司拿的。现在吵吵嚷嚷要为我主持公道的这位大哥，刚才也没有给我让个座的意思。现在也没有。

我也没想到那人这么不要脸，胆子也够大。躲开了，就证明我察觉了，就不要再摸了啊，到底被别人看见了吧？为什么要给我添这么大的麻烦呢？

男人真奇怪啊，看着也是有正经工作的人，一大清早挤公交，不可能就为摸别人的腿吧？就是临时起意，就摸？脑子坏掉了。

不过每天坐同样的车，去做同一份工作，脑子是容易坏掉吧。

那你也不能摸我啊，我今天是有事，要是没事，一定跟你去公安局，调监控、发微博、找媒体的朋友，到时你连如今这样你不想要的生活都没法儿拥有了。

但是我今天有事，也不只今天有事，这单 case 已经搞了这么久，客户搞我，老板搞我，同事也搞我，连印厂的人都不给好脸，但是我必须把这件事做完啊。

你说做完这件事有什么意义吗？没什么意义。会改变世界吗？会让人注意到吗？甚至会促进销售吗？都不会。

那怎么办？你要我怎么办？不做了吗？

所以啊，你们不要再义愤填膺了，别喊了，那位坐在原处多次作势要打那个色狼的大哥，也别再说脏话了，真的太难听了。你骂一个人“婊子养的”，我实在无法相信你能比他多尊重女性多少。

你们真的是为了正义吗？真的那么看不惯一个女人被一个男人摸了腿吗？无事可做吧，车里太挤了吧，这样的早晨，总是一样的早晨，应该有所变化吧。

那你们自己去找，自己去变，别烦我。

别再拿手机照了，你不也是在照我的腿吗？

我还有事，我还有生活，我还有一站就到了。

今天签合同，马上要结束了。马上又会有新的事。下班去喝一杯，明天早上可能还要搭这班公交吧。

太累了。

我没有精力再投入到一件意外中去了。

“麻烦让让，我要下车了。”

死神仙

消息是一点点传开的，有消息之前就先有了传言。历来如此。

先是登门拜访的人抱怨说见不到张老师了，都是老师的徒弟接待，转达老师的批语和祝福。到后来连徒弟都见不到了，给的说法是老师要进山闭关，几时回来不知道。问：“那我这条命谁给管管啊？”也没人回答。从此就有了传言，有说是泄露天机太多，遭了天谴，也有说是不再留恋人间，终于成仙了。

张老师在这个城市里已经做了二十年的活神仙，是人们排队求见的人生导师，是城北斜土路成辰胡同53号那个小院里照亮众生前程的灯塔，是一切问题的答案。关于张老师的传说太多了，在这个城市生活，身边隔五个人，就有一个命运被张老师改变过。开出租的董川，听了张老师的话，改行开大车，上班第一天就从广播里听到了出租司机被杀的新闻，当然就是接了他班的那个。“一把刀”文刀刘从53号院出来那天就开始平步青云，做到了市医院的院长，已经几年没上过手术台。本地最大的黑社会头目李全志也是张老师的好朋友，张老师给他批过什么没人知道，反正他一直风风光光活到现在，而且平安。

找张老师“看看”的规矩没那么大，也不难。张老师每个月初七、十六、二十五开门迎人，这日子也不那么准，比如这个月初七要是个星期一，那有可能初六也开，大家都说张老师心善。日子不准也不要紧，你要留心想去，在前一天总会打听到，真耽误了，就等下次，算命没有那么急的。

到了日子就去成辰胡同 53 号小院门口排队，早去，拿号。门口会有个老头儿负责发号，腿有点儿残疾，说本来是个乞丐，张老师看着可怜，收留了。也有说是张老师算准了这老头儿八字旺自己，留在身边可保一生平安。反正只要跟张老师沾上了，总要有些传说。

人不多就去屋里排队，人多就在院子里，有小凳子，到了号就往里厢走，门口有个矮墩的徒弟，门上有白布帘，徒弟掀开布帘，就见着张老师了，见着张老师，一切就都有着落了。

但是人们再也见不到张老师了，消息是从医院传出来的。

本来是个小手术，有说是疝气，有说是阑尾炎，还有说是张老师福至心灵忽然要割包皮，反正是要做手术。张老师除了算命，当然也是常常要治病救人的，据说每年还会有人来请张老师去北京发发功，为国效力。有这般手段，上医院实在是折寿。

好在有文刀刘安排，看病的事不会走漏风声，结果张老师死在了手术台上，这就瞒不住了。再说，给谁瞒呢？有说是文刀刘亲自主刀结果技艺生疏了；有说是张老师自知必死无疑，上手术台本来也不是治病，就是安乐死。总之，神仙死了。神仙一死，就成人了。儿子从国外飞回来，张老师手机被打爆，有女徒弟，有算过命的女施主，哭爹喊娘、哀婉凄楚，问张老师去哪儿了，张老师是不是放弃我了，张老师还欠我们很多修行。

张儿子在国外做生意，娱乐行业，大亨，好莱坞，操持宣发公司，结了婚，女友无数。张儿子说："三件事：第一，我爸和一身造诣已经归天，张家人不再干这行，请大家成全；第二，53 号院还可以在，徒弟们得了真传就好好用，造福百姓，收入张家不过问；第三，道佛事凡人难以理解，我爸生前有些修行上的事，涉及了别人，难免风言风语，那些打电话的人，要处理好。老爷子是活神仙，死了，要体面。”

这第三，是跟李全志说的。

这个城市里关于李全志的传说，仅次于张老师。多少条人命，多少钱，多少种关系。李全志常出现在张老师身边，不是53号院，这是办公场所，李全志是入幕之宾，跟老师交情匪浅。他跟手下人就提过一次张老师，就说了一句话：“命的事，你们懂吗？你们不懂。”

李全志听了张儿子的要求，点了头，赶在追悼会之前把事儿办妥，找人，拿钱，封口。有徒弟不同意办追悼会：“老师怎么能是死了？老师不能死，老师是成仙了，老师必须得成仙啊，当天祥瑞之兆我们都想好怎么说了。”又跟张儿子说，语气近乎哀求：“追悼会一办，可就全完了。”

张儿子说：“成不成仙随你们说，追悼会也只是个通知，告诉大家我爸不在了。我爸生前喜欢让人猜不透，我不想他现在还被全城念叨，我得告诉大家张老师不在了，都散了吧。”

追悼会当日来了很多人。大家静默恭送，张儿子扶着话筒讲了话，大概内容有三个，一是喂喂，二是谢谢大家能来，三是张老师本不至于死的，为了谁死，希望大家别忘了。

正到哀痛处，人群出来个泪人，美而俗气，手里挥着一个粗糙的大红福袋，上有八卦图样。泪人说：“张老师，逸然，你就这么走了？不是说好了一起成仙吗？逸然，你为什么放弃我？我跟你不只是修行，我们有感情啊……”

话说到这儿，李全志派手下把人拖走，场面大乱，李全志尴尬地看看张儿子，张儿子停了一下忽然发作，叫一声：“阿弥陀佛，百无禁忌，你们吵什么！”

众人惊住，张儿子开口竟是张老师的声音。

张儿子把话筒拿起来，继续说：“我本已到了天门，放心不下回来看看，果然出事。刚才那女人是我生前降服的妖精所化，你们竟被她蛊惑！”

众人震惊安静。

张儿子顿足：“你们伤我的心啊！”

在前排的矮墩徒弟慌忙扑倒在地，大哭道：“老师，徒儿无能啊。”

屋里忽起阴风，矮墩徒弟好像被人扶着站了起来。

张儿子：“这也不怪你，还是为师修行不够，让这妖人有了可乘之机。人间无可留恋，我去也。”

众人反应过来，大叫张老师别走，有动情的带头跪倒，很快从大厅向外延伸，人们相继拜服，好似演唱会歌迷自发组织的快闪。

张儿子：“人各有命，我本该早早升天，奈何心软，为这一城人逗留人间，如今再不能等。诸位的感情逸然心中明了了，今后我的大徒弟会继续帮着大家，散了吧！”

说完张儿子颓然倒地，众人缓不过神来，纷纷热泪盈眶，李全志扶了张儿子出去。

张儿子、李全志上了车，车队迅速开到张家一处宅邸。车上李全志问张儿子：“张老师没死？”

张儿子：“李老板不信我爸成仙？”

李全志：“那句歌词咋说的，你爸，在人间已是仙。”

张儿子：“哈，我爸就在后面的车上。”

那闹事的泪人已经被绑好了坐在沙发上，头上套着麻袋。李全志和张儿子跟着满面春风的张老师走进来。

张老师：“快解开。”

李全志手下看见张老师已经一慌，解绳子比平时慢了好几秒。那泪人一见张老师眼泪更盛，张老师没让她说话，沉声说：“她跟我走。我去了美国，也总要有人照顾。”

李全志笑：“这都是你们爷俩安排好的？”

张老师：“顺水推舟。”

李全志："不仗义，就我不知道？"

张老师："除了我俩，也只有我大徒弟知道，这女的也不知道。这些手段，越真越好。"

泪人已经扑上来，张老师揽在怀中，完全不在意旁人的眼光，一派仙家风范。

李全志："老师干吗非得假死？就说金盆洗手，去美国养老不行吗？"

张老师："那样，就不是神仙了。"

那边矮墩徒弟上台宣布追悼会结束，已经有人开始叫他李老师，开始预约下次算命。大家心里明白，再过一个小时，张老师的传说就传遍全城了。53号院还将是永远的灯塔。

大魔师小李

如果有一个地方，人人天生掌握魔法，自然就不会觉得魔法是多么了不起的事，除非发生以下两种情况。第一种情况，他们发现了外面的世界；或者说，外面的世界发现了他们。鉴于这个村子的人历来无知又自甘堕落，有理由相信，当年，是外面的世界发现了他们。

后来的历史也颇能证明这一点。首先是一个国家出于理所当然的恐惧派来了军队，在魔法村一再表示无意与之争斗后，还是被迫出了手，只耗费了当时的村长吃一个苹果的时间。魔法效果很绚烂，村子里其余人为村长鼓了掌，大家从敌人的口中第一次知道了这个东西叫魔法，也第一次明白了魔法真是了不起的东西。

敌方伤亡不算惨重，只是不同程度的烧伤和冻伤，魔法村的村民至今也未能熟练掌握直接用魔法杀人的技巧，这可能是造物主给的制衡，仔细想想，如果他们能直接用魔法杀人，也就不会有后来那些事了。

敌方长官回去后如实禀报了战况，并恳请他的国王罢手，结果他们那个谢顶多年的国王认为，失败只是因为这帮人无能，为了掩饰无能，他们还过分夸大了魔法村的能力，于是全数斩首。谢顶国王派出了八个骑快马的信使，联合了大陆上其他那些充满恐惧和野心的国家，又来了一次。他们来时，村长很生气，嘟囔了一句：“还让不让人吃苹果了！”然后就施了法。

冰火之中，一半人倒下，另一半人投了降，签了条约，从此魔法村被奉为神界，那个谢顶多年的国王在村子四周派兵把守，说是保护神界安全，审查往来行人。暗地里，谢顶国王则重金聘请魔法村里愿意抛头露面的人出去帮他打仗，当年纠集来的大陆上的其他军队很快就被他和他的“神军”打服，谢顶国王成为大陆上唯一的霸主。称霸之后，守在魔法村周围的士兵多了几倍，除了表达着谢顶国王的担忧，他们终日无事可做，最多收一收来参拜“神界”的信众们的门票钱。

魔法村内更加无所事事，喜欢抛头露面的，都去了皇宫，名头都是大祭司、国相、护国法师一类的，据说他们的日常工作也就是在谢顶国王的生日宴会之类的场合上表演两个火球术，听一听稀稀拉拉的掌声，提醒自己魔法是件了不起的事。毕竟战争年代已经过去了。

能让魔法村的人认识到魔法原来是一件了不起的事的另一种情况，是小李的出生。小李天生不会魔法。

小李出生那年，国王已经是谢顶国王的孙子了，“魔法村”这个名字早已无人使用。“神界”封闭、高贵、死板，已经多年没有大事，小李的到来成为一件大事。小李三岁那年，村中长老为他开启“神力”，这个仪式也是魔法村成为“神界”以后才有的。魔法都是天生的，要到三四岁才能使出来，这就跟普通人两三岁学会走路说话是一个道理，只是成为“神界”后，自然不能再像普通人学走路说话一样靠生物本能，而是要有隆重的仪式，显示一位新的“神界”居民正式来到了世间。

仪式内容其实很简单，找村里这一拨两到四岁的小孩儿，这些孩子一般都是在家里用过魔法后父母才送来的，保证万无一失。他们集中到法殿，由长老说两句没有法力的咒语，走个过场，就算完成，和这世上大部分仪式一样。结果小李出了问题，在家里就没用出来，父母怕他被人歧视，瞒着长老就送来了，寄希望于小李这孩子能懂点儿事，给长老一个面子。

长老很没面子，先把小李不会用魔法的消息封锁了起来，然后调查小李是不是他那年轻的妈妈跟村外守军的私生子，用上了搜魂术之类的办法，最终证明小李是纯粹的魔法村血统，不会魔法，没有任何原因。

“可能是发育不良吧，”长老谨慎地下了评语，“再等两年？”

两年后小李还是不会魔法，长老秘密派人通知了皇宫里的大祭司、国相、护国法师，他们给的意见是：“这孩子得离开‘神界’。”

他们给的解释是：“如果被人知道了‘神界’有不会神力的孩子，‘神界’的地位就要动摇，‘神界’的待遇就要变差，外面的守军说不好就要变成敌军，‘神界’不再是‘神界’。”这些在皇宫多年的人已经知道了世界运行的规律，也已经学会了畏惧。村长啃苹果的气势不会再有了。

长老转述这些解释时，语气依然很谨慎，小李父母的反应倒是很平静：“离开就离开吧，我们跟着孩子一起走。”

长老说：“这我得去问问。”

小李的母亲说：“别问了，要是不让，我们就谁都不走了，逼不得已，‘神界’也不再是‘神界’。”小李的父亲在一旁没说什么，眼神依然平静。

长老谨慎地想了想，说：“你们走吧，但要答应我一件事，出去了不许再用魔法，不许说自己是‘神界’的人，不然，我也有逼不得已的时候。”

小李一家点了头，离开了。街坊邻里住在“神界”多年，自然学会了冷漠，没有人来送行，所有人都觉得他们的离开理所当然，为了“神界”，这点儿牺牲算什么呢？

小李不太理解发生了什么，也没有愤怒，他心里只是难过、费解。他还没有明白世界运行的规律。

小李一家离开“神界”后，日子过得很不错，临走时长老给了一大笔钱，对于“神界”来说，钱是最不值钱的东西，值钱的是名声。小李一家要隐姓埋名，不再使用魔法，更不能让外面知道，“神界”里出了不会魔法的人。

头几年，他们只是四处游玩。大陆已经和平了几十年，有“神界”的威吓，各邦国暂时放弃了对权力的野心，削减军备、开放边界、通婚通商，在这样的大陆上，有钱就可以过得很好。有一回小李的父母在海边晒着太阳，不约而同地想到：“离开‘神界’，其实是件好事。”

小李不这么认为，小李进入了青春期，开始思考人生和世界的意义。他对“神界”的记忆很淡，不像他的父母，他们在那里生活得太久了。小李在莫名其妙的状况下，被那样的生活抛弃了。

“我还是要学魔法。”小李说。

在刚离开“神界”的时候，父母试图教过他魔法，但是失败了，他们实在不知道这东西该怎么学。人人都是生来就会，没人清楚魔法的原理。为什么小李就不会呢？没人知道为什么，没有答案的问题，只能归结为命运。

小李今年十六岁，再次要求学习魔法，他的父母很不解。潇洒而又富贵的生活可以磨灭一切不平不忿，他们问小李：“为什么要学魔法呢？这样的生活不好吗？”

小李的想法则简单得多：“你们不觉得会魔法是件了不起的事儿吗？”

小李的妈妈说：“就算了不起，我们也不会教啊。小李，这世上有很多没办法的事情，你得学会接受。”

小李说：“总会有办法的。”

于是每天晚上，小李的父母就在自家的大宅里偷偷为他展示魔法，然后，小李来想办法。他买了一大堆化学材料、机械装置，还有杂七杂八的书籍。“是不是魔法不重要，只要看起来是魔法，不就是魔法了吗？”小李作为这世上第一个靠后天学习来掌握魔法的人，为自己找到了正确的方法。

这么学了两年，小李十八岁了。十八岁的小李用魔法打败了自己的父母。父母很惊讶，儿子在一堆瓶瓶罐罐、破铜烂铁中间，居然真的掌握了神赐之力。

“这不是神赐之力，这是我自己学的，这个也不能叫魔法，”小李从空中缓缓落下，收起了掌心中变换身形的光龙，灭了身上的绿火，说，“我这个，就叫魔术吧。”

在独立发明魔术和看书的过程中，小李的想法变得不再那么简单，他觉得，自己既然被安排了这样的命运，那就要去看看这样的命运会怎样展开。

小李独自回到了“神界”。父母对“神界”还是没有任何怀念，坚持在大陆上继续旅居。小李临走时，母亲说：“你回去就知道‘神界’有多无趣了，看一眼赶紧回来吧。”显然她还不知道自己的儿子已经快度过青春期了，关于人生和世界的思考，似乎已经有了他的答案。

在当年仪式失败的法殿上，小李展示了他的魔术，长老和“神界”居民们十分震惊，小李展示出的魔法效果，“神界”无人能够达到。小李提出想在“神界”住下来，长老这次没有问大祭司、国相、护国法师，长老觉得，以小李的魔法，他要非留下也没人赶得走他。

小李就此住了下来。刚开始，只是很多“神界”的孩子来找小李讨教魔法，小李说：“你们会的那个才叫魔法，我这不是。”孩子们不理会，都说魔法不如你这个厉害啊，要学你这个。

后来，冷漠的父母们慢慢发现，自己的魔法已经不能击败自己的孩子，就也来请教小李了；再后来，连长老都来跟小李学了魔术。

小李一边思考着命运的去向，一边教大家魔术，在“神界”住了五年。五年过去，“神界”已经没有人使用魔法了。有一天，小李让一个邻居施个火球术看看，邻居低头想了半天，说“忘了”。

这件事不久之后，长老在一次莫名其妙的事故中身亡，小李理所当然地成为新的长老，居民们都叫他“大魔师小李”。

小李二十三岁这一年，谢顶国王的孙子派来使者，说宫中需要新的大祭司、国相、护国法师，希望“神界”派来最优秀的人选。

大家都觉得小李应该去，又都不舍得大魔师离开“神界”，他们都知道小李还隐瞒着许多魔术没有教给他们。

而小李考虑的则完全是另外一个问题，一个比魔术更加需要隐瞒的问题。小李看着“神界”外面的守军，看着守军身后和平了几十年的大陆，心里犹豫着，要不要把“神界”已经无人会用魔法的消息告诉谢顶国王的孙子；要不要把他自己的命运，变成“神界”的命运，变成整个大陆的命运。

预言家

夜晚在山林中赶路的乐趣，不是什么人都能享受的。像这世上所有需要冒一定风险的乐趣一样，它不属于那些生日愿望会说“希望一生平平安安”的人。能享受这样的乐趣，要么本领过人，自信没有什么算得上危险，要么心态洒脱，不过分珍视生命。大魔师小李就符合这样的要求。因为这个要求不算低，所以小李也没想到会在这月下密林中见到同路人。

那人举个火把，匆匆疾行，神色倒不慌张，只是眉间心事重重。百分之十警惕，百分之九十是好奇，小李跟他打了个招呼。

那人也没停下脚步，也没看向小李，自顾自地说起来：“你叫大魔师小李，等你听完我的故事，我们就各自赶路。自我介绍一下，我是一个预言家，能看到一些未来的事儿。”

小李听完愣了一会儿，笑了：“那我现在应该是什么反应？”

预言家也笑：“就是这样的反应。我们一边走一边说。”

两人都放慢了步速，小李用了些手段，一个淡黄色的光源飘上二人头顶，预言家熄灭火把，算是有了个讲故事的氛围。

预言家：“我也不知道我为什么会有这样的能力。不是天生，也不是后天学习了什么占卜星象水晶球，就是忽然有一天做梦，梦到我爸被狗咬，然后第二天他就被狗咬了。没过两天，我在走路时忽然看到——总是这样，没有任何征兆——邻居家进了凶犯，反抗时全家被杀。我一下吓住，不知该怎么办，犹豫了一会儿还是往家赶，一边跑一边喊人，最后救下一个小女儿，她父母已经死了。那凶犯好像是为报仇而来，邻居父亲当年杀了他的妻儿，这种事儿，谁也说不清。”

小李：“这么想你会轻松一点儿吧。”

预言家：“什么？”

小李：“想邻居父亲也算该死，这样你没有救下他们，心里轻松一点儿吧。”

预言家：“也许吧。因为没有尽快赶回，我就也没敢说自己预见到了这祸事儿，我怕大家不信我，又怕他们信了怪罪我。但后来终于还是没瞒住。”

小李：“你要心软，这就是瞒不住的。”

预言家点点头，眉头紧蹙：“那件事儿过去不久，有一天我喝水时看到杯里光影浮动，我把它平举到眼前，看到杯底是我们的村子，中间是布着乌云的天空，最上面出现一颗流星，它拖着红光穿过乌云，坠在村子当中，砸垮了村长的房子；冲击波散开，我最喜欢的水杯也报废了。简单包扎了一下手，我就去把这件事告诉了大家，硬把村长和他久病卧床的老婆拖出了房间。流星落下，从此，大家都知道了我的能力，很多人当我是神。

“但其实我根本不会预言，都是突然出现，有时是梦，有时是水，有时就在一页纸上显出字来，有时是风声变成低语，告诉我即将到来的不幸。我觉得我有了这样的能力，就有责任保护我的村子，村民们更加这样认为，从此我什么都不用做，住在他们给我修的屋子里，‘占卜未来’。”

小李：“你过的是半神的日子。”

预言家：“嗯，过了两年这样的日子。后来我又预言了毁掉农田的怪鸟，它们浑身斑斓，眼神可爱，但是掠过哪里哪里就什么都不剩。

还有杀死所有牲畜又传染给人的疾病，这病闻所未闻，牲畜死前，会用人话交代遗言，人得了，会冲月狗吠而亡。我还预言了火灾、洪水、地震，每一次我都救下很多人，但还是有人不可避免地死去。”

小李：“两年时间，人们的想法会有很多改变。”

预言家伸手揉了揉眉间，点了点头：“我最后一次‘预言’，是梦到村民们要杀掉我。他们已经不觉得我是预言家了，他们觉得是我带来了所有那些灾祸。”

小李：“应该的。”

预言家：“你说，人是不是都是这样不知满足、忘恩负义？”

小李：“是。不过我听完你的故事，也希望自己不要出现在你任何一个梦里。”

预言家苦笑一下：“所以刚刚就说了，我们各自赶路。”

小李：“我们各自赶路。”

像所有村子一样

大魔师小李去国都的途中经过了一个村子。

这个村子本不该在行进的路线上，魔法村成为“神界”以来，每天都有大批信众前来朝拜，人来人往，从国都到“神界”的这条路早已经是大陆上最繁华的商路，大陆上所有的大事小事，除了事发地，这里是最快知道的。大陆上所有的男人女人，除了自甘平凡的，都在这里。

所以小李不想走这条路。一来，他看够了热闹。二来，想到自己可能将要改变大陆的命运，他害怕看过了这些繁华景象之后，心软。

于是小李走了一条很偏的路，并坚持不带随从，他让信使通知谢顶国王的孙子，等他走够了，自然会去出任护国法师一职。他需要在这条路上思考很多问题。

小李是半夜到的这个村子，刚进来时他就觉得很奇怪，这里的夜晚太安静了。他凭着多年旅行的直觉，挑了一户人家，敲开了门，拿出了不少钱，请求借宿一晚。

开门的是个老头儿，眼皮低垂，嘴角更低垂，看着小李抽动了两下鼻子，没说任何话，也没有让小李进去的意思。小李正在犹豫要不要施一些魔术时，一个中年男子满脸堆笑地走过来，接了钱，把小李让了进去。这男人跟老头儿长着一模一样的脸，却是完全相反的表情，让小李感慨遗传的奇妙。

第二天起来，小李觉得这个村子更怪了，他发现这村里的老人都像他昨晚见过的老人一样，脸低垂，情绪低垂，人生低垂。不光对他冷漠，他们互相之间也几乎从不看对方，明明是这么小的村子，街上却不停地演着形同陌路的戏码。但中年人和小孩儿们又都很热情，比如小李住的这间屋里的小女孩，她是那阴郁老人的孙女，保持着和爷爷一样的行为习惯，见到小李也是先抽动了两下鼻子，然后笑出来，问："你好，我爸爸说你是'神界'来的。"

小李："是。"

女孩："我还没有离开过村子，我爸说外面很好，很热闹。"

小李："热闹不一定是好。"

女孩："我爸爸去过外面，他还给我买回来很多玩具和书呢。"

小李："嗯。"

女孩："我有一本讲'神界'的书，说当年那个爱吃苹果的村长因为钦佩谢顶国王，所以用魔法帮国王统一了大陆。你也会魔法吗？"

小李："现在已经没有人会魔法了。"

女孩显然不懂小李的意思，跑到屋里，又跑出来，手里拿着一本翻开的书，上面有张狗的插图，女孩问小李："你见过真的狗吗？"

小李这才明白过来自己一直觉得不对劲的地方是什么，作为一个村子，这里为什么一条狗都没有？

小李："你从小就没见过狗吗？"

"哈哈哈，别说她了，我从小都没见过。"女孩的父亲笑着走进来，"您是'神界'来的啊？我给您讲个神话故事您愿意听吗？"

小李点了点头，那人又讨好地笑了笑，开始讲故事。

"从前有一个村子，像所有村子一样，家家都养狗，人们对狗也颇有感情，狗对人就更是了。忽然有一天，狗得了狂犬病，开始只是一两条，后来扩散到全村。它们变得狂躁，眼睛滴血，攻击人。人们商量了一下，像所有村子一样做出了正确的决定：杀掉所有狗。"

那人讲到这里又笑笑，让女儿出去玩儿，又问小李喝不喝水，小李说谢谢不用了，差点儿说出“你不用这么殷勤”。

那人接着讲：“行动前一晚，人们不约而同地去跟自己的狗道别，做最后的亲近，结果，狗们不约而同地先行动了。那晚，人杀死了很多狗，狗杀死了所有人。第二天，狗们的病症开始减退。第三天，狗们痊愈了。第四天，狗们开始饥饿……几天过去后，村里就没有人的尸体了。狗们游荡在这个没有人的村子里，心里有悔恨和一些自我辩解。它们终日回想着自己主人生前的样子，就这么游荡着，几年过去，每条狗都变成了自己的主人。它们是人的外形、人的习惯，它们互相结合、产子，过人的生活。但是它们互相厌恶，它们不敢看彼此的脸，这些脸，有的曾经想杀死自己，有的曾经是自己的食物。当然了，它们最讨厌的，是自己的脸。”

那人讲完，继续笑：“现在这村子有了第二代、第三代，后代们早就没有那么严重的心理问题了，眼角低垂给谁看呢？还不都得向前看吗？不过后代们多少还是有些顾忌，至今都没养狗嘛。您从‘神界’来，您说说，这村子的后代们算人算狗？这样的村子存在于世，能得到诸神允许吗？”

小李也笑了：“在这片大陆上，有几个存在是经过诸神允许的呢？”

小李走到门口，招呼那女孩进来。

小李：“你知道我叫什么吗？”

女孩摇摇头。

小李：“你想见真的狗吗？”

女孩点点头。

小李：“我叫大魔师。”

小李施了魔术，地上多出了两条小狗，村里其他地方也忽然传来了此起彼伏的狗叫，还有一些老人的惊呼。

小李说：“还是养狗吧。像所有村子一样。”

困 兽

飞机已经晚点两个小时了。空乘刚刚过来对他说：“对不起，李先生，接到机场通知，我们的飞机还要再推迟一段时间才能起飞，实在抱歉。”

“没事。”小李支吾了一声，把空乘打发走。

大家都叫他小李。小李不是人，小李是一只鸟。当然现在只要他不掉毛，旁人是看不出来的。他修出人形那年，飞机还没有实现民用化。今天，是小李第一次坐飞机。

虽然大家都喊他小李，但其中大都不知道他是只鸟，比如他们公司里帮他订机票的人，还有他新交的女朋友。只有少部分人知道他是只鸟，但他们并不知道小李会来坐飞机。这是小李下了功夫瞒住的，这事儿要是被那些东西知道了，至少要被嘲笑两百年。

小李并不怕被嘲笑，小李怕麻烦。“你一只鸟，为什么要坐飞机？”这还算好的，肯定还会有一些更深入的揣测：“他是不是根本不是小李啊？骗了咱们几百年？”“可能是他的修炼方法不科学吧，成了人形，结果不会飞了？”“别不是跟那个什么叫飞机的东西有了感情吧？痴情的妖怪可不少见，不过长得像小李这么丑的还真没听说过啊。”

小李不想跟他们解释，再说有的语言还不通。

小李就是想坐坐飞机，就这么简单。小李发现，人们不愿意相信简单的事儿，似乎相信了简单的事儿，自己那点儿智商就被浪费了。小李很替他们难过。

比如现在，飞机晚点了两个小时，困在飞机里的人一个个都好像遇上了人生中最委屈的事儿，吵闹、发火、逼问空乘为什么，提种种无理要求。小李不明白，难道你们踏上这班飞机之前，人生就那么顺利吗？按小李这些年来的观察，这是不太可能的。人世很艰难。但正因为人世确有些真正的艰难，小李觉得，因为被困住两个小时就生出怨气实在太低级了。这些人对人生到底有没有清醒的认识？可能真是活的年头太短吧。小李又想，那我修了这么久，怎么最后却落到要和这些低级怨气混在一起？这实在有些挫败。不过小李是不会因为这点儿小事生气的，小李对人生有清醒的认识。

何况他也没什么急事，他就是想坐坐飞机。

头等舱里的气氛比后舱稍强一些——第一次坐飞机，小李决定对自己好一点儿——有一个人在打电话安排工作，邻座的男人在看着报纸不停抖腿，其他人全在玩手机。小李想，有钱似乎真能让人体面一点儿。

“李先生，需要什么饮料？”

“冰水，谢谢。”

“陈先生，您需要什么饮料？”

刚刚打电话安排完工作的那个人放下手机，跟空乘说想再喝杯红酒。

“很抱歉，陈先生，今天航班大面积延误，红酒储备不足，您刚刚已经喝了一瓶，现在机上没有红酒了，实在是不好意思。”

陈先生很生气，多少还有点儿难堪。小李的判断出了错，这些人只是比后面的人多体面了一会儿。陈先生跟空乘吵了起来，其余的人受了鼓舞，也纷纷附和了不满，个个都声称自己的人生被严重耽误了。

其中，小李邻座那个不停抖腿的男人最让人刮目相看——他从怀里掏出了手枪。

这人丢下报纸，一把揽过空乘，大喊了几句，大意是：我是来劫机的，我实在等不了了。他出了很多汗，汗还甩进了小李的冰水里。场面十分尴尬。

刚刚还在吵闹的机舱终于安静了下来。

“这回你们可能才算是遇上了人生中最委屈的事儿吧。”小李想。

“我等不了了，我等不了了。”拿枪的男人不停重复，被他揽住脖子的空乘一脸惊恐，或许还有点儿费解：真的不能再等等吗？

“真的不能再等等吗？”小李也这么想，“看来今天是坐不成飞机了。”

小李叹了口气，觉得人世真是挺艰难，想简简单单坐个飞机都能碰上这么多事儿，这要是传出去了，至少要再被嘲笑两百年。

“您好，请问这个窗户能打开吗？”小李指指旁边的机窗问被揽住的空乘。空乘摇了摇头，但眼神明显还没反应过来。

“那飞机门能开吗？”

“能……能开。”空乘还是没回过神来，那个拿枪的男人倒是反应过来了，他把枪口指向小李。

“你要干什么？”

“我要自己飞出去。”小李声音不大，边说边站了起来，向舱门走去。

“再走我开枪了！”

小李感觉很累。他回过头，发现所有人都在看着他。小李跟这些困住的人说了最后一句话。小李再也不想和这些困住的人说话了。

“你开枪，我也还是要自己飞出去。”

我们说了沉默就沉默到底

她有一段长达七年的混乱感情，十八岁到二十五岁，作为一个中年男人的附庸，或者说作为一种男性魅力的附庸。金钱、智力、体力全面占优，他走过来，她就靠过去；他叫她小公主，她就哭；他说我没说过你是我女朋友，她就难受，就点头。七年后在一个夜场，小姐脱光了上衣用见惯世面的胸埋掉他的脑袋，音乐俗闹，冲胸口来，动次打次动次打次。七年就这么过去，终于罢休，从此断了联系。她写：七年也不过是几个秋。

丁戈发现她，就是看她在微博上写了这个故事。一个相熟的朋友转过来，她叫吴能。

还没认识，相貌不知，已经见识了这段奠定她人生基调的感情。

丁戈在朋友微博下留言："写得真好，关注了作者，并决定永不搭讪。"

朋友回："得了吧，怎么还学会装了？哦，你一直都会，哈哈哈。"

丁戈回："我是怕让人家失望。"

丁戈翻了吴能的相册。好看。中年男人既然腾出了七年的时间，那必然是好看的。丁戈信赖中年人的功利心。

"你好啊。"吴能回。

"你好，写得很酷，喜欢你。说了永不搭讪就永不搭讪，这是我们最后一次说话。”丁戈回。

丁戈说话轻浮人所共知，为人是否轻浮尚存争议。说“喜欢你”是借着社交礼仪向前了一步，说“怕让人家失望”倒是真情实感：不搭讪可能是一种技术选择，人家什么没见过呢，她的世界观有过一位设计师。

再说，“永不搭讪”作为一个故事的开头多么别致。

吴能没有再回复评论，一个新粉丝，吴能加了丁戈。

那天对话的收尾是朋友回复丁戈：“越来越能装啊你！”

丁戈对这种礼貌性攻击十分受用。他又看了会儿微博，打开一部电影，又回来看看微博，起身喝水，躺下，回了两封工作邮件，给猫加水，把电影看完，分享到微博上，打了四星，写了两句评论，改了三次，发布，刷新首页，看到吴能发了微博，分享了同一部电影，标记了“想看”。

然后吴能又发了一条，分享了另一部电影，打了五星，丁戈跑去标记了“想看”，分享到微博。其实这电影丁戈看过。从看完她的七年到现在大概过了一部电影的时间，他们就已经拥有了第一个彼此间的秘密。丁戈感到满意，感到自己适合做一个轻浮的人。

丁戈的工作也是这么要求的。他做医药代表，工作内容就是开着车去拜访医生、药店，后备箱里有时装着U盘、笔、皮套笔记本，有时装着月饼，反正都是最后会被丢掉的东西。不会被丢掉的是丁戈承诺的返利和辛苦维护的交情。有多辛苦呢？丁戈喝醉了会对人说：“李医生，像您这么好的医生真是不多了，我每天见多少？说句难听的，我真得了病，死也得死你手里。”

李医生：“小丁，骂人是不是？我能让你死吗？真死了那也是你们这个扩张球囊有问题啊。哈哈哈。”

丁戈：“怎么可能，我们这正规的外企，李医生你真是……”

李医生：“那就还是我有问题，什么意思嘛，行行行……”

丁戈："哈哈哈，我有问题我有问题，我保证不死行了吧，哈哈哈，我干了啊。"

丁戈酒醒了会自我安慰地想，今时今日，不可能只有我一个人如此轻浮，我是替时代轻浮。

丁戈摸过手机，看到吴能说："外面下雪了，其实我也没看见下雪，就是你们都说下雪了，那就下雪了吧。"

丁戈拍了家里的白墙，发布微博："下雪了，大地一片银白，喜欢白色，喜欢下雪，喜欢踩雪的声音，就是不太好踩。"

丁戈早就想开了，抓着李医生互诉衷肠这种事儿没什么恶心的，但就剩自己一个人的时候，要换一个人，这叫明确自己的社会角色，叫业精于专。说说这些无聊的笑话，是种自我保护。虽然丁戈并没想清楚自己有什么可保护的。

两人的秘密就以这样的形式持续展开，对对联，互相填空，永不搭讪，保持沉默，在自己的生活范围内配合对方。

丁戈发："我不喜欢抱怨的人，钱难挣，屎难吃，爱吃不吃，没人求你吃，反正我特爱吃。"

吴能发："钱难挣，屎难吃，道理是没错，只是不明白，屎为什么越来越难吃。"

确实是越来越难吃，环境不好了，明面上根本没有规则，现在潜规则也不让守了，丁戈过一天算一天，抱怨起来也很含蓄。

丁戈发："今天在街边看到一条狗在猛甩，就是狗那种浑身起范儿的猛甩。好羡慕啊，我也想这样甩一甩。"

吴能发："人类不能像狗那样甩，所以才发明了跳舞吧，今晚很开心。"

配图是光怪陆离中一个很美的吴能，拿着一杯酒。

吴能很少有灰心丧气的时候，或者说是不愿意说，吴能发："跟陌生人分享痛苦未免太娘炮了。跟熟人也是。"

丁戈发：“有时候真的觉得自己蛮娘炮的。”

两人拽一根绳子，互相猜劲儿，作为一种暧昧，十分好玩儿，谁要是想再进一步，可能就要冒着失去绳子的风险。

失去绳子的机会来得很突然。这天丁戈路过静安寺，拍了照片，发了出去：“一直觉得静安寺像家泰国菜，还是不正宗的那种。”

之后就看见吴能发了微博，很简单：“到上海了。”

她到上海了，她在我路过静安寺的时候说她到上海了。丁戈点开了那条微博，评论里有人说“欢迎美女啊”，有人说“来找我玩儿啊”，有人说“晚上一起吃饭好不好”。

丁戈转发自己刚刚的微博，说：“嗯，被一个寺庙勾起了食欲，晚上去进贤路吃泰国菜吧。”

丁戈出了全力，绳子绷直了。

吴能没再发消息，丁戈一遍一遍刷新她那条微博的评论，终于看见吴能回复那个约饭的人：“晚上有约啦，改天。”

进贤路只有一家泰国菜，丁戈站定在路边，打电话，订到了晚上八点的位。

丁戈发：“我 ×，周三用不用这么多人啊，要八点才能吃上。”

时间、地点、人物，只缺最后一个了。丁戈转身看到一面大玻璃，行人往来。丁戈顾不得那许多了，自拍了几张，选了能看清衣服的那个。

丁戈发：“第一次在这种地方自拍，紧跟潮流。”

就绪了，吴能再也没发过任何消息，但是丁戈认为就绪了，他只能这么认为，顾不上焦虑了。在快八点的时候他坐在了订好的位置上，能看见餐厅的门口，悬念因为吴能的守时揭晓得很快，她走了进来，穿了一身白裙。她坐到他对面，像思考后落下棋子，定了大局。丁戈喘口气，终于就绪了。

服务员走过来：“二位先看下菜单，有需要叫我。”

丁戈："有什么推荐吗？"

服务员："我们家特色是泰北菜，像猪颈肉、柠檬清蒸鱼都是比较有特色的……"

丁戈："你问问她爱不爱吃鱼。"

服务员一愣，吴能笑出来，冲服务员："我爱吃鱼。"

服务员稀里糊涂地继续说："我们家的咖喱蟹也不错，是用……"

吴能："你问问他爱不爱吃蟹。"

丁戈也笑，冲服务员："好，就点这三个，炒个空心菜，再拿一个椰青。"

服务员冲吴能："女士呢？"

吴能："我要啤酒。"

丁戈赶紧追着说："我也要啤酒。"

服务员："好的，二位稍等。"

丁戈："哎，姑娘。"

服务员看丁戈。

丁戈："你觉得我女朋友好看吗？"

服务员和吴能都笑，服务员："好看。"

两人都决定把那个前提坚持下去，啤酒上来，各自喝一口，看着对方，碰了杯，再喝一口。菜上来，就吃菜，沉默笼罩大地，丁戈感觉比跟李医生喝酒还紧张，就又要了啤酒，吴能也要了。吴能拿起手机，丁戈就也拿起手机。

吴能发："上海真好，菜好吃，人好玩儿，累了，回酒店了。"

配图是手中的啤酒。

丁戈喊"买单"，吴能已经起身往外走，没有等丁戈的意思。丁戈看了看，终究没有喊出来。他刷了卡，慢慢穿上衣服，然后看见吴能的手机落在桌上。

丁戈加快了速度，拿起手机追出去，路边迎面一辆出租车，吴能坐在后座。吴能开了门，丁戈坐进去。

吴能拿回手机。

丁戈也拿出手机，发："不知该去哪儿。"

吴能转发了自己上一条微博："我们说了沉默就沉默到底。"

抢 劫

我 × ！太突然了！

忍了一下，没用，肚子猛抽，冷汗一下就下来了，没有缓冲，生物法则不讲仁慈。肯定是昨天的火锅，我就说我不吃，你们非让我，我……

顾不上反思了。

我站在马路上茫然四顾……

麦当劳、肯德基都没有。

顾不上茫然了。

我步履不停。从腹部到臀部到内部全体紧绷，一瞬间忘了自己为什么在这儿、本来要去哪儿。厕所，此刻你若问我为何饱受轮回之苦再次来到人世，我会说，为了上厕所。

“您好，这附近哪儿有厕所啊？”

“不知道。”

“麦当劳呢？”

“自己不会查吗？”

她还推了推眼镜，都市，冷硬现代人，推眼镜是一种自我形象的塑造，一种身份的认可。这人等下就会发条微博（再转发到朋友圈），说：“今天在街上碰到个傻 ×，满脸汗问我麦当劳在哪儿，怎么那么愿意给别人添麻烦呢？穿得跟人似的，智能手机买不起吗？移动互联网不会用吗？满街都是这种人。”

坚持住，活到三十岁，这也不是第一次了，以前能找着，这次也一定能，三十年，人生有几个三十年。排除法，餐馆、饭店、酒店大堂、机关单位、大树……银行！我推门进去。

“先生您好，办什么业务？”

“实在不好意思，你们这儿有厕所吗？”

“这个我们不对外使用的。”

“那附近哪里有？”

“这我真不太清楚，我们不用外面的。”

好，不难看出，我本身不喜欢这套，但此刻必须融入社会。我翻钱包。

“你看，我是你们行的银卡会员。”

“啊……”

“我还有信用卡，Hello Kitty 纪念版的，今天忘带了，帮帮忙行不行？我真是……”

枪响了。

就在这位四十岁的大堂经理表情松动、眼镜片泛出人性光辉的时候枪响了。

她镜片里前景是我复杂的脸，远景是一个黑头套朝我们走来，我回头看。

黑头套：“看你妈，蹲下！”

我被推了一把，银行里一阵尖叫，很快又停下，事情变化比我的思绪还快，黑头套的同伴，皮夹克（也有黑头套）一把拉过一个职员，枪指着头，冲防弹玻璃后面喊：“开门！”

里面的人愣住。

枪又响，半个耳朵飞到我面前，职员大叫。

皮夹克：“开门！下枪打头了！又不是你们的钱！”

门开。皮夹克冲进去装钱。

黑头套："都出来蹲好！别你妈喊，配合点儿，很快的。"

警车声。

黑头套："这么快。"

据事后知情人士讲，警察能这么快来纯属意外，这两位对自己有职业要求的劫匪十分钟前出于谨慎在车里试戴了黑头套，被有心人看到，报了警。有心人接受采访说："我从小就爱看福尔摩斯，不过这个没用到福尔摩斯，这个是《落水狗》，昆汀你知道吧？那《盗火线》看过没有？反正就是不对劲嘛，开个面包车在那里互相调整头套，不能是为了时尚嘛。""那怎么确定的？""你问我我也不知道，就是一种感觉，sense，闻到危险的味道了。""为啥有感觉？为啥有味道？""我从小就看福尔摩斯嘛，柯南我都不看的。"

黑头套朝外放枪，关好门，缩到墙后面，枪指着我们。

警察大喇叭喊："里面的人听着……"

黑头套："听你妈！"

又转头放枪。

又指我们。

黑头套："都给我蹲好！"

我举手。

黑头套："干吗？"

我："我能不能坐好？"

黑头套："啥？"

我："我能不能坐好？我不能蹲。"

黑头套："……啥？"

从第一声枪响到现在过去了大约五分钟，我因为受到惊吓保持尊严的时间大概有两分钟，从皮夹克进去装钱开始生理压过了一切，人的困境，细胞的本能，我们都是基因的奴隶，我要拉屎。

我又举手。

黑头套："你妈，是不是想死？"

我把手放下。

我不能说，我现在说我要拉屎，性质就变了，历史因素全被忽略了，这俩人、被打掉耳朵的那个人、这些地上蹲着的人，除了四十岁的大堂经理懂我，没人会懂我。等到他们被解救出去，等他们与家人相拥之后，等世界的规则重新运转，等属于他们的十五分钟到来，他们会加V认证"×××劫案幸存者"，他们会云淡风轻地说："那天的事，我不愿意再多谈，我只记得有一个蹲在我旁边的傻×，吓得要拉裤子。"

我活了三十年，我一银卡会员，我受不了这个委屈。

皮夹克走到人质这边，观察外面的情况。

三十年了，这次憋屎跃升为全新的生命体验。以前也难受，脚指头抠地板，攥着拳头用指甲扎手心。这次不行了，有幻觉了，背景淡出人声渐稀，我觉得我比漂流在海上的人惨，比困在沙漠的人惨，他们只需对抗自然之伟力，而我，此刻，在这个被劫持的银行里，还要面对人间的守则。

其实现在是不是就是我的幻觉啊：黑头套是喝醉酒总打我的父亲，四十岁的大堂经理是童年缺位、从不保护我的母亲，皮夹克是从小欺负我的那个谁和那个谁，掉耳朵的人是我内心深处脆弱的一面……

皮夹克："你干吗？"

皮夹克踹我一脚，踹到了路过的崔健，崔健唱："像童年的委屈。"

皮夹克："闭着眼作什么法？蹲好！"

大喇叭响："里面的人保持冷静，缴枪投降，从宽处理！"

再憋下去要出事了，"吓得要拉裤子"就要变成"吓得拉了裤子"了，那就全完了，之前五分钟的努力，之前三十年的努力，全完了。

警察在靠近了，皮夹克抓起了大堂经理，枪顶上去，喊："不许进来！我要直升机！"

黑头套也转过去拿枪指着外面："车也行！"

我脑子里两个警察趴在天台上，一个是狙击手，一个无所事事，两人低语："这俩傻 × 真把自己当人了啊？""打吧。""打着人质怎么办？""反正怎么都会死，坐飞机会死，吃水果会死，跟老婆谈人生会死，去银行取钱死掉了，应该有心理准备吧。"

狙击手开枪了，没打中，也没打中人质，只打中了皮夹克的自尊心。

皮夹克："×！"

杀气弥漫开，我感到了神在召唤我，我抬头，大堂经理的镜片看着我，啊，不是神，是我的母亲。母亲镜片稳定、坚毅，我懂了，母亲也动了，我蹿起来，腹部臀部内部各处肌肉蓄积的能量爆发了。第一个动作，抓住皮夹克的手，他的手很软。第二个动作，枪上顶，扣扳机，皮夹克的脑浆飞出去。第三个动作，瞄准黑头套正在转过来的脸，开枪，没打中，第二枪，黑头套的脑浆飞出去。皮夹克此刻完全倒下，我松手，枪和皮夹克一起落在地上。

我的母亲摘了眼镜，泪水漫过一生荣辱，母亲拥抱我："牛！"

我的耳语和疲惫一同伏在母亲肩头："妈，我要拉屎。"

警察冲进来了，警察喊："都不要动！"

发令枪响，蹲着的人都往外跑。

警察喊："都不要动！"

警察冲我喊："你不要动！"

四十岁的大堂经理变回原形，指着一个方向，我点点头，继续走。

有人喊："英雄啊，他是英雄啊。"

有人站起来了："×，正事没你们，现在比画什么！"

警察很执着，警察受过训练，警察喊："你不要再走了！"

我没有回头，我朝着记忆中的方向走去。

我说："我必须走。"

杀人的不是吕宋

在抓住这个人之前，吕宋，还有这个国家的战火中其他设卡处的军人，都觉得对行人例行检查只是应付差事，没有任何意义，又不得不做。就像这场战争一样。

这个日本人口音地道，说的是附近方言，扮相没有破绽。吕宋本来打算直接放行，多嘴问了句："你哪个村的？""上三门的。""你叫啥？"那人还在思考，吕宋就把他抓了，吕宋就是上三门的。

吕宋搜了身，搜出了地图，简单绑了绑，报告了班长，又押着去见了连长。

连长："特务啊，这个我们跟上面汇报一下……"

一阵马蹄声，外面有人喊"首长好"，声音接力，越来越近，马出现在吕宋面前。

连长："首长好！"

首长："好。"

连长："报告首长，我们刚抓了个日本特务，正说要汇报……"

首长："毙掉。"

这是吕宋第一次这么近看首长，站得很直，听了首长的话，知道自己抓的人并不能带来多少实在的荣誉了。吕宋看看面前听到了自己命运的日本人，他没有任何表示。

首长也看看他，转回来接着说："下午就要开拔了，怎么样？"

连长："首长放心！"

首长点点头，一阵马蹄声，走了，连长保持立正目送。

吕宋跟着班长也继续保持立正。营地已经开始开拔，到处都在收拾。秋天的中午还是很热，帐篷倒下，一阵一阵起土。

连长放下敬礼的手，重新成为权力最大的人，说："那就毙了吧。"

班长："是！"

吕宋跟着班长转身，日本人也转身，没用推搡，自己走到了他们的前面。

班长："还没杀过人哇。"

吕宋盯着日本人的脊背。

班长："能行不？"

吕宋点头。

班长："说话。"

吕宋："能行。"

班长瞪了一眼吕宋，嘀咕："妈的。"朝驻地走了。

吕宋押着日本人继续走。他不知道该到哪儿去，身后尘土飞扬，叫骂声、碰撞声、拖拽声，都不是冲他而来。他们走到了一棵树下，有小片树荫，日本人容身其中，定一定，用脚踢开一块石头，慢慢跪下去，低了头。

吕宋端起枪。

吕宋这才觉得，刚才都是跟着他走的。

"哎！"

一个骑兵经过。

吕宋看他，骑兵骑到跟前，拿起枪瞄准，吕宋赶紧躲开两步，枪没响。

骑兵又扣了两下扳机，还是没反应。

骑兵看枪："妈的。"骂完拍马走了。

吕宋看他走，日本人始终没抬头。

吕宋走回原位，先检查了一遍枪，又端起来。

吕宋当兵没两天，主要就是站岗，开枪倒是学过，打得也不准。他盯着日本人的后脑勺想，这么近，应该打得准吧。这么开一枪，就像锄地一样。

可眼前不是地，是后脑勺，又油又脏。吕宋知道那大概是什么味，自己的脑袋估计也是同样一股味。

吕宋想着，开不了枪。

日本人回头看他，吕宋吓一跳。

吕宋："转过去！"

日本人没转过去。

就这么僵持住，吕宋没了主意，觉得自己已落下风。

"吕宋！"

刘神仙跑过来。刘神仙跟吕宋一起被征兵，都是上三门的，他奶奶是个半仙，大人小孩儿就都管他叫刘神仙。刘神仙当然不是神仙。

刘神仙跑到近前："班长让你杀？"

吕宋："嗯。"

刘神仙："让给我行不？我练练。"

吕宋："行。"

吕宋撤开，又看日本人，日本人冲他笑一下，把头扭回去了。吕宋并没有感到轻松。

刘神仙端起枪："班长不能知道吧？"

吕宋："知道能咋？"

刘神仙："你杀过人了？"

吕宋："你快点儿行不？"

刘神仙："你咋不想杀？不敢啊？"

吕宋不说话。

刘神仙枪在日本人后脑勺上顶着，回头笑吕宋："早晚不得杀？都当兵了。"

吕宋觉得，他的笑脸跟日本人刚才的一样。

刘神仙："你也笨，抓个日本特务不赶紧邀邀功，肯定有赏啊，让你杀你又不敢杀……"

吕宋上前推刘神仙："破嘴没完了？你不杀就起开。"

胳膊带着枪口在后脑勺上一滑。

刘神仙："哎……"

枪响了，两人赶紧看，后脑勺整洁如初，日本人左耳被打掉，闷哼一声。

日本人回头，半边脸上溅了血，顺着脖子流。

刘神仙："看啥！"

枪顶在了日本人脑门儿上，日本人盯着他。刘神仙看着那双眼睛，想起了奶奶说过的恶煞。吕宋看着刘神仙的眼睛，就知道刘神仙也落了下风。

刘神仙："你自己的事自己杀，我走了。"

因为地球在旋转，日本人已经被挪出了树荫，出了很多汗。

吕宋等刘神仙走远了，问了句："疼不？"

日本人没回答。

吕宋想起有回打靶，刘神仙枪走火，在耳朵旁边响了，一下午没听见人说话。

吕宋摆摆手，肌肉不绷着了，觉得很累。

营地已经全面开拔，陆续有人从不远处经过，有两个人跟吕宋对视了一下，走了过来，一个戴着军帽，一个没有戴。

戴军帽："啥人？"

吕宋："日本特务。"

没军帽："咋不杀？"

吕宋没说话，闻到了酒味，不知是两人谁喝的，还是都喝了。

戴军帽："新兵哇？我教你！"

戴军帽走到吕宋旁边，帮他把住枪，吕宋闻出来他肯定喝了酒。

戴军帽："这耳朵你打的？"

吕宋想解释，又懒得说，就点了点头。

戴军帽："顶住啊，一扣就行了。"

吕宋手指搭到扳机上。

"哎哎哎，"没军帽喊着掏出把手枪，"让我试试枪呗。"

说着就上了膛，瞄准。

戴军帽："你别打着我！"

没军帽："你滚开，死了不埋啊。"

戴军帽也掏出把手枪："你说啥？"

没军帽："哎，你这枪哪儿来的？"

戴军帽："管得着吗？"

没军帽："你咋不上交？"

戴军帽："你不也没上交？"

戴军帽往后瞅了一眼，赶紧放下枪立正站好，吕宋也赶紧站好。他们看见了首长的马。

没军帽也看见了，三人敬礼："首长好！"

首长："枪哪儿来的？"

那两人互相看看，没说话，戴军帽也把军帽摘了。

首长："喝酒了？"

吕宋想，酒应该已经吓醒了。

首长看看吕宋，看看日本人，冲两人说："滚。"

两人："是！"

吕宋依然站好，两人跑得太猛，有土腾起到日本人的头上，他左右摆了摆。

首长："咋回事？"

这一下午，吕宋被问了好多问题。

首长："打偏了？"

吕宋："是。"

首长："新兵？"

吕宋："是。"

首长："没刺刀？"

吕宋："有。"

首长："子弹不要钱？"

首长走后，吕宋上了刺刀，觉得更加疲惫，就坐到了树下。部队越走越多，吕宋暗暗希望，如果就这么被抛下，就回家，这日本人就放了，掉了耳朵，也不是我打的，他应该不会记仇。日本人还跪在那里，吕宋扶着枪，用刺刀的反光照着日本人的后脑勺，他没有察觉。在这个平常的下午，两人保持着各自的姿势。

日本人："我老家没有这种树。"

日本人盯着地上已远去的树荫。

吕宋："啥？"

日本人："我老家有很多其他树，你应该没见过，就像我在日本没见过这种树。小时候我们拿树枝当武士刀，有一回被打到脖子，昏过去半天，把奶奶吓坏了。"

吕宋看着他，他胸前的土地已成暗红色，日本人收回盯着树荫的目光，头低得更深。

日本人："还是用枪吧。"

吕宋听到有马蹄声由远及近，不看了，回不了家了，再不回营地又得被班长打，这个要赶紧结束。吕宋举起了枪。

枪响，日本人倒在地上，后脑勺一个大洞。

骑兵满意地收起枪："我就说能修好，咋样，准吧？"

没等吕宋回答就走了。

吕宋看看日本人，回头看看树，取下刺刀也走了。

他也不知道这棵是什么树。

装宽带的人

师傅来电话："你好，是你要装宽带？门牌？"

我："503。"

师傅："我马上到，开门。"

开门，师傅上来，进门，没有从兜里掏出蓝色鞋套，而是直接把鞋脱了，黑色尼龙袜，走进来。

师傅："路由器？"

我："窗边。"

看一眼路由器，拔了网线，接上一个像POS机一样的设备，操作，又开电脑，操作。

师傅："你试试。"

我试试，连上了。

师傅："给写个评价。"

我写评价。

师傅把路由器放回原处，拉起网线，顺着网线往外看，推开窗户探身看。

师傅："你说这根线接到哪儿？"

我："不知道。你应该知道啊。"

师傅点点头，上了窗户："我去看看。"

我：“啊？”

师傅：“我应该知道啊。”

我：“好。”

师傅就出去看。

我已经等了半年。犹豫要不要关窗，要不要丢掉他留下的鞋。

幸好这世上并不存在圣诞老人

这是小达达人生中第八个圣诞节，每年这个时候，达达都会收到圣诞礼物。八年了，小达达已经八岁了，他觉得，今年该送一份圣诞礼物给别人了。毕竟，我已经是个大人啦。

可是小达达（他很不高兴前面有这个“小”字，所以我们后面就不提了，人家长大了，有自尊了嘛）没有那么多钱。达达家里是有钱的。何以见得呢？达达家有壁炉，真的壁炉，烧木头的壁炉，上面还挂着爸爸亲手做的鹿头标本。每年圣诞节，袜子是真的挂在壁炉前，可不是床头。圣诞老人那么忙，辛辛苦苦爬进来，怎么还让老公公走到卧室里来啊？如果每家都走到卧室，那肯定有些人家就来不及去了啊，那不就会有小朋友收不到礼物了？

达达不光成熟，心地还很善良。

达达又想，不过，没有壁炉的人家，圣诞老人也进不去，挂在床头也无所谓，他们的爸爸妈妈会把袜子装满的。

达达的爸爸妈妈每年都会各送达达一份礼物。当然了，达达还会收到一份圣诞老人给的，爸爸妈妈希望达达一直享受圣诞老人的照顾，直到达达自己告别童年。富有和善良都是可以遗传的品质，达达是个幸福的孩子。

但爸爸妈妈不会娇惯达达，要明白钱来之不易，所以达达不能乱花钱，他只能好好准备一份礼物，送给一个非送不可的人。

送给缇娜吗，自己最喜欢的女孩？送给高高吗，自己最好的朋友？那阿顿就该生气了啊。不如送给爸爸？爸爸什么都有呀，不需要礼物。送给妈妈？可是妈妈想要什么，爸爸都会给她啊。

到底该送给谁呢？送给谁大家都不会生气，而他又真的很需要礼物呢？

八岁的达达比我们都更快地想通了这个问题，兴奋感瞬间充满了他的心。

啊！对啊！对啊！

达达开心极了，他为自己没有早一点儿想到这个答案难过，要是七岁，不，要是六岁那年就想到了该多好呀。他把雪球匆匆包起来，难免粗糙，可是谁在乎呢？这是一个八岁孩子的第一份圣诞礼物啊。达达把包好的雪球塞到了袜子里，挂在了壁炉前。今晚，当圣诞老人收到这份礼物时一定会很开心吧！他小时候可能收到过礼物，可是自从成了圣诞老人，谁还会送给他呀？每年圣诞节到处爬烟囱，他肯定也想要礼物呀！

达达兴奋极了，他跑去储藏间，那里是爸爸放东西的地方，严禁他进入，但今天是圣诞节，他必须去，那里有他计划的第二步。

其实爸爸根本不用担心，储藏间我六岁开始就总是悄悄进了，什么锤子、电钻、猎枪，我都知道在哪儿，不会有危险的。今天我也不是去找那些东西的，我今天找的是……啊，找到了，就是这个！

达达拿着那个东西跑回客厅，慢慢地把它放在了壁炉里。别担心，他完全知道该怎么使用，不会伤到自己的。

圣诞老人就要永远留在我家了啊，达达看着壁炉里展开的捕兽夹，幸福地这么想着。

达达已经八岁了，是个大人了。

夜游症

他说：以后开房可以、恋爱可以，甚至相爱都可以，但我不能陪你逛街、陪你吃饭、陪你野游，这么说吧，我就不能陪你在白天出现。

他说完这些，有些迟疑是不是太唐突了。他们是昨晚在酒吧认识的，今早在房间中一起醒来的，像任何一对一夜情之后的普通男女，按正确的步骤，接下来该互相微笑、各奔东西了。

但显然，他看出来她不想仅止于此，他当然也不想。

所以，为了“长治久安”，他觉得这件最重要的事必须先交代清楚。

于是，他接着补充道：“因为我患有严重的夜游症。”

尽管他自认为这次已经是前所未有地加强了重音，但她还是意料之中的一脸疑惑。

他叹口气，想，怎么就没一个能听明白的呢？世界已然混乱如此，怎么人们对异常之事还是一点儿心理准备都没有？

他无奈地开始穿衣服，并默念神佛保佑，这次少死几个人吧。

然后拉起她走向宾馆的大门口，在迈进阳光的一瞬间，他低声说：“姑娘，这不是日食。”

接着，天色大暗，街上传来碰撞声、惊呼声、咒骂声，以及就在她身边却不见声源的叹气声。

有关割腕

据说第一个割腕自杀的人是个外科医生。

这恐怕不难理解吧？如果你不是看了那么多烂电视剧，你怎么会想到在手腕上划个小口子就能杀死自己呢？即使想到了，你又怎么会懂得把手泡在温水里呢？

这位外科医生是个英国人，也有说是法国人，是在敦刻尔克大撤退时随军逃到不列颠的军医，后因为爱上了一个善良的英国姑娘，由此留在英国。这个说法非常可疑，有着明显的文学浪漫化色彩，特别是英国姑娘之前“善良的”这一定语，实在让人想拍案而起，把这个英国姑娘告上法庭。因为我们所知关于割腕自杀诞生过程的史料，绝大部分都是由她提供的。这一点我们过后再说。

总之，我们这位身份模糊的“先行者”，来自英国或法国的李医生（没错，他的父亲是个华裔，这一点倒是毋庸置疑），在 1948 年 5 月 21 日的深夜来到了他冷清的诊所。那天是星期五，由于第二天人们还要工作，所以没什么人生病。即便有人生病，我们的李医生也不大可能会接诊了。

他今天连自己都治愈不了。

但是根据那位英国姑娘的说法，李医生一开始并没有想到那项发明，他在和他一样孤独的诊所中犹豫了很久，他救过很多人的性命，没道理这么轻易放弃。当然这很可能又是那位英国姑娘的文学想象，这倒也不必过分苛责，她是个作家。

如果你像我一样知道李医生为什么会在星期五的深夜来到诊所，并最终结束自己的生命，你就同样会怀疑起这个英国姑娘写下的每一个字。

李医生今天本来是出差的，去伦敦参加一个医疗学术会议，并准备好了热情洋溢的报告，和会后晚宴上要使用的一些关于病人的烂笑话。

可他提前回家了，似乎所有遭受这种伤害的人都是因为提前回家了。

至于他提前回家的原因，那英国姑娘的说法是他抑制不住对她的思念，迫不及待地想与她分享在报告后会场上响起的节制却有力的掌声。我认为这说法简直是恶毒、卑鄙，我宁愿相信是因为他的那些烂笑话不受欢迎，他才自知无趣地回来了。

原因无关紧要，总之，他提前回家了。

说到这儿，你大概也能猜到发生了什么。我简直不愿意再说一遍，他看见他的妻子，那位善良的英国姑娘，那位作家，和一个男人睡得正香。

之后的事情依然不可考证，李医生为什么不去厨房拿出菜刀砍醒这对梦乡中的人？或者故作镇定地和他们谈谈？唯一确实的证据是他的行李箱扔在了门口，由此推断，李医生在看到那一幕的一刹那就丢掉了行李，有些慌不择路，掉头就走，但关门声不是很响。

李医生走出家门，时间是1948年5月21日的深夜，根据气象资料显示，那天并没有下雨。

我们的李医生也许并不是受到妻子背叛的打击，也不是受那些听不懂他笑话的愚笨医生的打击，可能他的一生一直在承受接连不断的打击，也可能什么都没有，甚至他的一生都平淡无奇、顺风顺水，他只是忽然不大高兴了。对他的心理怎么揣摩都不过分，就像对任何一个自杀者进行揣摩一样，这简直成了自杀的一个必然组成部分，一种后知后觉的悼念。当然这也是一种可耻的冒犯。

具体时间已不可考，显然当时苏格兰场的警探们并不像我们一样珍视和惊讶，他们可能也觉得割腕自杀是个奇怪的死法，但仅此而已。他们草草结案，没有完成历史赋予他们的使命。

第二天发现李医生死去的护士目击了第一现场。李医生皱着眉头，面色苍白，两只流血的手腕泡在水池里，那时水池已经变成血池了。这位护士被这奇异的死法震慑住了，不过震慑也就震慑了，没等到周末她就找到了一份新的工作。这对她来说并不难，她的护士服总是裁剪得恰到好处。这一点李医生生前也表达过赞许。

接到电话赶来的那位英国姑娘也被震慑住了，但她不打算就这么算了，在应付完警察、亲属、感恩的病人、丧礼，以及一些必要的泪水后，她决定把她的丈夫写下来，准确地说，是把他的这种死法，写下来。

她的情夫对她的创作过程给予了大力支持，而且很有可能也参与了创作，因为正是他最后把这拍成了电影。他是个年轻的导演。

他的这部关于割腕自杀的电影只节选了那位英国姑娘小说中最主要的一部分，也就是割腕这种前所未有的自杀方式。全片只有两个汩汩流血的手腕的特写，足足流了三个小时。这部沉闷的电影只在一些没有朋友的青年人和几个知识分子的交际圈里起了一些影响，并引发了关于“无聊是否会消解残忍”之类话题的无聊讨论。

但这部电影毕竟第一次把割腕自杀这一烂俗的文艺情节带给了大众，并在此后的岁月里变着花样地频繁出镜，最终家喻户晓。从这一点来说，这对梦乡中的人显然强过那些警探和那名护士。他们拥有历史责任感。

当然，在李医生那颗死去的心里，那位英国姑娘的笔下，以及这冗长的特写中，割腕自杀这一情节还并不烂俗。

小丹他奶奶

我就说，我就是欠他们老丹家的。年轻时候，你爷爷守敦城，人家兵一退我们一帮媳妇儿就上城门口翻死尸去，那会儿还跟着你爷爷他妈，那会儿那女人都木了，翻开一看，不是，也没觉得松口气，脸烂了的就翻身上，翻身上的记号，翻着邻里的了，招呼一声接着翻，也有当下就扑到地上哭的，那也没怎么，兵上来了就跑。

你看你爷爷手上，好像是右边的，有朵梅花吧？那是刻的，这会儿都是老皮了，那会儿可好认。

后来不就逃到这牧场来了，你爷爷算是投诚的，还安排了工作。可工作什么呀，一个月五十五块八，养着你爸爸他们哥儿八个。你现在去问问当初给场子下夜打更的刘拉忽，哎呀，这人死了没有？没有没有，他现在见了我也得挑大拇哥，老丹嫂那是全场子最能干的，我就没见过老丹家的灯十二点前灭过。

这么厚的鞋底子，那可不就得半夜熬着做吗？靠那五十五块八，倒是怎么过来呢？白天就上山捡蘑菇，晚上就做这些活计。要不说欠他们老丹家，那蘑菇到了年根子正能卖上价，你爷爷就让我给他弟弟，就是你二爷爷家捎去，那我不心疼？你爷爷还管你那个？管你难不难？还有他们丹家老四，你得叫小爷爷，现在也没了，那会儿来内蒙古做买卖住咱家，他们几个大小伙子睡炕我就睡灶台，那时还怀着你爸爸呢，我说什么了。

你爷爷什么时候都是，他们老丹家的人比谁都金贵，你看看你爸爸今天不是？

不过倒是，你二爷爷也行，“文革”一起，你爷爷灵啊，根本没掺和，直接就跑你二爷爷那儿了。那他要是在场，就这些嘴他能说清吗？

你二爷爷不像你爷爷，人倒是好人，厚道、气性小，大概也是笑呵呵的，就是你原来那二奶奶死了再娶的这个把他害了。你现在这二奶奶是回民，你知道吧？是，你太奶奶死的时候你还去他们家住过呢。那你太奶奶死，你爷爷这大长子怎么不去？还不是“文革”躲难那几年在他们家受了气。你爷爷是能受气的人吗？一辈子再没登过他们家的门，可是那些年蘑菇还是照捎，肉也没少给。你爷爷这人，一码说一码，心气儿高、心软，他想他弟弟呢，这两年你二爷爷不也老来这儿走动吗？哪儿那么多气啊！

你爷爷现在耳朵也听不见了，也不说话，看着倒是老了，我可知道，他能转了性？你没看这两天麻将打的，就是年轻时候那个赌劲儿啊。不过也是没几年了，爱怎么玩儿怎么玩儿吧，你爷爷就是比奶奶想得开，你看你爸住院了，他也就问两声，奶奶还跟着抹眼泪。要说把你爸爸他们都拉扯大了，我可不欠他们老丹家了，可我就是这操心的命。

可你看看奶奶也没得心脏病，你小姑都说了，心脏病还不就是心病？这不用学医我也知道。我伺候这老丹家一辈子也没做下心病，可你看看你爷爷、你爸爸，你说他们思索什么呢？怎么就气性那么大？

要我说，就是随了，你爸爸就是随了你爷爷，你可别再随了你爸爸。

疑似红梅软文

这家小馆子已经没人了，我们也从外面搬回了屋里，炎夏的晚上有时候会特别冷。

我、小丹和这姑娘应该已经喝掉两打啤酒了，但老板娘为了催我们，已经过来拿了好几次酒瓶，所以到底喝了多少要等结账时才能知道。

这姑娘喝第一口时就这样了，所以我也不知道她现在到底醉了没有，我没见过她不喝酒时的样子，或许小丹见过。我也没见过小丹喝醉时的样子，因为我和小丹总是同时醉的，不省人事的那种。

我现在能写下这些，说明小丹跟我要烟的时候还没喝多，而他清醒的时候我没见过他抽烟。

我很久没听见那姑娘说话了，其实她一直就没停过，以至于她的声音已经成了背景音，和老板娘催促而又疲倦的颠脚声一起使这家没人的小馆子显得不那么安静。

我瞪了老板娘一眼，颠脚声停了一停，我努力听到那背景音是：他吻我那天抽了红塔山，我到现在舌头上都是红塔山味儿。

然后我发现背景音其实还有时断时续的抽泣。

我努力看向小丹，他猛吸了一口烟，好像含了很久（我不能确定，因为喝了酒以后除了代谢速度以外什么都变慢了），再缓缓吐出。接着小丹慢慢把头靠向那姑娘，吻了她，好像也吻了很久，然后背景音消失了，甚至连老板娘都不颠脚了，我感觉她都不疲倦了。

“现在你舌头上是红梅味儿了。”

小丹又猛吸了一口，接着说。

“别想他了。”

狗 镇

“现在咱们这儿狗比人多。”

我上次回来的时候，小铁就对我这么说。小铁是我发小儿，这儿是我出生的小镇，如今破败不堪，人们纷纷出逃。小铁由于胸无大志，又没有大胸，父母只能给她在本地安排了个工作。多年不见，她的脸也是破败不堪。

这是个衰落的工业小镇，曾经也被冠以亚洲最大之类的名头，也招待过日本的考察团和不停路过的各级领导。不知道这些人中哪些人曾对这里寄予厚望，总之如今并没人对这里表示惋惜，更不用提挽救。

上次回来，我和小铁在一家串儿店连喝了一星期的啤酒，不时丢些肉块儿给周围的野狗。到后来，我们身边聚集的野狗越来越多，给它们买串儿的钱快超过酒钱了，我们就不再去那家串儿店了，此后我也再没见过小铁。

小铁和她的青春被困在这里，理应有许多抱怨的话和泪水，她确实也对我说了许多，但我都记不大清了，可能因为青春的抱怨大体就是那些，特别是从一个小镇青年的嘴里出来，都是些耳熟能详的悲惨。

那些只有我们两个人的夏日傍晚，除了不够冰的啤酒，留给我印象最深的倒是那些围着我们的野狗的目光。

倦怠、无畏、看破红尘。

我和小铁讨论过，为什么人都快没了却出来这么多狗？它们吃什么啊？没有人就没有人做饭，没有人做饭就没有剩饭，它们到底吃什么呢？

我一连串问了许多，打断了小铁的自怜自艾，她有些不耐烦，就说：“这些狗都是人变的，人越来越少，狗越来越多，能量守恒，这不是明摆着的吗？”

我喝得晕乎乎，没能及时体会小铁这套临时说辞的文学性，继续追问：“那它们吃什么啊？人变的也得吃东西啊。”

“吃他们一生的故事，和那些未实现也根本从未成形的理想抱负。”

当然这句话不是小铁说的，是我后来体会到了小铁那套说辞的文学性后自己编出来的矫情答语。

小铁当时的回答是：“吃你们这些傻 × 喂的肉啊，快别喂了，也别问了，喝酒。”

那就是我最后一次见小铁。

这次我回来这个小镇，发现那家串儿店已经关掉了，街上的人更少了，狗也更多了。我没有找到小铁，听说她也终于调走了，和她的父母一起去了另外的小镇，是我们这里的厂家新开辟的矿厂，又可以接待新的考察团和各级领导了。

我看着街上那些倦怠、无畏、看破红尘的野狗，想起和小铁说过的话，想，这里面会不会有一只就是小铁？

她现在吃什么呢？

秘 密

“喂！这十字路口有秘密。”

这是个大型的十字路口，四面都是八车道。下班高峰，人来人往，一个陌生人凑到我身边，道：“你想不想听？”

我向煎饼摊走过去，晚饭打算就这么对付一下好了。

“这十字路口有规律可循。”

这人二十五六岁，戴棒球帽，穿得很体面，可称时尚，从外表看没有精神失常的迹象。

他：“好，我知道你不信，求你就稍等一下，你看这个煎饼摊，你注意看，这个摊主每卖出一张加油条的煎饼，身边就会有一个穿绿衣服的人走过。”

我停住，看着煎饼摊。

他语气恳切，生怕我走了：“你看好啊。”

我看到煎饼摊的老板询问了一下客人，往煎饼里加了油条，那人递上钱，身后一个穿军装的人走了过去。

他：“你看！看到了吧？”

“然后每有一个穿绿衣服的人走过……”他猛拽着我转身，手指向天，“就会有一声鸟叫。”

……

鸟叫之后，我看向他。

他："怎么样？"

他又凑近了一点儿。

他："我跟你说，这十字路口有秘密。有些我们能看见，有些我们看不见。你看这红绿灯，每次红灯亮起就会有一片树叶落下，不分春夏秋冬。那边的老乞丐每收够一块钱，隔壁这栋写字楼里就会有一个人失业，等他收到了十块钱，又会有一个人获得加薪。"

我听着。

他："你看那条流浪狗，在这里一年多了，它一尿尿就会引发西侧路口西向东方向一位司机的愤怒，那司机必然有妻子，还有小三。等到狗睡觉时，司机就会跟他老婆吵架。南侧路口，每当有人横穿马路时，那边的咖啡店里就会有人叫买单。如果哪天这个红色报刊亭没有实现盈利，一辆载着尸体的面包车就会在我们身边经过。小摊贩们本周打点城管的钱永远等于这周第一部违章车辆车牌号码的后四位。每天出现在这十字路口的人流量永远可以被三整除……"

他见我一直在听，没有要走的意思，终于放松下来，舒了口气。"这个秘密本来不应该让太多人知道。"

我示意他可以说出为什么要告诉我了。

"我告诉你这个秘密，是因为今天这个十字路口有了一个反常现象，右边那家开了三年的快餐店倒闭了。"他顿了顿，将噩耗告知我，"这意味着，今天会有一个得知秘密的人死去。就在今晚七点。很快就七点了。"

他说完有些沮丧，有些过意不去。

他："你别怨我，这个秘密，还有全部的秘密，我也是刚刚才知道的，也是有个人走过来告诉我的，他还说得知秘密的人不到七点没法儿离开这里。我试了，我一直在绕着走，我出不去。"

绝望和困惑同时包含在他的语气中。

他："我也没办法，我只能把秘密告诉给别人，降低我死掉的概率。他说有一个得知秘密的人会死对吧？本来我有二分之一的概率死，现在变成三分之一了，再说这秘密也不一定是真的，对吧？有可能是胡编的，对吧？"

我："不止三分之一。"

他："啊？"

我："怎么可能只有你一个人这么想？"

我提高了音量。

"我从早上开始就在这里了，去上班的路上有人告诉了我这个秘密，我今天也一直在努力活下去。"听到我说话，开始有人凑过来，我索性大声喊道，"喂！这个十字路口有秘密，大家都知道了吧？"

我身边的人停住了，觑势穿过了红绿灯，几乎十字路口各侧的所有人都逐个停下，只有零星几个不知道发生了什么的人，被旁人羡慕着。

我回头看向他，二十五六岁，戴着棒球帽。"我也不知道这秘密是真是假，马上七点了，我们一起来看看吧。"

开 锁

今晚有逃犯，警察在全城设卡，信息说是一辆黑色轿车。每辆都要查，有妇女、小孩的也一样。

一组三个人，小景负责西向东方向。此时，一辆白色轿车驶来。

小景："您好，请出示驾照。"

这司机显得过于疲惫。

小景把驾照还回去："喝酒了吗？"

司机："没有。"

小景："这是去哪里？"

司机："开锁。"

小景看他没有穿制服："开锁公司的？"

司机："不是，就是开锁的。"

小景："麻烦开下后备箱。"

司机看着小景，没动。

小景："请您下车配合检查。"

小景感觉司机在心里叹了口气。他开了后备箱，下车。

小景在前，司机在后。小景掀起后备箱，看着里面的东西。小景想问司机一句什么，可不知道该怎么问。

后备箱里堆满了钥匙。

“我是开锁的。”司机走上前，探进后备箱。

小景掏枪：“别动！”

司机背对小景，举起了手：“这里有一把是你的。”

小景反应不过来是什么意思，只能重复：“别动！”

司机转过身，直起腰，左手捏着一把钥匙。

司机：“这个可以开你的锁。”

小景：“别动，把……”不知道为什么，小景没敢说钥匙，“那个东西放下。”

司机：“好。”

司机放钥匙的方式，是慢慢递了过来。小景一晃神，发现自己已经伸手接住了钥匙，嘴里没能喊出“别动”。

另外的警察发现了这边的情况，都跑了过来。

司机：“开了吗？”

小景：“嗯。”

司机：“那我走了。”

小景：“嗯。”

司机看着冲过来的两个警察叹气：“他们的钥匙我没带。”

小景：“嗯。”

司机点头，向驾驶位走去。

小景转过身，思考要先打哪一个。

生日快乐

妻子：

我们可能不合适。

今天是我的生日，这种感觉更强烈了。我们看不同的剧，假期我想去玩儿，他想休息，跟他结婚我妈本来也不同意，他妈又……算了，不找借口了。我不爱他了。

“您给谁选蛋糕？”店员问我。

“我自己。”

尴尬挺好的，可以快速了结你不想继续的谈话。

再说有什么好尴尬的，我爱吃什么口味，他从来都不知道。

早上跟他说了蛋糕我自己买，他也没有要争取一下的意思。

“那我自己去，你去趟宜家把家里缺的买了吧。”

“我有事要忙，你顺便去呗。”

他这么回我。

我去就我去。

丈夫：

故意跟她吵了架，这样惊喜才叫惊喜嘛。

她必须去宜家啊，不然我哪儿有时间布置。

结婚两年了，感情在过渡期，不是变差！是过渡。

感情真变差了我还准备什么惊喜？我还记得住她想要什么？

朋友们觉得这个惊喜有点儿过分，但我知道这是她想要的。

妻子：

蛋糕在车里不会化掉吧？

宜家饱受好评的线路设计我觉得很有毛病，也可能是我今天太烦了。

拿个案板，拿块桌布……

怎么还没走出去？不然蛋糕我自己吃掉好了。

说真的，他爱吃什么口味，我也不知道。

丈夫：

肯定又在宜家逛上了。

行，开始清场，反正已经跟管理员打过招呼了。

这个点车库本来也不会有太多车进出，万一有就让大丁拦一下，给人递根烟，反正最多五分钟就可以了，理解一下嘛。

大丁在门口守着，我在柱子后面藏好，等她进车库，大丁会来电话。

我们家车位进出车很方便，为这个我跟我妈借了不少钱，现在慢慢都还上了。挺好的，一切都会越来越好的。

她回来了。

妻子：

车停好。

打开后备箱，把宜家的蓝袋子拿出来，先放在地上，蛋糕在副驾驶位上，打电话叫他下来帮我吧……忽然，有人把我按在了车尾上。

丈夫：

这就是她一直想要的。

我声明，我没有过这样的念头，我害臊。

那是我们在一起第一年的时候，她给我看了一个帖子，说是一个人给自己女朋友的生日礼物，就是戴上面罩，准备了面包车，然后把她“强奸”了。我笑这俩人真有情趣，她凑到我耳边说“我也想要”。

这事我记着是记着，但一直没有下定决心。现在，感情处在过渡期，我得有点儿诚意。

要显得粗暴一点儿，尽量真实一点儿……她哭叫着反抗，我也下不去手打她啊……很紧张，有点儿兴奋……不可能真做，吓唬一下就好了，晚上再说嘛，而且要不了一分钟她就能猜到是我了吧……

啊，什么东西……

妻子：

我慌了一下。

我从车的侧面被按在车尾上，尽力弯下腰，宜家的袋子就在地上，里面有我买的案板、桌布，还有刀。

我向身后猛刺过去。

丈夫：

是刀。

我向后倒去，我看到她转过身，脸上都是眼泪，她愣了一愣，喊出了我的名字。

妻子：

我伏在他身上开始痛哭。

丈夫：

我还没摘头套，唉，果然还是很快就猜到了是我。

可是已经晚了啊。

妻子：

他的几个朋友跑过来，有人推着蛋糕，有人举着彩条。

茫然无措，各自打着电话。

我越哭越厉害，趴到他耳边。

丈夫：

她趴到我耳边说：“我知道是你。”

这世上所有宝藏
在你的卧室发光

楼上的人是不是疯了？不记得他家有小孩儿啊，装修？

咣当咣当。

他疯没疯我不知道，我要疯了，晚上九点我是不睡觉，可你也不能这样啊。我拿起扫帚敲顶棚，咣当咣当，我怀疑他都没听见。

要交涉这种事，烦死了。我穿上衣服，出门上楼，凿墙的声音一直没有停。

敲了有一分钟门，他不开。装听不见？

我急了："开门！我报警了！"

里面咣当的声音停下，门开，一个男人的一只眼睛露出来。

他："你来抢我的宝藏吗？"

门再开一点儿，两只眼睛露出来，我有点儿害怕。

他："我的宝藏掉下去了，你别告诉别人，我可以分给你。"

真遇上疯子了。

我："大哥，我是楼下的……"

还没说完，门大开大合，像海兽捕食，我被吞了进去。我没站稳摔到地上，看到他手里拿着一把镐头，地上还有另外一把。

我："大哥，大哥我错了，我不抢你的宝藏，我……"

他："嘘，我分给你，宝藏有很多，我看见了，我拿不完，我分给你，只要你别告诉别人，我们分了……”

我：“好好。”

我还能说什么？我只能先安抚住他再想办法逃跑，我看向地上的镐头。他拎着镐头往卧室中间走，嘴里没停。

他：“我都看见了，太美了，传国玉玺、所罗门王的宝藏、‘泰坦尼克号’的海洋之心、三星堆的青铜外星人……就在我的卧室里，我都看见了，就是不小心掉下去了，他跟我说就在红叉下面，瞄准红叉一直挖……”

我看他转身向卧室走，偷偷往镐头旁边凑……他忽然回身抓起了地上的镐头朝我扔过来，我吓得闭上眼。

他：“接着啊，你来，跟我一起凿，快点儿啊。”

镐头已在我的手中：“大哥我错了，你凿吧，没事儿我回家了，我保证不报警，你大概十二点能弄完吗？我明天还上班。”

他：“你还不信，我也不信，结果大红叉就出现了……”

我站起来走到他身后，看到卧室地板上有一个巨大的红叉。你说好好一个人怎么说疯就疯了。

他:“可是凿出来了，我看见了，就在卧室里，你过来帮帮我……”

我手里有镐头，心里也没那么慌了。妈的，不就疯子吗？他真敢怎么样，还不一定打得过我吧？我法院有同学公安有朋友我怕你？

我：“你这么凿，我家顶棚不就烂了吗？朋友啊，遇上什么心烦的事儿了？说说，我没准儿能帮你。”

他摇头：“凿不烂，我凿半天了，凿不烂。”

刚才没注意，这么一看还真是，大红叉覆盖的地板完好，刚刚咣当声不绝，怎么连个痕迹都没有……

“啊！”他忽然兴奋起来，“对对，是这样，对了！”

他过来抓我的手：“需要你帮忙，你必须帮忙。你凿，我们对半分好不好？我再附送龙宫的宝藏给你好不好？定海神针我让给你好不好？”

我忙躲：“好好好，我凿我凿。”

我走到红叉旁边，继续劝他：“朋友啊，我凿一会儿咱就休息好不好？聊会儿天，早点儿睡，要不喝两杯？有什么过不去的坎儿啊……”

他眼里全是兴奋：“快凿，求你了，凿了你就知道了。”

现在可能还不到十点吧，恐惧退去，荒谬上来，我已经困了。

我抡起镐头，赶紧结束吧，不管我正在经历的是什么。凿在红叉的交界处，没用力，凿坏了这人又不疯了，让我赔怎么办？

地板塌了下去。

我猛往后退，卧室正中出现一个大坑，光漫上来。

“啊！你看！你看！”他冲上去趴在坑边，“我的宝藏！原来还有法柜，原来佛祖的舍利也在这里！”

我被眼前的景象镇住，我认出坑里是我的卧室，电视里还放着我看了一半的节目，我换下的内裤被压在凡·高的《星空》下面……

“看到了吧！这世上所有的宝藏！”他探身过去，“在你的卧室发光！”

是我的卧室，又不是我的卧室，就那么大一个房间，可确实装着很多宝藏，顺着地毯看不到尽头。眼睛去找一个宝物，需要眺望，没有边际。

“我的宝藏，再也不能让它们掉下去了……”他继续向坑边探身，伸手去抓宝藏，然后掉了下去，坠落的时长我已无心计算，我在震撼之中。很久以后，他终于摔在我的床和金阁寺之间，回声荡上来。

“喂！”我喊他，我没法儿思考，不理解发生了什么，我只知道我不能靠近坑边，我也会摔死。

我爬起身向楼下冲去，掏出钥匙，手在抖，这世上所有宝藏就在我的卧室里发光。还有一个不知死活的人，我要想想怎么处理。

门打开，还是我的家。往里走，还是我的卧室。电视还在放那个节目，除此之外什么都没有。

我关上门，也不是什么都没有，有一把镐头在地上，地板上画着大大的红叉。

我走近红叉，发现自己刚刚跑下来时并没有扔掉镐头。“他跟我说就在红叉下面。”我开始凿地板。

我听到有人敲我的地板，有人跑上来，有人敲门，有人威胁我要报警。

我打开门，露出一只眼睛，我对他说：“我的宝藏掉下去了，你别告诉别人，我分你一半，我拿不完。”

门大开大合，像海兽般把他吞进来。我递上镐头：“快，快凿，快，我们的宝藏就在下面。”

我的大爷王大爷

这是我在微博上断断续续写的，关于我的朋友王大爷和张老三的一堆东西，最早一条写在 2010 年 12 月。我怕再不整理一下就不好意思整理了，而王大爷，也就要故去了。

诗人在深夜会觉得自己特别像个诗人。他不知道，其实所有人都是这个德行。

比如我家隔壁的张老三吧，平常挺实在的一个人，到了夜里竟然也会叹气了，也会跟他老婆说：“这狗日子还行，咱的熊孩子也还行，我看咱俩也还行，今天别那么早睡了。”

还有我家楼上的王大爷。一天半夜两点，他突然就从楼上跳下去了，我家是一楼，他是二楼，连脚都没崴，他还蹦哪，还喊哪，他说：“这个黑夜明显对我不利！明显对我不利！”

然后我跟王大爷说：“你别喊啦，你怕什么呀？张老三他们两口子刚消停，黑夜还没喘过气来呢。”

我忘了说了，王大爷是个科学家，黑夜就是他发明的，月亮也是。

王大爷在发明黑夜的那天做了重要讲话。他站在阳台上，把月亮也放了出来，白漫漫的。王大爷对四周挥了挥手，张老三和我带头鼓起了掌，王大爷说："好了好了，不要搞个人崇拜。"

王大爷说："我每天都从这个阳台跳下去，如果有一天我摔死了，你们会关心我吗？你会关心我吗？张老三会关心我吗？月亮会关心我吗？你们不会的，但你们会关心我写的诗。月亮或许还是不会，但月亮会看见。"

王大爷是个果敢的人，他跳楼、写诗、把月亮扔到半空，他做这些事从不会犹豫，他唯一犹豫的时候是看到太阳升起来，他觉得这是个每天都在重复的阴谋，而且很没道理。

王大爷让张老三就此发表一下个人看法，张老三嘿嘿笑着，说："你要想发明阴天就直说。"

张老三年轻的时候也想要扼住命运的咽喉，但总是碰不上命运。他无处用力，就拿王大爷练手。王大爷被他掐得脸红脖子粗，眼睛往外鼓，我看着着急，就踹张老三："老三，王大爷是慢性咽炎，扼住管个蛋用？"

王大爷说："我想平心静气地跟尔等说说话。"张老三说："我们没拦着你啊。"我也说："是啊，没拦着。"王大爷没搭理我们，又念叨了一句："我想平心静气地跟尔等说说话。"

王大爷在空中喊："这里空气很好，这里从头到脚……"喊到"从"字就掉地了，后面的话是边吐泥边说的。张老三在一旁嘿嘿笑："两层楼都让你跳矮了，死又死不了，现在诗都念不完了，你反省反省。"

对于王大爷每天从楼上往下跳这事儿，我们不是没有劝过，张老三就曾边拍地边说："何必呢？连个坑都砸不出来，人生观经不起摔打的。"王大爷在空中喊："你起开，我这叫夯实。"张老三说："夯实什么呀，就夯折一条腿？"我看王大爷气得又要念诗，赶紧说："大家都静一静，听听月亮怎么讲。"

王大爷俯瞰大地，俯瞰张老三，俯瞰我，王大爷故作镇定，王大爷深谋远虑，他说："我应该梦见了什么东西，但醒来就忘记。"我说："这多正常啊，你押什么韵啊。"张老三却也故作镇定，却也深谋远虑，说："我记得，我替你转告月亮。"

王大爷一低头，看见七八绺儿往日情仇贴着自己的腿窜来窜去，王大爷皱眉，王大爷清嗓，王大爷要狠狠吐口痰，张老三赶紧拦住他，说："可能有诈。"王大爷觉得有道理，说："那你吐。"

张老三是个奇怪的人，他有正经的日子，甚至还有许多白天见面的朋友，这一度让我羡慕不已，不过王大爷对此嗤之以鼻，还有点儿痛心疾首。他的原话是：老三，你这样的话，你的夜晚可就是不纯洁的夜晚了。张老三还能说什么？张老三还是嘿嘿一笑，跟以往的夜晚一样。其实也跟以往的白天一样。

王大爷严肃地训斥我和张老三，以及他自己，说："我们不要总是无端发笑，搞得月亮总能装作被打扰。"

我只想看一个真正绝望的人自言自语。王大爷说真正绝望的人从不自言自语。我说："嗯，他们都坠毁了，跟你一个德行。"

王大爷在不断的坠楼过程中学会了飞行，而且是不可控制地飞，脚一离开阳台就飘起来。他为此难过了好久，逢人就说：“我再也跳不下去了，我再也跳不下去了。”后来张老三实在看不下去，劝他：“你能不能有点儿发散性思维啊，就不能改练投井吗？”

正如我会飞的朋友王大爷所说，人生一无可恋，我却求死不得。

当我们看到一个loscr（失败者）自怨自艾，又胸怀天下地说道：“这是最好的时代，也是最坏的时代。”我们基本就可以断定这是一个没出息还颇为自恋的loser。再用我的朋友王大爷的话说就是，这都是属于我们绝望界的票友。

王大爷和张老三分别拥抱了我，说：“人生本来就没劲，我们就不用分别再证明一回了。”

王大爷说：“我决定教会你们飞行，这样我们三个就可以组成一支纵队，那些鸟就再也不会取笑我孤独了。”我说：“嗯，笑我们三个孤独。”张老三说：“哈，我们三个在它们眼前飞过去，简直就是‘孤独’两个大字，还带个句号。”

王大爷通知，今天检修月亮，人畜莫慌。

王大爷非常兴奋地冲我和张老三宣布，他掌握了一门新的飞行技术，他说，他现在可以飞出韵脚，飞出段落，飞出起承转合，飞出好几种隐秘的心情。我正要鼓掌，张老三小声打断道：“这有什么牛的，不就是跟蜜蜂一样吗？没看过《十万个为什么》吗？”

王大爷有时会一言不发，也不飞行，也不饮酒，也不看向月亮，也不看向我们，每到这时，张老三就悄悄对我说："嗐，他以为沉默是种力量。"

不是我幽默，是你们爱笑——据我的朋友王大爷说，这是一位小丑的墓志铭。

王大爷半夜发现家中无酒，找我，我也没有，找老三，老三也没有。大爷恨恨撂下一句："要你们这些朋友有什么用？"然后就奔7-11了。王大爷的身影在路灯下载浮载沉，我猜，他应该会十分兴奋地对7-11的店员说："你猜，到底是什么样的笨蛋想要回到古代？给我装两箱啤酒，从冰箱里拿。"

王大爷忽然觉得寂寥——王大爷觉得寂寥。他要求把"忽然"删掉。

王大爷说："去他的，晚上抑郁就不能叫抑郁，叫循规蹈矩。而且还费电。跟我耍浑蛋？当我白学了这么些年辩证法吗？"

王大爷看着远方，淡淡地说："人生的真相是这样的：我敢骂政府，骂世界，骂上帝；我毁佛谤祖，我睥睨天下，但是我不敢骂楼上每个周末都在装修的邻居。"

王大爷真正喝多的时候是写不出诗来的，连话也说不出，他有时候会哭一会儿，有时倒头就睡。若是将醉不醉，他会讲许多故事给我和张老三听，有些难过，有些奇怪，有些则会令人短暂地愉悦。这些故事的唯一共同点是，所有出场人物最后都死了。这让它们听起来很真实。

王大爷六十岁那年自断双臂，废了木匠手艺，开始闭门写诗。王大爷六十一岁开门见人，我和张老三问："诗写得怎么样了？"王大爷说："我想了一年才明白，写诗也是要用手的。"我们唏嘘一番，又哈哈一番，从此一起改习饮酒，没羞没臊，无所挂碍，我用杯，张老三用碗，王大爷用吸管。

我认识两个看破人生真相的人，一个成了哑巴，一个只说脏话。王大爷劝我不要和他们交朋友，不是长久之计。

王大爷做诗人以前是基层计生办的干部，主要工作就是刷标语。王大爷在他们村里每一面墙、每一条公路上都刷满了他的肺腑之言：这边很无聊，你们还是别来了吧。后来他们村的人就都得了不孕不育症，什么医院都看不好，王大爷遭到了领导的严厉批评。于是王大爷就辞职了。

我的朋友王大爷说我："你太消沉了，你应该去天堂看看，所有积极、上进、热爱生活的人都在那里，那里很美、很热闹，所有人都在一起，向着完美的生活大喊大叫，你应该去那里。"我说："王大爷，你怎么不去？"王大爷说："我去过了，那里太无聊了。"

王大爷年轻时写了太多绝断的诗，说了太多沧桑的话，造成他老了以后显得很不成熟。

王大爷六十年来一无所成，三十岁前曾发愿写一首好诗，三十岁后被迫悲喜从容，再无妄念，唯愿死后可立一碑，上书二字：情种。微软雅黑，44号，配一寸免冠不露齿微笑照片。或有旧友来探，可排队三鞠躬，洒燕京啤酒十三瓶（要冰镇的），而后齐声断喝：臭不要脸。

王大爷说，自己在家炖肉，在快熟的时候会听见炖肉说：孤孤独独，孤孤，独独。

坐过火车，喜欢在火车上喝啤酒，并且睡不太着的人都知道，通宵夜行的火车上，在三点过后会出现一辆专卖啤酒的推车，这在三点以前是看不到的。它不声不响，代表着火车所能表现出的最大温情，把啤酒卖给那些喜欢在火车上喝啤酒并且睡不着的人。

关于啤酒推车的故事，是我的朋友王大爷告诉我的。他还说，推车的人会在所有难眠的酒鬼中，选个心事最重的，把推车给他，让他在下次夜行中卖一夜啤酒，然后由他再选下一个合适的人，以此类推。王大爷说完，把手里的推车推给了我。这就是我和我的朋友王大爷第一次见面的全部经过。

我的朋友王大爷最终可能是这么死的，由于他会飞，所以一直没坐过飞机，于是决定坐一次。结果，飞机出现了事故。王大爷犹豫了一阵，还是找空姐，小心地说："实在冒昧，能不能请您开一下舱门？我会飞。"空姐说："不行。"王大爷解释道："我真的会。""这不重要，"空姐打断他，"请和我们一起祷告。"

王大爷说，人有了稳定的世界观，便不足观。

什么都不想干，什么都不想要，你就想睡大觉，你还睡不着——王大爷题赠我的顺口溜。

我问王大爷："你还挤对我？你闭上眼看看你自个儿，你想要什么了？你睡着了吗？”张老三赶紧拦我：“你看你，你别跟他比啊，他都死了多少年了？”王大爷点点头：“嗯，还是老三有人样儿。”

我的朋友王大爷在高楼顶上问我：“你看我，你说我平静不平静？”我说：“你平静，你站在群楼之中，群楼起波涛；你站在星空下，所有星星都涌向你。”王大爷平静地说：“嗯，宇宙是这样的。”

我的朋友张老三最近碰上件倒霉事儿，具体是什么事儿我也不清楚，也不太好奇。王大爷也说：“倒霉事儿嘛，总要碰上的。”可张老三没有我们这么豁达，我们坐在院里看天，他一直拍自己的胸，如山响。我看看王大爷，王大爷看看我，我又看看王大爷，王大爷到底忍不住，说：“老三，别拍了，月亮不是声控的。”

我的朋友王大爷喝着酒，一言不发地看着来往的风。我凑到他旁边，虚弱地劝着自己：“其实我也没那么傻是吧？也不用跟自己过不去对不对？庸人嘛，活着嘛，谁还没干过点儿自己不想干的事儿啊？”王大爷看都没看我，两脚浮在地面上，说：“我。”

我听完彻底颓了，张老三在旁边看不过去，骂王大爷：“你下来你下来，就显你会飞了是不是？你没干过不想干的事儿？你说，你跳这么多年楼，结果活到现在，每天除了喝酒，哪件事儿是你想干的？”王大爷也急了：“这能怪我吗？我会飞啊。”王大爷气得一边说一边蹦，可脚怎么都挨不到地上。

张老三语气软下来，指着我说：“是啊，谁还没个难处？他也不是不要脸的人，都忍心这么劝自己了，你就不能顺着说两句？把他也逼成你这样，我管你俩谁叫大爷？”我扶着酒杯站起来，说：“行了老三，听不下去了，王大爷，干了这杯，我跟你学飞吧。”王大爷也定下来，看看自己的脚，叹口气："我哪儿会啊。"

我的朋友王大爷有一回跟我说，也别有一回了，就是刚刚，也别刚刚了，就是现在、此刻，跟我说："酒这个东西，不能戒，戒了难受。"

王大爷说："你这么久没提我，他们可能以为我已经死成了吧？告诉他们，别替我做梦了。"

那树是咋回事儿呢

老翟明白不了，砍树那人喊的是“顺山倒”，他听着的也是“顺山倒”，按说那树就应该顺山倒，它不，它倒在了老翟头上。老翟去了北京，打开脑袋做了手术，再回来看林子，已经过了一个月了。

老翟看了几年林子了，年轻时都干过啥就不提了。老翟觉得看林子很适合自己，林子那么一大片，自己那么一小点。

回来，老翟就发现了不对，他看不见这片林子了。

林子还在，老翟也没瞎，他能看见每棵树，就是看不见林子。

“这片林子”在老翟脑子里只能是“两千零五十四棵树”。

不成片了。

老翟好不容易给北京的医院打通了电话，说明白了，医院很欢迎老翟回去，说这情况特殊，想观察研究，要是同意，还能免点儿医药费。

老翟没去，他觉得也不是个大事，要是研究发现结果是个大事，不知道还能不能看林子了。

脑子添了这个毛病，看林子更有意思了，东西在老翟眼里形不成群。

两千零五十四棵树，老翟都给起了名字，都能记住，都能看出区别。

再砍树，老翟就伤心，那双看东西越来越仔细的眼睛就发酸。

毛病发展得也快，集体的规模越来越小，老翟有天盯着他的朋友黑黝黝看的时候，忽然“黑黝黝”就像当初的“这片林子”一样，不成概念了，老翟眼里没了黑黝黝，只有树皮，树身子，树胳膊，树头发。

两千零五十四棵树，变成了几万个更仔细的东西，老翟都能记住，能说清楚。

老翟捡起片落叶，能看三天。老翟觉得这树叶里的世界比北京都大。想到北京，老翟又发蒙，他没法把那么多房子和人，装在一个叫“北京”的东西里。

出事那天，是山下上来人给老翟送吃的，老翟看不见人了。

就看见一堆零件儿，晃晃晃，说说说，飘飘飘。

零件儿们一走，老翟抬起自己的手看，掌纹里的世界又看了三天，这世界比地球都大。地球又是啥呢？

正疑惑着，就发现手没了。老翟从掌纹看到血管，从血管看到神经，从神经看到细胞，再往后看，就看到对面的镜子了。

老翟这是第一回把东西看到了最仔细的地步，到了这地步，啥都没了。老翟一低头，身体从脚开始没。老翟一抬头，看到对面的镜子，自己只剩两个眼球。老翟赶紧闭眼。

脑子嗡嗡乱，眼皮也让老翟看没了，两个眼球一对，老翟全没了。

老翟没了，目光还在。

如今的老翟，只剩这一道目光。

现在，这道能把东西看个彻彻底底的目光，准备穿过林子，观照世界。

感冒药

一人患感冒，进街边小药店。

感冒的："感冒了，买药。"

卖药的："吃中药西药？你是哪种感冒？"

卖药的本来不懂药，但卖药挣钱，为了挣钱，也就懂药了。

感冒的："说不好，你先推荐吧。"

卖药的先把常打广告的推荐了一遍，感冒的摇头。

卖药的又把平时不太好卖的推荐了一遍，感冒的摇头。

卖药的："香港我也有朋友，你要能等，我给你进点儿。"

感冒的："我感冒两年多了。"

卖药的顿一下："那你是不是来错地方了？"

感冒的："该去的地方我都去过了，没用，都说感冒是不治之症。我就瞎碰碰，打扰您了，我随便买盒康泰克吧。"

卖药的："你要愿意碰运气，我跟你说个事。"

卖药的关了店门，感冒的坐下。

卖药的："你就别管我是哪儿听来的了，我都忘了，也可能是我做梦梦到的。感冒两年多，感冒就不是病毒了，就成精了，是鬼怪。黄河你知道吧？你应该知道，你进黄河，顺着黄河到入海口，顺着水流往海上漂，只要跟得住就会漂到一座岛上，岛上有只鹿，吃它的角可治感冒。”

感冒的道声谢，起身出去了。

三年后，感冒的又来这家店，卖药的赶紧关了门。

卖药的 ：“去过了？”

感冒的 ：“去了。”

卖药的 ：“好了？”

感冒的 ：“没好，那鹿是骗子。”

卖药的 ：“啧。”

感冒的 ：“上岛就看见它了，甩着犄角。看我来，一下脸就红了，问我 ：你是听了别人的梦来治感冒的吧？哎呀，我看出你感冒两年多了，太不好意思了，我其实治不了。我就是一只鹿在岛上太寂寞，想哄人来。”

卖药的 ：“然后呢？”

感冒的 ：“我也没处去，就陪它在岛上住了两年，吃吃鹿角炖海鲜，跟它学些点石成金的把戏。”

卖药的 ：“有啥用啊，还是治不好感冒。”

感冒的 ：“没事，治不好就治不好吧，现在这样也挺好。”

感冒的起身要走，又回头 ：“卖药的，你也算对不起我，再送我盒康泰克吧。”

卖药的 ：“送你两盒。”

卖灯婆

海岛，海滩上多有卖许愿灯的，下面一支小蜡烛，上面是纸套，热气上升，往天顶飞，飞到没有热气。也叫孔明灯。

她卖许愿灯已六七年。

灯是卖给游客的，多为情侣，给支笔写些话。点火时她会念些祈福咒语。其实就是用乡音说些吉祥话，海边卖灯的都会念，游客也听不懂。

没什么特别的内容，爱情长久、家庭和睦、身体健康。

卖得久了，她会在念咒时为自己祈福，占了这种虚无缥缈的便宜带来的负罪感很快就会消失——祈福没什么用。她还是在海边卖灯。

她忍不住念起不好的咒语，这些手拉手的情侣能为一个纸灯付那么多钱，还需要祈什么福？

事实也是，不论她念得多恶毒，他们还是手牵着手，看灯飞，给钱，向她致谢，沿着海岸走远。

念什么根本无所谓。

后来她就乱念了，诅咒祈福混在一起，有时就是讲讲自己的事，对着灯火。

“祝你们爱情永恒，却每天打架，我刚吃了米粉，一只螃蟹跑到灯下面了。”

她抬头看海滩上其他卖灯的，想到他们可能也都是乱念的。

她想，绕了一圈，还是做了跟大家一样的人。

又想，不知道大家绕了几圈。

葬礼上的魔术师

他披着黑色长袍坐在医院的走廊里，接受现实对他的羞辱。

最开始别人介绍他干这个时，别人已经料到了他难以接受，别人也没打算给他做什么心理建设，别人也有自己的人生问题。

别人只是说：“演一场给两千，能演大变活人给三千，本家高兴还有红包，管饭，肯定是好饭，干不干？”

今天本家不可能高兴，本家的弟弟，几个喝醉的还戴着孝的亲戚现在都坐在他附近，瞪着他，骂他，一是表明孝心、忠心，二是借此醒酒。

他早已没有选择权，虽然他在国际上得过奖。他还差点儿上了春晚，曾经；他是一个想一想前途就招人嫉妒的魔术师，曾经。

现在，差点儿就是差点儿，国际上的奖说了没人听过，也没人愿意听，人们只是等着看他怎么把人切成两半再合上。

他说：“干。”

在葬礼上演魔术，相比起难以接受，更亟待解决的问题是怎么演。能不能笑？能不能从嘴里掏出彩色的绳？还是换成白色的？

帮他解决这些困惑的，是第二次表演时看到的脱衣舞演员，她教会了他，该怎么演，还怎么演。

行吧，他想。

到今天，他接白活儿已经有一年多了，小有名气，附近城镇有白事的都会请他。今天，他心情不太好，当然不是因为死了人，是因为昨晚他在电视上看到了以前的朋友。以前，他可是要叫自己王老师的。不过他不承认是心情影响了自己，怪就怪那个人自己喝多了，或者是道具的问题。

“王老师，”这个葬礼总管他合作过多次，当时他跑过来，还端着碗，嘴里嚼着东西，“您来了啊，先吃口饭，今天饭不错。”

他：“行。”

到他上场，唱歌、唱戏、跳舞的都撤了，他压轴。人们欢呼，人们已经喝得差不多了，等他演完，葬礼的悲伤就彻底过去了，如果有过的话。

变兔子、点火、水晶球……小把戏弄完，他要在现场挑个观众演插剑，一年多的经验告诉他，他们爱看这个。

死者的长子，花大钱操办葬礼的本家被亲朋好友哄上来，说过了，他喝多了。助手把这醉鬼请进箱子，把向观众展示完的剑递给魔术师，他拿起来用优雅的姿势插向箱子……

对，也很有可能是助手的错。这个新来的。

“王老师，喝口水吧。”助手买完矿泉水回来，递给他，眼神还在慌。

他：“不喝。”

说完，他还是拿过水拧开了。闹这个情绪干吗呢？还是个小女孩。医院走廊里还有些别的人，因为别的事唉声叹气。

助手：“王老师，人怎么样了？”

魔术师还没说话，旁边伤者的弟弟说话了：“怎么样了？你们还有脸问怎么样了？”

魔术师想，我并没有问。

“算了算了，”总管插话，“先别吵，咱们等等看医生咋说吧。”

弟弟："你闭嘴，这二把刀就是你请来的，还什么魔术大师，国际上得过奖，我哥要是有个三长两短，你也跑不了！"

总管闭了嘴。

魔术师一直没说话。

护士推门，医生出来，弟弟扑上去。

弟弟："我哥咋说？"

哥其实没大事儿，但哥有嘱咐："大夫，今天我爸葬礼，我又挨一剑，你说我冤不冤？葬礼上见红，你说晦气不晦气？是就擦破点儿皮，可这事儿气人不气人？"

哥没往下说，医生就收了哥的钱。医生表示，虽然让魔术师给扎伤的是第一回见，但这种病人我见多了。

医生还跟哥说："我刚看见一堆披麻戴孝的冲进来，还以为是医闹呢。"

两人哄笑起来，护士赶紧提醒他们门外还有悲伤的人群。

医生面对悲伤的人群，看看弟弟，看看魔术师："伤势比较严重。"

护士接过医生的血手套，两人配合多年。

医生："还得住院观察一段时间。"

嫂子适时哭了起来："我那苦命的……"

嫂子已经为死去的公公哭了一天，此时嗓子已哑，苦命后面只见嘴动泪流，声儿出不来了。

亲朋也都含泪，弟弟的老婆赶紧扶住要往地上坐的嫂子，跟着哭起来。都看着呢。

弟媳："咱家今天是倒了什么霉啊……"

情绪到了，弟弟开始往魔术师这儿冲，总管上去拦，医生也上去拦。

医生耳语："你再打了他，这事儿还说得清吗？"

弟弟不动了，弟弟问："你说现在怎么办吧？"

魔术师把矿泉水拧好，一递，助手没接。

魔术师心想，新来的，还不如个护士。

魔术师："我进去看看。"

于是众人进病房，医生和护士走在最后，医生偷偷掐了护士的屁股，护士打他的手。

魔术师："对不起。"

哥："行行，说这些没用，我也没劲儿骂你，说个解决办法吧。"

魔术师再次把矿泉水一递，这回助手终于接了过去。

魔术师回头看人群，都是哭红的眼，里面没有哀伤。

魔术师："所有医药费我付，您还需要什么精神赔偿我也付，只是请您允许我再变一次魔术。"

"我 × 你……"弟弟骂着就要扑上来，再次被医生拉住。助手也挺身挡在魔术师身前："你们不许碰王老师！"

魔术师心想，这女孩儿这么快就跟这些人学坏了。

魔术师："今天的失误绝不是我的真实水平，我要给大家演一次'大变活人'。"

今天他在电视上看见以前的朋友就是演"大变活人"的，其中关隘，很多都是他教的。

弟弟："演什么演，给你脸了是不是？"

嫂子哭："我那苦命的……"

弟媳也哭："还演？我公公、我哥，还有心情演……"

戴孝的人群也喧闹起来。

护士在人群后偷偷跟医生耳语："今晚去我家啊？"

医生："老婆在。"

护士正要进一步表演，就隔着人群看见魔术师摘下了他的黑袍子。

哥看见黑袍子从魔术师的脖子上解下来。魔术师看了他一眼，黑袍子像风从自己上空刮过。风停后，它系回了魔术师的脖子上，哥没明白是怎么回事，没明白为什么人群都盯着他。

人群也没明白。

他们看不见哥了。

魔术师鞠躬谢幕。

这是真的谢幕。他刚在走廊就想通了，这是他这辈子表演的最后一个魔术。

电梯事故

他穿了一身运动服，早上跑完步来图书馆借了几本书，心里觉得自己走的是人生正轨。

排队进电梯时他站在第一个，看看身后也没多少人，不需要谦让谁。

他跨进电梯，电梯忽然上升，不是很快，但他也只来得及收回迈出的腿，他被拦腰夹住了。电梯里是上半身和书，电梯外是悬空的双腿和尖叫的人群。

他在新闻上见过这种事，上次被夹住的人死了。关于那件事的评论里，各种媒体以自身所学给出应急建议：不要慌乱；要主动指挥人群施救，因为人群不知道自己该干什么；想办法阻止电梯继续上升……

当时他还评论了最后这个建议，他说："那能有什么办法？"

可能是对人生正轨的追求激发了他，真的有办法。他一边把怀里的书推到腰际，一边冲身后喊："刚刚偷偷看身边长腿帅哥的那俩姑娘，让你们旁边的那长腿帅哥把耳机摘了，把你们的书给他。帅哥，把书垫在我腰两边卡住，阻止电梯继续上升！"

后面一阵乱，《申论范文精解》《苦妓回忆录》《新教伦理与资本主义精神》，这个谁都没想过的书目组合暂时救了他的命。肚子放松了下来，他想，只要上升的电梯能稍微下落一点点，他甚至可以倒退出来。

电梯墙反光，他能看见自己的脸和外面人的头顶，也有人跟他说话，但没有任何意义，只是喊着让他平静，说已经叫了救援，让他放心。

他想，人真是无能为力。

外面的人越聚越多，更多的头顶，后面的人的话已经听不清了。

后面的人在议论。

“怎么了？”

“卡电梯里了。”

“咋卡的？”

“就是刚往里一走，电梯升上去了。”

“叫人了吗？”

“这谁都有可能赶上啊。”

“你别拍照了，真行，多吓人啊。”

“前面那些人干吗呢？”

“我小时候有一次也是差点儿……”

……

他趴着，虽然第一时间绷住了腹肌，六块，但内脏肯定还是受伤了，现在疼得说不出话，又不想哀号让后面的人有话可聊。他想到了退出去的办法，但说不出来。

好在有个戴米老鼠帽子的姑娘也想到了——他刚才就看这帽子顺眼。

米老鼠：“大家静一下！现在书卡住了，但不知道能坚持多久，我们不能等救援的人来。一个电梯有多重我也不知道，但咱们试试。你俩，去找墩布，硬杆的，插进去，杠杆原理，往上推杆，电梯向下！剩下的男生，力气大、体重够的，一起拉电梯；再来两个人，你俩，一人抱一只脚，把他拽出来！”

他听着布置，想着出来一定要见见米老鼠。

众人行动起来，后面说话的不能帮上忙，但至少让开了通路。

一二三，计划实施，他被拽了出来，人群鼓掌欢呼，人群有很多话讲。

“牛啊。”

“这小伙儿命太大了。”

“这不刘畅吗？刘畅！你没事儿吧？”

“现在能拍照了吧？”

“真好啊，我小时候有一次也是差点儿……”

……

他迎面看见了米老鼠，一张等待表扬的脸，忽然没了说话的兴致，痛苦点头致谢，人们扛着他走下楼梯。

人群看看电梯，也跟着走了楼梯，还有俩人没走。

“你刚才说你小时候有一次也差点儿？”

“对啊。”

“咋回事？”

“小时候我在床上乱爬，差点儿掉地上摔死，然后……”

“那能一样吗？”说完走了。

小时候差点儿摔死的人站在原地，看着电梯，心想，自己当时真的差点儿死了，比今天的情形凶险多了。

有人走过来，看到电梯的样子，露出费解的眼神。

小时候差点儿摔死的人说：“想知道咋回事儿？”

“嗯。”

“我可以告诉你，但你得先听听我小时候差点儿摔死的故事。”

宇宙大王的葬礼

宇宙中不自知的人们，我要讲述的是宇宙大王的一生。三十一年在位期间，宇宙大王拥有一切，创造一切。在刚刚过去的十月的第一个星期一的晚高峰期间，一辆车终结了其辉煌的统治史。宇宙大王在病床上度过了最后的三天，我有幸参加了他的葬礼。

目前，这个曾经平静的宇宙将重新陷入混乱；目前，每日做工的木匠、宇航员、得到神启的画家、通灵者、不可一世的国王，心中将会感到一阵茫然；目前，少数知晓秘密的先知和政府工作人员将永远埋葬秘密，就像我们共同埋葬他的尸体；目前，海中鱼、天上鸟、你床边的狗都默然哀悼，拒绝进食；目前，树木做回树木，石头还是石头，水汇入水，宇宙不再是宇宙。

目前，宇宙大王死了，不自知的人们，只能听我讲述这一切。

在病床上的第一天，大王向我安排遗产的归属。我们知道，在星际间一些有资格或实力让他显得有资格的生命体正在赶来，谁都想争夺宇宙大王的遗产，可这遗产——整个宇宙，要如何继承?

宇宙归宇宙全体所有，关键在宇宙大王统治这一切的方式，这涉及密码、蝴蝶、隐喻和意识深处。

“地球每绕太阳转半圈就会有误差，是我调整的，我为此嘱托几位科学家给出过公式，让一切看起来尽量自然。”宇宙大王向我举过这样的例子。

我曾在一个早上被大雨吵醒，宇宙大王说这是他安排好的闹钟。那场大雨下了一个月，在雨停时，大王说："愿你已获得足够的清醒。"

一个国家对另一个国家宣战，有些人需要死去，就像有些主义需要伸张。宇宙大王曾经在梦中给愤怒的独裁者送去一个女人，又带走了。既然在他梦中出现过这位独裁者，这独裁者的梦中就一定出现过宇宙大王。这就是战争唯一需要的借口。

一切规律都是宇宙大王定下的，有重力是因为他需要把海水按在地上；有浮力是因为他认为鱼也有资格飞行。

人与人难以交流是怕熟知终会导致全面的乏味，人与人相爱是让人在活着时就能体验死亡。

土地，归于耕种的人；耕种的人，归于掌权的人；掌权的人，归于空虚。

早点吃油条还是三明治，眼睛是蓝色还是黑色，最担忧的问题是吃不饱饭还是恐龙灭绝，喜欢杀人或者救人，爱好在跳舞时回忆前世或者一边舔手指一边思念死去的老板。这都不重要，宇宙大王自有安排。

知晓宇宙大王存在的人时常满怀担忧但从没想过他真的会死去。那个星期一的晚高峰，我不知道他为什么会出现在那里。肇事车辆速度极慢，慢到没有可能肇事。事实上，它也只是蹭过了宇宙大王的衣角。监视镜头显示，大王当时没有任何异象，他是在半小时后倒在另一个街头，被另一个人发现的。

我赶到医院时，他已开始死亡。他向我宣布遗嘱，并要求所有医护人员出去。

宇宙中不自知的人们，这是大王当天说的话：

"你们还是住在银河系吧。外面的地方再好，不适应都是白搭。我在A蛇星上有后代，现在共计十代六十万人，这些人是我的直系血亲，有什么事都可以找他们。恒星……算了，恒星的使用方法我不打算告诉任何人，出过的事故太多了。地球上，老实讲，地球上没什么值得继承的东西，结构在败坏，虽然我是有意的；人心有规律，也就意味着乏味，我不给你们人心；大海，大海还不错，你们可以继承大海。”

第一天，医生宣布医治无效，病因不明，身上没有伤口，可每隔一小时床单就被血浸透了。

“回家吧，也就是我长住的那个房子。”宇宙大王这次发号施令没有使用任何暗语，也没有作用于我的潜意识，他选择了直接告诉我，“那里还有些遗产可以给你。”

一本无字书，几幅画作，分别描绘宇宙之外与原子核内的景色。“不是不想直接用照相机，是我根本懒得去，在床上看看画画就好。”

还有几件旧衣服、旧玩具，一盆还没死的花，宇宙大王的嘱托是：“送我表弟吧，其中秘闻他或许可以揭晓。”

“不要伤心，死亡也是我自己安排好的。”

葬礼订在两天后，大王亲自确认死期，亲自通知全宇宙。

朋友们、超能力者、有钱有权从小被势利眼灌溉长大的孩子们、从一个星球向另一个星球贩卖新鲜牛奶的商人、唱过歌给宇宙大王并收到了一块钱的残疾人，大家在空间与时间的各个角落加入葬礼，开始哀悼。

美国一位饶舌歌手杀人入狱后被保释，表达着他对宇宙大王起死回生的祝福。文化部门新出台的白皮书不允许在电视上提到同性恋，是希望这一不自知的群体也能陷入悲痛。无人深海里一只鱼咬死另一只鱼，只因另一只鱼太过蒙昧，在葬礼的前一天还在四处求偶。校园里年轻的枪手在射杀四位同学后举枪自杀，“五”是他心中用来哀悼的最好的数字。

葬礼，不可避免的葬礼。

现场只有我一个人知道宇宙大王的真实身份：性别男，三十一岁，死因不详，同意火化。

操控焚化炉的工人跟我再三确认了宇宙大王的身体里没有除自然所赠外的任何东西，这可怜的工人曾因一个爆炸的心脏起搏器被扣掉了半个月的工资。

没有，他是宇宙大王，是从出生起就与我不在同一个世界的儿子，他的身体虽然经过多年治疗，但没留下任何医学痕迹——因为他无法医治。他的一切都是自然所赠，包括他无解的脑子。

宇宙中不自知的人们，我在这里替各位守着宇宙大王下葬，只有我。他的母亲在七年前已死于疲惫。

火点着了，工人想快点下班，我还没能感到放松。永别了，宇宙大王，愿你没有停歇过的大脑停歇，愿你终于获得如宇宙般宁静的宁静。

永别了，我的儿子。

在尽头处，在时空衰败的地方，在问题的核心，愿我们还能再次相见，愿我们终于能交流，愿我们永远是父子。

您好，您认识陈奕名吗

“您好，您认识一个叫王达的人吗？”

“不认识。”

有人告诉陈奕名王达在这家公司，问了前台说不知道，可能是敷衍。敷衍是一个前台的主要工作。是所有人的主要工作。

陈奕名绕过前台进去，走。有人跟他眼神接触，就问一句：“您好，您认识王达吗？”

“不认识。”

都这么说。

可能在楼里其他公司？

走到楼梯间，有人抽烟，陈奕名又问了一句。

“不认识。”

陈奕名：“给支烟抽？”

抽完上楼，找了一层，没有，又上一层，没有。很累。

顶楼的办公室气氛庄严，一间一间都关着门。敲这样的门是不礼貌又冒险的，可王达或许在里面。

陈奕名敲开门，一男一女，男的穿着泳衣，笑眯眯的：“送来了？”

陈奕名：“不好意思，请问您认识王达吗？”

泳衣男："不认识，你是谁？"

陈奕名退出来。

再敲门，里面的老人坐着轮椅，西装价钱在三万块以上，穿着睡裤。

陈奕名："不好意思，请问您认识王达吗？"

老人点头。

陈奕名："您能告诉我他在哪儿吗？"

老人点头。

陈奕名想再进，身后有保安过来，泳衣男还是穿着泳衣，走在后面。"带走带走，把门关上。"

老人点头。

门关上。

泳衣男："老头儿傻了，你说啥他都点头，这儿没有叫王达的，赶紧出去吧。"

陈奕名出了大楼。街上肃静，有个女人在路边翻包，她儿子蹲在旁边抠地。

陈奕名："您好，您认识王达吗？"

女："不认识。"

陈奕名看小孩儿。

小孩儿："不认识。"

有个胖子从大楼出来，拉着箱子。

陈奕名："您认识王达吗？"

胖子不说话。

陈奕名又问。

胖子："我被开除了。为什么？又不是我的错，你说为什么？"

胖子还想再说，陈奕名走开了。

陈奕名在大楼下徘徊，有一瞬间他感觉自己看见了王达，追上去，也说不认识。

陈奕名坐到路边，接下来要干吗，不知道。

街道更肃静了，天晚，下班，人出来。

有一个人走过他身边，拎着包。

人："您好，您认识一个叫陈奕名的人吗？"

陈奕名看他，这人与身后大楼在一幅构图中，陈奕名想用手机拍下来，但太累了。

陈奕名："不认识。"

不 忠

情人："又是非走不可呗？"

丈夫："嗯。"

情人："那路上注意安全。"

丈夫："嗯。"

他们维持这样的关系已经两年了，每晚九点，最晚不超过十点，丈夫就要离开，回到妻子那里去。

两人是在一个饭局上认识的。他结婚了，她有男朋友，那天大家喝了很多酒。简单说就是这样。

他坐下就盯着她看，旁边有认识的朋友起哄，都知道他不老实，喜欢耍嘴皮子，占些拉拉手的便宜。过的是什么瘾，朋友们也不知道，只知道很多朋友也这样。

那天酒局换了几处，下午四点开喝，由头忘了，好像就是他心情不好，拉了朋友陪。朋友们表示下午四点喝酒算是全新体验，招呼了一圈，就有了新朋友来，其中就有她。

他平时是张冷脸，喝过两杯换笑脸。那天她进来，刚喝了一杯，倒也没换笑脸，是换了眼神。按现场身边朋友的说法是："我 × 我 ×，你们看，这傻 × 眼睛里全是对生命的渴望啊，哈哈哈。"

喝到六点，要去另外的地方。包括她，有俩人是开车来的。怎么开走呢？她说："我叫我男朋友过来吧，他一直嚷嚷着要来。"

丈夫就不高兴了："不好吧，别让人家来了，来了我怕他心情不好。"

大家哄笑一阵，当然还是来了，来了丈夫也是醉醺醺地跟人家握手，致谢，说不好意思麻烦你。

说是这么说，换到第二家坐下，嘴上是收敛了，渴求生命的眼神却没退。

中途上厕所。

朋友："你差不多行了，人家男朋友谈一年多了，奔着结婚去的，都跟咱们似的啊？"

丈夫："没不让他们奔着结婚去啊。"

朋友笑："一会儿挨打我不管你啊。"

丈夫："不会不会，我就是瞎浪，我还能怎么着？我这么怕疼的人。"

要真是瞎浪，肯定要嘴硬，要吹，要浪到底，心里真活动了，嘴上才要否认，朋友听完是这么想的，后来的事也是这么发生的。

没过多久，她就分了手，成了他的情人。他还是丈夫。

丈夫有一大堆经得起推敲的理由，她则简单得多，她有点儿喜欢他，恰好不再那么喜欢男朋友了。这种事儿总是很容易恰好。

"你别觉得怎么回事儿，不是冲你，你也不用跑。"她告诉他自己分手了，然后说了这样的话。

丈夫："不跑。"

又说："真分手啊？你男朋友其实人不错。"

情人："出息吧你，你怕我赖上你啊？"

丈夫："我是怕你后悔。"

情人："那也不关你的事儿。"

他们的交流大体是这样，嘴上他贱一点儿，她横一点儿。见了面，还是他贱一点儿，她横一点儿。只是情人心里知道，关系里，是她贱一点儿，他横一点儿。

因为每晚九点，最晚不超过十点，丈夫就要离开，回到妻子那里去。

开始时她根本不介意，两人甚至没为这件事儿解释过，自有默契。他从床上爬起来，穿上衣服，开两句玩笑，亲亲她，就走了。她会送他到门口，回家的路上，他一边开车一边给她打电话。

丈夫：“今天满意吗？”

情人：“你不是问了吗？”

丈夫：“那是刚结束，不客观，你现在再回头体会一下。”

情人稍一停顿，他就赶紧追一句：“你是不是正在体会？”

情人：“滚。”

快到家他会挂掉电话，她会去泡个澡，看看他吃饭时提到的电影。

最开始，他们见面算是频繁，不一定非得晚上。有时是中午吃饭，有时是下午看电影，有时是她拉着他逛街。虽然坚持不用，他还是会帮她买衣服。

有时她觉得真挺像谈恋爱的，如果不是每晚他都要回家。

有时她觉得不能这么想，这么想最后难受的是自己。

他对她很好，会给她做饭，会准备礼物，不只是在节庆，也不只是贵，是费了心血的。

可他会突然吃饭时不讲话，问他，还是笑，说：“心情烦躁，我闭会儿嘴，你也清净。”

笑里面是冷淡。

她想起第一次见面时朋友说，这人今天发情了，平时是个冷脸。

她也才意识到，她之前没怎么见过他平时的样子，相处久了，相处就成了平时。

可他没有跟她分开的意思，有空就来找她，他还有多少情人，她不知道，也不问。她也会找其他男人，偶尔也会带回家，只是跟丈夫在一起的这两年，确实没谈过其他恋爱。

在一起七八个月的时候他消失了几天，微信不回，手机不接，她心里想，可能就这么结束了，自己也早知道，还能有什么好下场吗？跟这么一个烂人。

后来是他自己跑来的，喝多了，倒在她床上。她想赶他出去，终究是没忍心。

她还笑他："你可以啊，喝酒时间越来越早了。"

他没搭话，他们一起睡觉，她叫了外卖，他们再睡觉。到了九点，他没提走的事，她也没提。到了十点，他爬起来穿衣服，亲亲她，没讲笑话。

她："又是非走不可呗？"

他："嗯。"

她："那路上注意安全。"

他："嗯。"

走到门口，她说："你什么时候能不走？"

他站住看她，脸越发冷。她后悔问这个问题，比起真的渴望他不走，这问题更像是没话找话。

他："不知道。"

好在他给了回答，她赶紧换上轻蔑的脸，赶紧笑："你就没知道过。走吧，下次来打个电话，别看着什么不该看的。"

他："嗯。"

那天他没开车，在路上也没给她打电话，只是很晚她收到一条微信："我真的很喜欢你。"

她回了一个"我也是"，并没有仔细思考。

那天之后的一段时间，他还是常常喝醉了就来，不打电话，她都疑心他是不是故意想碰上什么。

有时他喝多了开车，她不让他开，他还生气。

丈夫："我开车怎么了？我不开谁开？叫你男朋友来开啊？"

她想起之前问他为什么那么爱喝酒，他嬉皮笑脸地说："医生的说法是，我有自毁倾向。"

她："你还看过医生啊？"

他："没啊，但是医生会这么说的。"

她现在想想，觉得他是对的，医生也是。

她也懒得管他，由他开车回他妻子那里去。她要承认，她是这么想过的：他死了，关我什么事？

不过当晚她还是会发微信问他："傻 × 你到家了吗？"

丈夫回："到了，早睡。"

那段时间，他们之间不再只是情人间的开心，还多了互相攻击，攻击之后和好，赶走之后装作没事发生。总之，他们越来越像夫妻。

她不知道怎么继续下去，他给了建议："你再找个情人，就好了呗。"

她心想，这人像一种毒品、传染病，在他身边对自己不好。

又想起自己有过的那些短暂的约会，不知该怪他，还是自己本身也是一样的人。

是不是也是因为这样，所以才会喜欢他？

时间久了，他不正常的次数少了，来她家的频率也越来越高，有时整周都在，只是她家里从来没有他的洗漱用品，因为他每晚都要回家。

她躺在床上开玩笑，说你真不打算离婚吗？

他这次倒没给一大堆经得起推敲的理由，只是笑："离不了了。"

她也懒得问，也想，他真离了，跟这样一个人在一起，是不是好事。

在一起两年多，有一天下午四点，朋友给她打电话，问要不要一起喝酒，还在那次见面的那家酒吧。

朋友："咱们都喝得特多，那谁一晚上都看你那次。他又想喝酒，你来不来？"

他们俩在一起的事儿没告诉过谁，保密虽无必要却好像是做情人的本分。

他们进来，坐下，喝酒，大家开开玩笑，只是气氛一直没有放开。朋友们会像成年人一样叹气，举起杯像成年人一样说话："来吧，过去了就过去了，这样挺好的。"

都特意跟他碰杯，他也碰，也笑："挺好的，挺好的。"

她不明白怎么回事，她还是像上次一样坐他对面，看他，他也没解答。

去厕所时，她堵住那个朋友，问了，朋友告诉她："哎，你不知道吗？我还以为你俩挺好的……他老婆去年死了，心脏病。"

她没说话。

朋友："你真不知道吗？我以为你俩……他发了一阵疯，现在好了，你看又跟以前一样了。这人啊，就是嘴炮，以前有老婆天天出来玩儿，现在老婆没了，也没找新的，我们叫了几次，都不出来，说每天都要回家。今儿是头一回主动。"

她走回桌前，跟朋友换了座位，坐到他身边，看着他。

酒吧里音乐正好盖得住足够小的声音。

情人小声问："今晚你还回家吗？"

丈夫："他们跟你说了啊？"

情人："嗯，今晚你还回家吗？"

他举起杯喝了一口。

情人："你每天就是回家？"

丈夫："嗯。"

情人："不是去了别人那儿？"

丈夫："没别人。"

她感觉音乐就快盖不住。

情人："为什么？"

丈夫："不知道。"

估计就是这样的回答。

情人："你就没知道过。"

她想，真是个烂人。

她也没有起身离席，继续喝了下去。

他今晚来我家，我还是不会拒绝吧？

他今晚还是要回家吧？

为什么？不知道。

朋友们又像成年人一样举杯："来来来，喝一杯。"

喝一杯吧，不然怎么办。

荒谬之神与我相遇的夜晚

“神是人想象出来的，那么对神来说，人就是神。”

人相信神，神就存在。人相信神能决定人的生死，神就能决定人的生死。

这世上还有一个人相信某个神，这个神就存在。

多数神行神迹，水上走一走，云上冒冒光，信神的人看了，就激动，就感恩，就跟身边的人显摆：“我说什么来着？”信这神的就更多。

但神迹不可行太多，多了，人对神迹要求就高了，光走不行得劈海，光晃眼不行还得圣洁，神就忙了，就工作量饱和了。

神跟人一样，喜欢躺着多过站着。

也有少数神不行神迹，原因大体有三：

一是真拿自己当神了，牛 × 了，早上起来照镜子觉得没谁了，不想跟下面的傻 × 多交流了。

二是学会思考了，觉得自己的人生得自己掌握，不相信命运！不能你们希望我干什么，我就干什么，我成什么了？

神跟人一样，对自我看得重，对命运理解不透彻，对生活有幻觉。

三是彻底烦了，不想当神了，谁同意你们把我想象出来了？谁同意你们拜我了？谁同意你觉得我为了缓解找不到女朋友的焦虑就创造了世界，还长了四只手、两个头？

哪个神不行神迹，信这神的人就会越来越少。等到没人信了，这神就会死，这是神自杀的方式。

我自己雕了荒谬之神的像，今晚在我最后一次拜它时，它忽然活了过来。我的卧室里充满了水一样的光，四只手挥舞着，两张嘴喷着唾沫，对我说了以上这番话。

荒谬之神接着说："朋友啊，小伙儿，大哥，你为什么要信一个这么傻 × 的神呢？你是不是有病？我为什么找不到女朋友？把像砸了，改信个大伙儿都信的，好不好？我真是活够了，活够了你也懂吧？同情同情我，好不好？让我死呗，行不行？"

我跪下："荒谬之神！果然您是存在的！我不想驳您面子，可是我有难处啊，如果您今天没来这事儿还有商量，可您如今显了灵，行了神迹，叫我如何不相信您的存在啊！"

荒谬之神默然，摇摇头。

过一会儿又说："那能不能让我只有两只手？"

我点头："还能把您想得更帅一点儿，俩头都是。"

荒谬之神向我致谢后脱离了雕像，光影效果抖一抖，散了。

我走到桌边，收起了准备好的药，决定不死了，至少这世上还有东西是真实存在的，至少这世上还有东西是不荒谬的，至少还有我的神证明我对世界的判断是对的。至少在我找到下一个肯相信他存在的人之前，不死了。

今晚他来找我，究竟是求死还是求生？是救我还是自救？或者是我在救自己？我又是谁想象出来的？

他家里有没有我的雕像？

我走回床边，试着睡个好觉。

愿您也睡个好觉，不用再行神迹，躺着多过站着，我的荒谬之神。

想法

散碎，观察，记录。

可是
我不想去罗马

一

上海常德路上有一家佛教居士林，就在马路旁边，敞着门。进去迎面是爱国爱教之类的横幅，往里走有排成一排的五个大香炉，只有一个冒烟。旁边有保安，看我一眼，就又盯着香炉发呆了。一个父亲领着孩子在上香，孩子好像有些残疾。父亲和孩子都没有看我。

香炉旁有栋四层的建筑，能看见二楼是间很大的教室，一顶棚白炽灯都亮着，传出好多人诵经的声音。听不出他们是什么情绪。

听了一会儿，出来了。

二

后来去买短裤，先看中一条，觉得价钱太高。很久不买衣服，印象中短裤不该这么贵吧，就又去了几家店，发现原来都差不多。当然是走回第一家去买那条，当然是已经卖出去了。

这类事真是常常发生。

三

想到，有时所谓“事后诸葛亮”，可能是他事前说的时候根本没人听。

四

前一阵看了纪录片《无涯》，拍的是“杜琪峰和他的电影世界”，好看。杜琪峰才华过人，又认真，想起了周星驰和我以前的大佬。都是很天真的人，又事事追求完美，对人要求就高，在这样的人身边做事很累。过后想，进入一个行业，能跟着这样的人一起做事，实在是万幸。

《无涯》里杜琪峰的徒弟郑保瑞也说：“都是他一个人在撑，没有他就没有我们。”

五

又想到，职场中所谓知遇之恩一类的“恩情”，只有下属承认的时候才存在。老板自己觉得有恩是不可靠的，要是再表达出来“我对你有恩啊”，就只会让人尴尬。

而且真正对你有知遇之恩的老板，比如我的大佬，在向她表示感激时，她的反应永远是很快地打断我。

喜欢这样会害臊的人。心里更加感激。

六

脱口秀演员路易在自编、自导、自演的剧里，被他的女朋友说了这么一番话："你们（路易和他的脱口秀演员朋友们）并没有什么特别的，也没有什么才华，你们有一些是比别人幸运，有一些是比别人努力。就是这样而已。你们只是普通人。"

喜欢路易在剧里安排这样的情节。

喜欢这样会害臊的人。还很丧。

七

其实多少还是有才华的，哪怕是小聪明。小聪明也不是人人都有的。有点儿小聪明，不为此自喜就不错了。

现在的风气是连才华都不怎么聊了，都聊情怀了。真是没什么好聊的了。

八

今年已经过去了七个月，回头想想，无事可提。还是觉得自己在原地踏步，只是没有以前那么焦虑了。不知道是好事还是坏事。

自己觉得没什么变化，倒是有多位朋友表示我身上没有少年气了。还有初次见面的，也是上来就问："咦，你怎么那么显老？"

三年前写的话："你知道吗？我年轻的时候想做许多事，我想恋爱、周游世界，就是人们年轻的时候都想做的那些事。你知道最令人烦恼的部分是什么吗？就是我现在正是年轻的时候，可实际上我什么都不想做。我只是觉得要对年轻有个交代才说了那些蠢话。我在等着年轻过去。"

总算要过去了，挺好。

九

那天一起喝酒，吵吵嚷嚷，一个朋友突然说了一句：“条条大路通罗马，可是我不想去罗马。”

十

是，我也不想去。

都是草哇

一

机场摆渡车上，女的三十岁左右，名牌包、名牌鞋、名牌耳环，脸有倦意，脸皮光鲜。男的五十岁左右，头发偏分，油，脸黑，皱纹深。脏脏旧旧的 Polo 衫，西裤皮鞋，皮带勒不住肚子。

女的："吴总啊，其实台北到北京有直飞航班的。"男的："什么？"女的："我说台北可以直接飞到北京的。"男的"哦哦"两声。

女的语气一沉："吴总还绕道上海，专门来接我呀？"

男的又没听清："什么？"

女的还在维持之前的语气："我说吴总专程来上海接我呀。"男的："哦哦，我上海有个会。"

两人沉默。女的摆弄了一下手包，男的挖了挖鼻孔。

不知道他是木讷、是正派，还是深谙技巧。或者只是嫌这女的讨厌。

二

回内蒙古参加了好朋友的婚礼，当伴郎。

回去才知道，伴娘是之前的女朋友。

婚礼上，新郎、新娘要在很多非己所愿的来宾的瞩目下挽着手走过一段很长的红毯。伴郎、伴娘也要。

想着挺尴尬，真走的时候只剩警惕，怕踩到新娘的裙子。

真荒唐。给谁看呢？

我可能一辈子都不会再走这样的东西了。我也没那么多朋友。

三

都在健身，健身的人都颇自喜。

想到，健身跑步，跟炼丹采药，追求的实在是一样的东西。

四

人要多脆弱，才会宣告自己热爱某一样东西。

五

婚礼后在朋友的新房里喝多了，跟他的战友。

战友是蒙古族人，叫古德，汉语说不利索，现在牧区派出所做警察，说："牧区自杀的多啦，喝酒喝死的多啦，每天都处理这种事。就想不开啦，见不着人吧，大草原，也没意思，待久了，就不想待啦，都是草哇。

"你知道哇，上吊的，根本不用上房梁，就是门后拴个绳套，一钻，往下一坐，就死啦。人下巴这儿勒住了，动不了啦，手抬不起来啦，全身没劲儿啦，可能本来不想死，就是试试、闹闹，但是进去就完啦，坐那儿就死啦。

“我们去看，一看就是自杀哇，领导就说，你看一下，我们回去整理一下资料，叫法医哇。草原上路远，那一看就一晚上哇。”

“唉，跟个死人守一晚上，怕呢哇。”

“唉，干啥要死哇？”

“唉，来哇，喝吧。”

六

然后就喝多了。古德当晚九点的火车，据说我拉着他不让走，最后还要去火车站送他，全不记得了。

第二天早上一睁眼，我前女友站在门口，一时不知道这是在哪里、什么时间。

我：“他们呢？”

她：“新娘回门儿，都走了。”

我：“就剩咱俩？”

她：“嗯。”

我开始笑，头非常疼：“哈哈哈，牛 × 死了。我得再睡会儿。”

她：“不行，昨天你吐了，我们为了照顾你，鬼片看了一半没看完，你得跟我看完，我自己不敢。”

于是陪她下楼看鬼片，头疼，躺在沙发上根本动不了。她榨了西瓜汁，我就一杯一杯地喝西瓜汁。她跟我讨论剧情，我还是一杯一杯地喝西瓜汁。

电影是去年还是前年出的《僵尸》，港片，据说是对港片、僵尸片的怀旧，风评很好。我感觉不太好看。

还是我太醉了，辜负了一切。

七

与许久不见的友人聊天。

她："你给我讲那个大卡车和出租车的故事吧。"

我："什么？"

她："你讲过的啊。"

我："什么啊，大卡车司机全部吸烟，边开车边吸，靠此熬过超载，熬过连续 48 小时以上的长途，熬过孤独。出租车就不用我讲了吧，出租车太喜欢倾诉了。"

她："唉。你当时讲的是：'大卡车第一次碰到出租车，大卡车说，我叫大卡车。出租车说，我叫出租车。大卡车说，你别叫了，我送你吧。'还挺好笑的。"

我："啊，这样啊。"

她："嗯，是这样。"

我："唉，这样啊。"

八

唉，我呀，烂笑话。

局 促

理发，先洗头，一个很年轻的姑娘，工号 201，聊起天来亲切，体贴，刻意。

201 :“看你的样子是没睡好吧？”

其实我刚起床，睡了有 10 小时。

我 :“嗯。”

201 :“等下帮你冲眼睛，很放松的。我们先洗头，来你往下躺，水温还可以吧？”

我 :“嗯。”

我闭着眼，嘴也闭着。

201 :“看你的样子是经常熬夜吧？鼻子这边都发红了，上火了吧？这个季节要多喝水，你肯定是没喝水，等下帮你倒杯菊花茶吧？”

我 :“嗯，谢谢。”

说“谢谢”时我感觉嘴都没张开。

201 :“你鼻子红肯定是你拿手摸了对不对？不行的，手上有细菌，怎么能拿手摸呢？等下我用棉球帮你擦擦吧。”

我 :“不用了，谢谢。”

我已经开始出汗了。

201 越发关心 :“你是坐办公室的吧？坐一天累的嘞，腰疼吧？等下帮你按按，我们这样弯腰洗头也是累呀，不过没你们辛苦。”

其实我也不坐办公室。

我：“嗯。”

嘴闭得更紧。

201：“要给你用这个草本精华的洗发水吗，加十块钱？”

我：“不用了，谢谢。”

想说赶紧洗完就好，终究说不出口。

201：“这个力度可以吧？我给你冲了哟，水有点儿大，不大冲不干净的。”

背上汗越来越多。

201：“我再给你洗一遍。”

连“嗯”都“嗯”不出了，身上肌肉都绷着。

201：“洗好了，我拿条热毛巾帮你垫下脖子。不烫吧？给你冲下眼睛，你闭好了哟，不用那么用力啦，怎么样，舒服吧？”

我还是紧闭着。脖子很烫。

我：“嗯。”

有人经过，两人说了句话，不知她还是那人碰了什么，水压忽然变大，喷头上翘，越过我的脸，喷了我一身。

201：“哎呀！不好意思啊！”

我抹了一把脸，睁开眼睛，肌肉终于放松下来。

我：“没关系。”

幸好啊，她喷了这一身水，幸好啊。

201手忙脚乱，拿着毛巾乱擦：“对不起啊！”

我终于不欠她什么了，不用考虑怎么拒绝她的好意了。我只要原谅她就可以了。

想到这里，我又说了句“没关系”。心怀感激。

就像可以不收看《中国好声音》一样

一

之前去了一座很有名的寺庙，看一尊据说很灵的佛，人山人海，都捧着花，举着香，嘴里念念有词。香烟缭绕，呛鼻辣眼，寺里的保安拿出口罩戴了，坐在一旁看着备怀心事的人群，弓了背，反复搓着手掌，眼神疲惫。

想到，那尊佛应该也是这样吧。

二

求佛祖保佑家人健康、一生平安之类，是一种常见的荒谬。

不是说了无常吗？告诉你这世上没有，你还偏要，要就要吧，还偏跟我要。太没礼貌了。

不过佛祖应该也不在乎。

三

还有一种常见的荒谬是用量子力学什么的来佐证佛法，自以为是地给佛法贴金：看看，佛祖早就说过了。

对量子力学和佛法来说，都很尴尬。

佛法更尴尬一点儿。

四

今年过生日时在外面，一个人住酒店。晚上回去，桌上放了瓶酒，还写了简单的贺卡。“李先生，希望你在我们酒店度过一个快乐的生日”云云。

资本主义，温情脉脉。

我太容易被收买了。

五

微博的新闻推送不知道该怎么关，总是“当啷”一声收到这样的信息：“女婴体内被插入16根钢针（图）”“昆明小学发生踩踏事故，6人死亡（图）”“6女生持刀逼学妹卖处（图）”。

这个“（图）”，卑鄙下贱而不自知，而不在乎。

新闻中的受害者、这样推送新闻的人和看这样新闻的人，“当啷”一声，同时丧失尊严。

六

跟一个朋友吃饭，聊到了共同的另一个朋友，都表达了羡慕之情，说他勤奋、幸福、活得自带光环。

我说：“可是我真的不知道。”

她说："我也真的不知道。"

前两天有朋友创业，拉我入伙。问我："你到底想做什么？想要什么？"

我又说了："我真的不知道。"

是真的不知道。这句话对好多人说过，好多人表示了理解。

以后尽量不说了，太撒娇了。

七

后来对一个朋友发表了自己对"创业热"的看法，刻薄了两句，又觉得自己这样的看法太过消极，也十分幼稚。

朋友说："我觉得人不是必须对创业有成熟的看法，就像可以不收看《中国好声音》一样。"

八

吃鱼头时想到，"鱼目混珠"这成语，对鱼来说，自然是另一番解释了。"鱼目"多么珍贵。

边吃边想，觉得简直能发展出一个童话：一条鱼，拿了自己的眼睛装作别人认为珍贵的珠，自我牺牲，骗过了敌人，换得海底世界十年安宁，还有美人芳心。

或者也没有敌人，只是这鱼挖了一颗眼珠当罕见的珠卖，发了大财。到了晚年，独眼的它写回忆录，揭露自己的骗术，当作一种成功经验分享给大家；并捐赠了自己的遗产，给印度洋底那些贫困的水族，治疗绝症、发展教育。大家纷纷感佩："啊，有钱有德，人生赢家。"

回忆录就叫《鱼目混珠》，是当年海里的畅销书。海里也因此多了很多独眼的，甚至双盲的鱼。

九

我真是太无聊了。

十

人生赢家的头挺好吃的。

他不是韩国唯一会讲英语的司机

前两天去韩国玩儿，在江南晃悠到晚上，几个朋友提议去夜店："世界排名第六的夜店！"于是就去了，结果到了门口查 ID 才发现我没带护照，于是我就先回酒店。

打车，举着个截图说地址，做好了比画半天的准备，结果司机看了一眼就懂了，还问我："Where are you from？"

问得我一愣，来韩国几天从没碰到过会说英语的司机，说了"China"，系好安全带。

非常堵，我又住在江北，司机开口："今天是韩国的父亲母亲节，是最堵的一天。"

我："比圣诞节、新年还堵？"

司机点头。

我打开手机，没信号，想起随身 Wi-Fi 在朋友身上，我出门不爱装东西。关上手机想，在全年交通最差的一天，我没法儿上网，忘带护照……又一摸兜，嗯，现金和卡果然也都放在朋友的包里。

我对司机说了我的处境，说等下到了要上去拿钱，我表示了歉意，他表示了同情："不幸的晚上。"

我说："至少我们可以聊天。"

司机："我喜欢跟外国人聊天，但我英语很差。"

我：“我也是。”

他说英语很慎重，慢而诚恳，像《一一》里那个日本人大田。

车流没有动弹的意思，我至今都不知道韩国人为什么对父亲母亲节抱有这么大的热情。

我：“你英语是什么时候学会的？”

司机：“上高中的时候，很久以前了。我今年 59 岁了。”

我：“有孩子吗？”

司机：“有，一个男孩，在延世大学读书。”

大学的名字我是后来查的，很好查，因为他很骄傲地重复了几次：“是韩国最好的大学，first class。”又说：“我儿子，CPA。”

他把 C、P、A 代表的单词分别读给我听，我模糊明白，也是后来查到的，是注册会计师。

车窗右边一个巨大的绿色十字架，司机指了一下，说：“Everywhere。”

确实到处都是。

我：“你信吗？”

司机点点头，画了十字，说他信罗马天主教。

我不知道该怎么接。我们向前挪了一点儿，上了过江的桥，他告诉了我桥的名字，我已经忘了，又告诉我，首尔有二十多座这样的桥。

司机：“喜欢韩国吗？”

我：“喜欢。”

司机：“最喜欢韩国的什么？”

我想了想，说：“电影。我最喜欢的演员，用中文说，名字是宋康昊。”

司机：“哦哦，宋康昊。”

我：“还有一个叫崔岷植。”

司机：“哦哦，*Old Boy*（《老男孩》）。”

我拿出手机翻照片，告诉他我今天刚吃了活章鱼。

他笑起来有那种老年人的羞涩，又告诉了我活章鱼的韩语发音。我想不出他看《老男孩》时是什么表情。

前面的车挤在了一起，已经变了绿灯还是不动，他嘟囔了两句什么。

我："看宋康昊的电影，我很喜欢听他说话，他总说：阿西！"

我拖长了尾音，他笑起来，看着前面的车，摇着头说："阿西！"

司机："我年轻时喜欢看李小龙的电影。当然人人都爱看李小龙。"

我："你离开过韩国吗？"

司机："没有。"

我："你有想去的国家吗？"

司机说："Freeland。"

我没听明白，看他的样子又不像被迫害的异端人士，就请他重复了一遍。

他又说了一次，接着说："斯堪的纳维亚。"

哦，是Finland。

我："为什么想去那里？"

他挠挠头，说："Snow, and……"

他皱起眉，露出了当晚最庄重的表情，思考着除雪之外的第二个理由。思考的结局是摇了摇头："我不知怎么说。"

我揣测那可能是个非常重要的理由，可能涉及了他的人格、命运。我想缓解沉重的气氛，就说："你儿子那么厉害，将来可以带你去的。"

他又害羞起来，说："五年，还是十年前，我忘了。我对我儿子说，you're my life, my pride, my joy。"

看我只是点点头，他意识到我没明白，补充道："这是××（后来知道是猫王）的歌——*My Boy*。"

说完后，他唱了起来："you're my life, my pride, my joy。"

我："那他说什么？"

司机："No comment。"

说完后，我们大笑起来。

他告诉我还有两千米，我点点头，说："今天很开心，跟你聊天，比去夜店要开心很多。"

他也点点头，说也很开心。

后来就到了，我上去拿了钱，说了"再见，康桑密达"。

回到房间想，这如果是我编的故事，那这个司机可能根本没有一个儿子，或者儿子在去年死掉了。

幸好这不是我编的故事。

青蛙又做错了什么

一

参加朋友婚礼，家里信天主教，新房供着圣母像。新娘进门第一件事，是跟全家人一起聚在圣母像前祷告。

我帮忙在圣母像两旁摆蜡烛，第一根一下立住，第二根滴了蜡油才立住。

他们开始祷告，经文内容不可辨，火苗乱动，祈祷时间比想象中要长，我忽然担心起来，那根没滴油的蜡烛会不会倒。

他们会不会觉得蜡烛倒了是个不祥的征兆？心里存下芥蒂，几年后的哪次争吵上，妈妈就说："我就知道这媳妇不行，当初蜡烛都倒了。"

那就是我的罪了。

于是赶紧跟着祈祷，圣父圣子圣灵，千万不要倒，千万不要倒。

主答应了我。

谢谢主。

二

机场里拉杆箱来来往往，一个中年妇女坐在地上大哭，拿着手机，几次想举到耳边都没有成功。不知道电话那边是什么世界，是无法面对，还是已被抛弃。

她已经过了安检，登机牌掉在腿旁，哭泣中手机屏幕熄灭，不知道她还要不要上飞机。

三

吃汉堡王，旁边两个五六十岁的美国大哥，其中一个穿着短袖短裤，一个跟我一样是冬装。短袖短裤一直在说话，吃汉堡大开大合，吃薯条不蘸番茄酱，在这个简短的美剧里，他演主角。好像是音乐行业的，在说自己这次来北京收获了什么快乐，遇到了几个傻 ×。说着说着猛灌一口可乐，吐出一句：I own my life。

我们两个穿冬装的，都点了点头。

四

第一次坐这种直播降落过程的飞机，头顶那些放安全通知和搞笑节目的伸缩屏幕在还有十分钟落地时一起变黑白。忽然觉得这些屏幕的站位很《枪火》。

画面是从机头看出去的样子，飞机正在往晚上十点的城市开，已经很近了，城市从小小的黑白屏里看着反而十分壮观，看不到建筑，就是黑色背景上一片一片的亮点。如果我身边有个足够天真的小孩儿，我应该可以说服他这其实是一艘飞船，此刻，我们不是在降落。

小朋友，你看，星辰大海。

五

在一个荒凉的串儿店坐到很晚，进来两个中年男人，看着像刚忙完工作。

坐下，点串儿，点酒，碰杯。一个男人对另一个男人说："生日快乐啊。"

说完大笑起来，过生日的男人也笑，举着杯，没说话。

那人继续说："哈哈哈，怎么了，过生日嘛，生日快乐！咱们也庆祝一下嘛，有啥的，哈哈哈，生日快乐！"

就这么说了好几遍。

那过生日的人在听第一遍的时候，应该是快乐的。

六

想到"酒池肉林"这个词和它细致的解释：池子里灌满酒，树林里挂满肉，以便和一堆裸女追逐打闹的纣王随时可以吃到。感觉跟那个笑话是一码事：两个农民猜测慈禧的生活，说肯定是用金锄头锄地，床头架着油锅，一醒来就能吃上现炸的油条。

现炸的油条当然还是比不上酒池肉林，毕竟是文化人编的，到底吃过见过。

七

在街上看到独行的老人，提着包，喘着粗气。想，幸好衰老是慢慢到来的。

给人适应的时间，是上天的仁慈。

然后每次适应一点儿，就又衰老一点儿。上天仁慈有限。

八

闲聊说起想去国外生活，觉得太难。三姨说，有个相熟的阿姨去日本已经十几年了，一个内蒙古的孩子，刚去的时候连日语都不会，白天打工，晚上上夜校，一点儿一点儿，十几年也就过下来了，做了高管，买了房子，拥有一种人生。

是个励志的故事，最励志的部分就是这其实根本不需要那么励志。

不需要热泪热血，不需要在温水中一跃而起，要的是一点儿一点儿的消耗。

“好好过日子”这种行为最励志，最可怕。

九

朋友说：“人最后也只能做自己非做不可的那件事。”

我说：“嗯。”

又说：“可最后发现其实我适合做导盲犬怎么办？”两人笑了一阵。

笑完想：万一真是这样，可怎么办？

十

说到“温水煮青蛙”，这个故事给我最大的感觉始终是，为什么要怪青蛙？

青蛙又做错了什么？

我们又做错了什么？

为使轻松成真

一

一个朋友说自己在看牡丹，很多很多牡丹，很美。

我想不出那样的场面，在画里见的次数太多，已经疑心牡丹是否真的存在。

二

在车里看路人，一个大哥，走着走着绊了一跤，第一反应不是看是什么绊了自己，是看四周有没有人看他。

他以为没人看他，继续轻松前进。

为使轻松成真，我也不再看他。

三

认识个新朋友，1990 年的女孩，在创业，已经融资过亿，反复解释："我虽然是在互联网创业，我虽然是 90 后，我虽然是美女，但我真的不是骗子。"

聊了一会儿的共识是，没必要谈梦想情怀，更不需要学坏，好好做事、做好产品是一定可以成功的。

这样的道理居然还需要讨论。比起讨论来说，更像是彼此打气。

虽然我们都不是靠打气活着的人。

四

吃完饭我坚持结账，理由是，请亿万富翁吃饭对我来说是个好故事。

为使故事成真，她也没有反对。

五

还见了个朋友，也在火红行业——新媒体、电影。

聊了几乎一夜，前半夜他说了个道理我觉得很好："想把事儿做好，就得大材小用，可我们都做不到，所有人都在硬撑，都想往上够一点儿，也只能够着一点儿。"

做一辈子文案，不做创意总监；拍一辈子广告，不去拍电影；几辈人就做木匠，不去做房地产……

可是谁能忍住呢？

小说写得不好，我也还是想写。

亏我还总说自己欲望很低。不要脸。

六

后半夜聊得天旋地转。谈佛谈神，往深处去，隐秘经历，别后心情。

他说了一句话让人印象深刻："我很心疼爱因斯坦。"

爱因斯坦为了说出真理，有可能没有说出全部真理。

这话是臆想，但在彼时彼刻，我也很心疼他。

宇宙幽微，又有哪件事不是臆想？

七

抬头一片茫茫，想到，我们看星星，看到的不是星星，是自己视力的极限。

八

灾难被技术的发展推到眼前，仿佛一下否定了你正当、快乐生活的合法性。

见到身边、网上不少人出现这样的焦虑，或长或短。

其实无所谓，轻松一点儿，灾难与你正当、快乐的生活并没什么不同，都是无常。

哭就哭，笑就笑，感动就感动，问责就问责，能帮忙就帮帮忙。

生活无常继续。

九

轻松使人成真。

我并不尊重水、风、流星

一

下班的点，大型路口，绿灯，人流对冲，两拨儿无人喝彩的橄榄球运动员。

看见一个姑娘，长筒靴，短裙，一上一下，正好把膝盖露在外面，皱着眉头急走，情绪不高昂。

有可能是冻的，也有可能是一天都被人问“你这么穿冷不冷啊”气的。

二

一个中年人，举着手机，风衣敞着怀，在马路这边就听见他在骂人。

越骂声音越大，走路姿势也霸道起来，风衣真的带起了风。在周围人的安静中、侧目中，他可能体会到了男子气概。

也算是一种平凡生活的英雄梦想。

三

街上那些发传单、拉住你就开始推销的人，出了机场追着问你“打车吗打车吗”的人，最讨厌的还不是打扰你，而是强行把你变成了一个不礼貌的人。实在没有精力每次都跟他们说“谢谢不用了”。

想到他们本来也不期待被礼貌地对待，心里感觉不到任何安慰。

四

前阵子回广州喝了海马汤，第一次喝，用的还是很完整的海马干。海马啊，小时候都是在书上看到的：海马并不是雌雄同体，而是雄海马有育儿袋，小海马在里面孵化……说炖就炖了，感觉像吃了兵马俑、北回归线一样。

五

飞机上一本很破的杂志上一个很破的报道，说某个地方有个地下水坝，工作需要一天都在里面，不见天日，噪声恼人。唯一的娱乐是休息室里的一台电视，有DVD，可以看碟。一个老员工对记者说：“碟都看过好几遍了，看得最多的是部抗日剧，看了四遍吧，叫什么什么英雄。”

看了四遍，也没记住名字。喜欢人生中这样的细节。人生中到处都是这样的细节。

六

一个人在网上直播自杀，也会有人来分析（甚至不避讳承认是要借鉴）这个事儿的传播机理，分享给三五同好，认证里都写着什么分析师、创业者、新媒体从业人员，说："都看看，这是个有意思的课题。"

我觉得你这才是个有意思的课题。

七

从来没弄懂"尊重生命"这个词到底是什么意思，想说的是人道主义精神吗？是人要有悲悯之心吗？和"珍惜生命"可以混用吗？

一个人要自杀，就说你不能自杀，你要尊重生命。他死了，有人嘲笑，又有人说："你不能嘲笑他，死都死了，你要尊重生命。"嘲笑的人又说："我嘲笑他就是在尊重生命啊，我们都讽刺这个自杀的人，对社会是个良好示范。"之前的人也急了："你不尊重生命，你去死。"

想起电影《我是你爸爸》里那句台词（后因阴三儿的《老师你好》广为传播）："老师老师……我怎么觉得好像有三双眼睛望着敌人。"

八

我觉得"生命"是宇宙里一个中性的东西，就像水、风、流星一样。

我并不尊重水、风、流星。

九

中性的东西需要附加条件才能发生感情，比如一片很大很咸的水（社会上管这种东西叫海），我就能挺喜欢。

这片大水上吹过的风，我也喜欢。

在大水上行船，风不大不小，头发乱飞酒不洒，然后一抬头，看见流星——简直喜欢死了。

要是那流星下来正好把一个想研究“有意思的课题”的人砸死了，我可能才会尊重它吧。

十

那个人的生命，我就不太尊重。

十一

流星说：我这叫天行道，不用谁来替。

缓缓

诗。写得不好，就是爱写。

青年，交个朋友

想找个不喜欢猫的青年做朋友
爱不爱喝酒倒在其次
我已经没有那么狭隘了
但是，我戒酒的时候要记得劝我
我听劝
然后我们吃火锅
聊聊这些年是怎么过的
青年都很老
聊天要顺着他们
如果这位青年还会祈雨
那就完美了
完美你懂吗

我们去找一座多雨的城市
比如广州
而且雨季
然后，让他祈一场雨

没有人知道我们在笑什么

我们还不带伞
如果有人卖伞
我们就买
买三把

我一把
青年一把
还有一把
用来遮挡秘密

毕竟会祈雨的青年是不常见的
而且他还不喜欢猫
而且还会劝我不要戒酒
青年
我希望你会是个女青年
而为了我们的友谊
我还希望我会是个无情的人

如何成为一个无情的人

接着聊聊吧
关于我如何成为一个无情的人

不能再对天气发表看法
对天气敏感是懦弱的
除了农夫，和牧马的人

从此下雨打伞，刮风关窗
雪盖过脚踝时，去南方

不能再对司空见惯的事物
抱有柔情
比如，“人们挂旗子，是为了证明风的存在”

不
旗子大都是为了丑陋的目的
我是知道的
不能再假装自己不明事理了
不能再假装不明白你们在想什么了

友情
应比爱情更节制
拥有十个以上的朋友
他们就不是你的朋友

不能再因为自己的虚弱
而急于去求得别人的认同了

见到陌生人
要尽量沉默
独处时
则不能再说那么多话了

不能再独自饮酒
不能再反复提及，我独自饮酒
也不能再谈爱什么人了
如果我做不到
我就去爱更多人
尽管我知道我是真挚的
可我不再为此辩解
人们会说，那个多情的人
就是那个无情的人

如此说来，成为无情的人并不难
我要做的
只是坦然

天有不得不亮的理由

再互相憎恨的人
也得睡在同一个夜里

甚至同一张床上
甚至一起失眠
心里惦记着同样的事
感到同样可笑
也同样沉默

憎恨是沉默的一个理由
夜晚是第二个
如果一个人终究忍不住
说，算了吧

另一个就一定会问
真的吗

两句话脱离两张嘴
两个人同样后悔

于是继续互相憎恨
天有不得不亮的理由

听到咒语之时

听到咒语之时
我仍以为那不过是一个平常的下午
不过是一声街边犬吠
妇人不甘
或一个傻子在发表对世界局势的见解
但那是冲我来的
咒语
汗流出去又漫上来
躺在床上感到逼仄
打开窗情况也没有好转
四面白墙是个整体
中间本来就不该有空隙
我开门跑出去
逼仄
我看向路人，路人看我
我想办法从他们的瞳孔中挣脱
马路是阴谋
我沿着马路跑
觉得心有不甘
觉得此生无望
旷野也逼仄
海洋也逼仄
这是冲我来的诅咒
我在海面上坐下来

风停下来

我放弃抵抗时

天黑了下来

星空出来

我抬起头

亿万、光年、无人涉足之地

我心门打开

正待高歌之时

又听见了另一个咒语

海面向上，星光收缩

我猜

是有人想把我赶到宇宙之外

海水全黑

水银质感的海水在脚背上抹来抹去
那海水全黑
一个声音在底处响
如果黑色的海终将涌向你
你为何不率先涌向黑色的海呢

为何呢
醒来也在问自己
为何呢
每问完
心就向远处跌
脚背上就感到黏

我知道你为什么傲慢

我知道你为什么傲慢
你到了坡上
心情不错
有些喘
有些抖
上面空气不一样
你难免要傲慢

看远了就以为是看穿了
看多了就以为是看懂了

你难免要教授
要呼吁
要替别人着急
要改变——

什么改变世界呀
就是照着自己的想法改变别人
变成一种你看着更舒适的风景
把别人

我知道你为什么傲慢
你想不到
我们这些坡下面的

有些也上去过
有些就死在上面了
我们中良善的
收了尸

我们中恶毒的
正为你鼓掌

我在内蒙古刨出贝壳

像是
在巴黎一个摩天轮下面
草原滚滚来
人的经验
羊的血
草的风
云不由己
你的看

像是
在摩托走后一个街边
三伯等我
人的前途
枪的响
海的山
我在内蒙古刨出贝壳
懒得捡

我不是局内人

说过了
我为人局促
躺在床上时总想就此沉下去

喝酒毕竟不是长久之计
我已有几位亲友因此丧命
我不便过多评价
只是像一个活人那样
出席葬礼
安慰另一些活人

节哀顺变
干了这杯

有朋友来问
你究竟喜欢什么
我说
我只想做一个不负责任的酒鬼
毕竟还是想做

可我没那么干
我逼着自己打起精神来
血液纯度已达献血标准

人能做出最懦弱的事
就是只对自己强硬

世界有它的规律
我不是局内人

我不喜欢春天

我不喜欢春天
但是要来就来吧
反正每年都会来的

我又能重新享受虚度的乐趣了
我又敢看着草和草原说
我是平静的了

整夜失眠
天花板后面是星空
星空后面是我想象力受辱的地方
但我不再为此焦虑了
星空对于一双眼睛和一张嘴来说
已经足够了

哪里都在起风
街上的人缩着脖子
没人告诉他们
这样并不能躲开风吗
真的不太好看
还全皱着眉头
风中的人都自以为坚毅
却都缩着脖子

我已四年没在此地度过春天
尽管大家都说
这里的春天根本不像样
无所谓了
反正我也不喜欢春天
而且我是平静的

我在街上走
不再怕碰上什么熟人
也就没有碰到
全城只剩一个修车的哑巴还认识我

他看见我时像重逢那样笑
他看见谁都这么笑

我不喜欢夏天

我不喜欢夏天
即使夏天就要过去了
我也还是不喜欢它

阳光和暴雨
谁来的时候都没和我商量一声
阳光自以为是也就算了
没想到雨也是

指望我什么呢
我已经让很多指望我的人伤心了
没有一面墙愿意让我用来思过
我也不喜欢夏天里的人
退化得太严重了
好多事儿都能让他们高兴

还主动想着办法高兴
几个人聚一聚、喊一喊
喝掉几桶啤酒
然后吐出来
握紧双手
然后松开

全是汗

还跑到海边、草原
拍几张照片
发一些感慨
全部曝光过度
照片和感慨都是

我也一样在退化
并且不是为了合群
就是控制不住地变得简陋
眼光一晃
就说了句爱你
还说了永远永远

等雨下来时
才觉得
人厌倦永远

说着是两个心情
其实也就是一两分钟的事
夏天的雨来得很快

去得也快

我知道了

如果
我叫人们试想“无”的样子
恐怕一半人会想到黑
另一半人会想到白

还有一个人会在思考中消失

所以他不能作数
虽然，他是对的

如果加一个条件
让人们去想想，虚无
那，一半人会想到灰
另一半人会想到雾

还有一个人会坐到地上
想起自己的一生

我会在他哭出来之前
体面地走开

再过分一点儿
再好好想想——没头没尾的虚无
一半人答不上来

另一半人也答不上来

还有一个人会看着我
看着我
看着我
直到我点头说
我知道了

在早年间

你爱的人成了疯子
面对他时
试图唤醒他时
你会比他更像疯子

我不愿说出的是
“面对”“试图”
在我们还都不是疯子的时候
在早年间
就存在了

云扑面是什么感觉

云扑面是什么感觉
白猫再白
毛再厚
你埋得再深也不一样

棉花糖卷得再肥
你再不怕黏
也不一样

鸭绒被含绒量再高
你再舍得钱
剪开六条
也不一样

人的肚皮再软
皮肤再好
也不一样

云扑面是什么感觉
云是水汽聚集
高空又冷
真让云扑了面
感觉肯定不好

可让你想云扑面是什么感觉
你感觉特别好
可又永远感觉不到
云扑面就是这种感觉

在最晚一班飞机上

六千条没有命运的鱼跃出海面
人形巨云趴在城市上空等着飘散
光穿过机舱忽略旅客的存在
我掌握了无用的能力
能判断哪颗星星更不幸
宇宙大爆炸的反义词是什么
我想不出
不懂科学有不懂科学的好处
在尽头我收回目光
云开始颠簸
我得到平静

这正是九月开始的方式

这是九月开始的方式
我不再喝啤酒
重新写情诗

起初
是你创造天地
你说
光是好的
我说
光是这样，就是好的

于是我们相爱
手心湿得像海

起初
你拉我一起看雨
大雨里百鬼夜行
我们混在其中
比鬼还高兴

后来
我拉你一起生活
过很多人的日子
写出来

很难写得浪漫

比如我昨晚喝了大酒
今天你熬了蟹粥
起初
我喝了两碗
后来
你告诉我
这正是九月开始的方式

只有一次

宇宙成为宇宙
只有一次

就像你爱上什么人
也只有一次
此后的膨胀
都是对这一次的补充

白天可能有很多
但夜晚绝对只有一次
每一个夜晚都是前一个夜晚的延续
没头没尾的黑暗中
忧愁只有一次
压抑只有一次
绝望也只有一次

可是
没头没尾

一杯酒只能干掉一次
一场雪只能融化一次
一个毒誓也只能背叛一次

一次出生

一次死亡

我成为我
只有这一次
我为此后悔
也只有这一次

可是
没头没尾

A

/

B

A

熊从北极漂来

蓝里一点白

B

中年狗熊不会为

坐下的时候

肚皮堆起褶

发愁

中年狗熊发愁

有人要吃

它的手

A

身上雨还没干雨就停了

不负责任的成了我了

B

雨不是一滴一滴下的

数清了有多少滴雨那就不是雨了

雨也就不存在了

A

于是我们相爱

手心湿得像海

B

你拉我一起看雨

大雨里百鬼夜行

我们混在其中

比鬼还高兴

A

在未来

每个人都想做十五分钟

没人认识的人

B

改变世界的方式有很多

喝醉也是其中一种

A

我

年纪轻轻

就说了一堆名人名言

真难堪

B

哎呀

你们都是什么时候疯的呀

我心里这个小乐队，
一直以来缺了一把小号。

图书在版编目（CIP）数据

笑场 / 李诞著 . —北京：北京联合出版公司，2020.4（2021.3重印）

ISBN 978-7-5596-4024-6

Ⅰ . ①笑… Ⅱ . ①李… Ⅲ . ①中国文学—当代文学—作品综合集 Ⅳ . ① I217.2

中国版本图书馆 CIP 数据核字（2020）第 033224 号

笑场

作　　者：李诞

责任编辑：龚将　夏应鹏

北京联合出版公司出版

（北京市西城区德外大街83号楼 9 层　100088）

北京盛通印刷股份有限公司印刷　新华书店经销

字数：287 千字　880mm × 1230mm　1/32　印张：11.5

2020 年 4 月第 1 版　2021 年 3 月第 6 次印刷

ISBN 978-7-5596-4024-6

定价：49.80 元
